桓檀古記

桓檀古記

소설 환단고기

❷계연수, 스승 이기를 만나다

초판 1쇄 발행일 2021년 5월 15일

저　　자 | 신 광철
펴 낸 이 | 김 희경
손 글 씨 | 신 정균
디 자 인 | 권 민철

펴 낸 곳 | 느티나무가 있는 풍경 / www.느풍.com
주　　소 | 경기도 남양주시 가운로4길6-8 302호 (다산동)
대표전화 | 031-555-6405 / 010-5705-6405
이 메 일 | 88bung@hanmail.net
출판등록 | 제399-2020-000042

ISBN 979-11-971341-6-6
ISBN 979-11-971341-3-5 (세트)

*잘못 만들어진 책은 바꾸어 드립니다.
*값은 뒤표지에 있습니다.

동북아에 대륙을 지배한
최초의 문화강국이 있었다

작가의 말

한국정신의 원형, 배달겨레

한국인을 만나려면 만나야 할 책이 있다. 환단고기桓檀古記다. 역사서의 어디에도 없는 한국인의 근원을 밝혀주는 책이다. 자신이 살고 있는 나라 이름의 의미를 모르는 사람들이 있다. 한국인이다. 자신이 태어난 나라 이름의 의미를 가르쳐주지 않는 나라가 있다. 한국이다.

우리나라 이름은 '한韓'이다. 한韓의 뜻을 모른다. 배달의 후손이라고 하면서 배달의 의미를 모른다. 짜장면 배달을 빨리 잘 해서 배달의 후손인 줄 착각할 수도 있다. 얼마 전까지만 해도 한국인은 모두 흰옷을 입었다. 우리가 왜 흰옷을 입었는지를 모른다. 이것이 한국인이 가진 한국역사와 한국문화를 아는 현주소다. 내가 나를 모르고, 내 나라에 대한 역사와 정체성이 없는 것이 한국인이다.

한국인의 원형을 만날 수 있는 책이 필요했다. 한국정신의 원형, 한국문화의 원형, 한국인의 정체성의 근원을 찾아가고자 하는 노력이 필요했다. 찾아가는 길은 멀고, 암호 같았다. 한국인의 모습을 찾아가는 길은 쉽지 않았다.

고조선의 흔적은 너무나 많은 곳에 흔적들이 있었다. 단국檀國도 마찬가지였다. 고조선이 역사라는 것은 조금만 파고 들어도 바로 드러났다. 중화문명이 우리 동이족東夷族, 다시 말하면 배달족의 영향으로 시작했다는 것도 곳곳에 있었다. 자료가 넘쳐났다. 조금만 관심을 가지면 확인할 수 있었다.

인류 최초의 나라는 중앙아시아에 있었다. 그것을 환국桓國이라 한다. 우리말로 환하다는 말을 그대로 적었다. 환국에서 문명개척단으로 3천 명의 무리를 이끌고 동방으로 진출했다. 환국에 있었던 당대 최고의 전문가 집단이었다. 나라를 경영하고, 우주의 정신을 깨친 사상가들과 기술자 집단이었다. 이들이 세운 나라가 단국檀國이다. 단국이 바로 우리가 배달의 후손이라고 하는 배달국이다. 배달겨레의 나라가 단국이다. 배달국을 중화 쪽에서 동이東夷라고 했다. 동이를 일러 고대 중국에서는 존엄의 의미로 썼다. 지금 우리가 알고 있는 오랑캐라는 뜻이 아니었다. 세상 어느 나라에 자신을 오랑캐라고 하는 나라가 있는가. 그것이 지금 한국 역사의식의 현주소다.

고대에 동이東夷를 사마천이 쓴 《사기》에는 '동이저야東夷柢也, 동이는 뿌리'라고 했다. 《논어》에서는 동이를 군자불사지국君子不死之國, 군자가 죽지 않는 나라라고 했다. 공자가 직접 한 말이다. 중국 최초의 한자사전인 《설문해자說文解字》에는 동이를 일러 종대從大하고, 대인大人이라고 했다. 큰 뜻을 따르는 큰 사람이라는 뜻이다. 다시 정리하면 고대 중국에서는 동쪽에 위대한 국가나 민족이 있었다는 것을 증언하고 있다. 그 나라가 바로 우리의 배달국이고, 고조선이다.

세계최초, 최고의 문명을 생산한 동이

우리 민족이 창조한 문명은 신비롭고 경이롭다. 1부터 10이라는 수, 불과 81자로 우주의 원리를 설명한 천부경이 있다. 고대에는 하늘을 읽는 천문에 밝았다. 현재 기술로는 이해가 안 되는 놀라운 기술력을 가져야 만들 수 있는 다뉴세문경多鈕細文鏡이 발견되고 있다. 한국의 역사학자들은 입을 다문다. 역사를 팔아먹은 사람들이 일제강점기 이래 지금까지 한국의 역사학계를 그대로 장악하고 있다.

모든 역사는 왜곡된다. 자신의 일기를 쓰면서도 자신의 치명적인 약점은 적지 않는다. 국가에 있어서는 더욱 왜곡의 유혹이 강렬하다. 역사왜곡은 현재도 진행되고 있다. 같은 사건에 대해 쓰면서도 다른 시각으로 적는 신문 기사와 같다. 대부분의 역사왜곡은 자국에 유리하게 만들기 위해서 왜곡시킨다. 우리의 경우는 반대다. 우리에게 불리하게 왜곡된 역사를 가진 세계 유일의 국가일 수도 있다. 일제강점기 이후 지금까지 한국 사학계를 장악한 역사학 집단의 영향권에 있어서다. 위대한 우리의 역사를 자긍하고, 발굴해서 민족적 단합과 미래를 열어가는 힘으로 작용시켜야 할 역사학자들이 역사를 모독하고 국민의 꿈을 빼앗고 있다.

우리는 태양족이다. 나라 이름에서도 그대로 나타난다. 고대국가인 환국 단국 한국의 환단한桓檀韓에 모두 해日가 한 가운데 들어있다. 우리가 고대에 숭상했던 삼족오三足烏가 있다. 삼족오는 태양과 인간을 연결해주는 영혼의 새다. 삼족오가 다시 태어나고 있다. 숨겨도 결국은 드러날 것이다. 어느 날 치우천황이 붉은 악마로 조국을 찾아왔다. 놀랍다. 그리고 고맙다. 고수레의 유래와 댕기머리, 색동저고리의 유래를 알 수 있는 계기가 될 것이다. 잃어버린 문화와 잃어버린 웅혼한 역사의 한 부분을 만나게 될 것이다. 《소설 환단고기桓檀古記》를 오랫동안 준비했다. 연작으로 이어진다. 일단 2권이 출간되고 이어서 3, 4, 5권을 이어서 출간할 예정이다.

감히 말한다. 인류문명의 출발이 동방에서 시작되었다는 것을. 《소설 환단고기》에서 인류의 원형문화를 만날 수 있고, 근원적인 인류의 정신세계를 연 곳이 동방임을 깨우칠 수 있다. 《소설 환단고기》는 환단고기를 엮은 계연수 선생을 주인공으로 하고, 엮는데 도움을 준 독립군 대장 홍범도와 계연수의 스승이었던 이기 등이 등장한다. 후일 환단고기를 세상에 펴낸 이유립의 아버지인 이관집도 등장한다.

내 조국, 대한민국의 근원을 알고 싶은 사람에게 일독을 권한다. 한민족의 피를 가진 것이 자랑스러운 사람에게 일독을 권한다.

목차

소설환단고기 2권. 계연수, 스승 이기를 만나다

중국의 역사에
중화는 없다

1. 계연수와 단학도인이 만나다

늑대의 울음이 가까웠다가 다시 멀어지고 아침이 밝아왔다. 가져온 선식仙食으로 계연수와 단학도인은 끼니를 대신했다. 단굴암 안에서 소리도 없이 솟는 샘물로 얼굴을 씻고 밖으로 나갔다. 아침이 밝아오고 있었다. 생명을 가진 것들은 다시 눈을 뜨는 시간이었다. 두 사람은 역사를 가진 유일한 동물, 인간으로서 아침을 맞이하고 있었다.

-삼한관경제의 흥망이 우리 역사에서는 중요한 단서가 아닙니까?

-그렇네. 단군조선은 삼한관경제의 흥망성쇠와 운명을 같이 했다고 할 수 있네.

계연수의 물음에 단학도인이 답했다.

-무엇이 삼한관경제를 깼고, 무엇이 삼한관경제를 살렸다고 할 수 있습니까?

삼한관경제는 왜곡된 단군조선사의 뿌리와 정통성을 바로잡는 핵심 내용이었다. 단군왕검은 세계 문명의 시원 국가인 환국과 배달의 대도大道정신을 정통으로 계승발전시켰다. 삼신 원리에 깃든 광명 원리를 근본으로 해서 단군조선의 전 영토를 삼한三韓으로 나누어 다스렸다. 진한 번한 마한이었다. 진한은 단군 천제가 직접 통치하고 마한과 번한에는 부단군 격인 왕을 두어 다스리게 했다. 진한 번한 마한이 북삼한으로 전삼한前三韓이라고도 한다. 삼한관경제는 고조선 문화의 모든 문제를 푸는 열쇠였다.

계연수의 질문에 단학도인이 답했다.

-역사에 대한 믿음의 문제였네. 초기 단군 때부터 시작한 삼한관경제는 잘 유지되다가 믿음을 저버리고 무력으로 정권을 잡은 22세 색불루단군 때 크게 흔들렸지. 무력으로 정권을 잡은 색불루단군은 정통성 확보를 위해 천도를 하게 되는데 천도와 더불어 문제가 생기게 되네.

-말씀하신대로 믿음에 대한 문제겠지요.

-그렇네. 진한이 정통성에 문제가 생겨 전체를 관장하는 주군으로서의 역할을 못하게 되자 반발이 일어나게 되네. 그것이 바로 위계가 무너지고, 삼한 체제에서 삼조선 체제로 바뀌게 되는 요인을 제공하게 되네.

-삼한에서 삼조선으로 바뀌고 고조선이 다시 망하는 계기는 무엇입니까?

-핵심은 군권의 독점이 무너졌기 때문일세. 모든 국가권력은 결국 힘에서 오지. 삼한에서는 진한만이 군권을 가지고 있어 힘의 위계가 있었는데 삼조선 체제로 바뀌면서 삼조선이 모두 군권을 가지게 되니 삼조선이 모두 독립된 세 나라가 되었지. 통치체계가 무너지자 고조선의 힘의 약화가 급속하게 왔지.

-결국 망하게 되는 단초가 되었군요.

-그렇네. 44번 째 단군이었던 구물단군이 대부여로 국호를 바꾸고 국

가 재건에 힘을 쓰지만 결국은 망하고 마네.

-아하. 그랬군요.

-결국 마지막 단군인 47번째 고열가 단군을 끝으로 막을 내리게 되네. 역사에는 흥망이 있고 성쇄가 함께 하지.

해가 운해를 뚫고 떠오르고 있었다. 산이 바다인 묘향산의 단굴암에서 역사가 한 송이 꽃처럼 피어나고 있었다.

-고조선의 큰 변화를 정리하면 분조관경과 분권관경이겠군요.

-좋은 지적일세. 분조는 삼한 체제로 나누어 통치하는 것을 말하고, 여기에서 권력의 분할이 더 강해져 나라로 독립하게 되지. 삼한에서 삼조선으로 변화가 오네. 다시 말해 진한 번한 마한에서 진조선 번조선 막조선으로 삼한관경제가 무너진 것을 의미하지.

-아예 세 나라로 독립국의 모습을 보이는 단계군요.

-그렇네. 병권을 가지게 되면서 독립국의 면모를 가지게 되지.

-그것이 분조分朝에서 분권分權으로 가는 단계입니까?

-잘 지적했네. 보다 중요한 것이 삼한에서 삼조선으로 바뀌는 것일세. 병권의 상실로 각자 병권을 갖게 된 삼조선이 독립하면서 고조선의 붕괴가 가속화되네.

-분조와 분권은 무엇이 다릅니까?

-분조는 병권을 가지고 있는 진한에서 번한과 마한에게 자치권을 준 것을 말하고, 분권은 병권이 각자 가지게 되어 실질적으로 독립국 형태가 된 것을 말하네.

-아하. 그렇군요.

계연수는 말없이 하늘을 바라보다가 단학도인에게 말했다.

-저와 도인님과는 무슨 인연입니까?

-만나야 할 인연이지.

계연수의 말에 단학도인의 답이었다.

-왜지요?

-사람은 태어날 때 만나야 할 사람 몇은 정해놓고 태어난다네.

-그게 사실입니까?

-여기에 내가 찾아온 것도 마찬가지야.

-저를 만난 이유가 무엇입니까?

-역사를 짊어진 자, 역사의 기록자에게 천부경의 실체를 알려주고 가는 것이 내 임무야.

-제가 역사를 짊어진 자라는 것을 어떻게 아셨습니까?

-나도 모르네. 다만 나를 이끄는 힘이 있었네. 그리고 자네를 만날 사람인 것은 선몽으로 알았지. 자네 얼굴을 보았고, 단굴암으로 올라오고 있는 모습을 보았네. 그리고 자네가 선몽처럼 단굴암으로 찾아온 걸세.

믿어지지 않았지만 믿지 않을 수도 없는 일이었다.

-지금 이렇게 두 사람이 만나고 있지 않은가.

-역사를 짊어진 자라는 의미는 구체적으로 무엇입니까?

-간단하네. 은자들이 가진 역사를 집대성하는 일일세. 지금 은자들이 할 일은 역사서를 통합해서 하나의 정통역사서를 만들어 내는 것일세. 역사의 기록자가 필요한 때지. 그것이 자넬세.

-제가 그 일을 할 수 있을 것으로 보입니까?

-그렇지는 않네. 임무는 임무일 뿐일세.

-그러면 실패할 수도 있다는 말씀이시군요.

-그렇네.

단학도인은 단호하게 말했다.

역사의 짐을 짊어졌다고 해서 성공하는 것은 아니라는 단언이었다. 다시 말하면 모두 자신이 태어난 이유와 인생의 책무를 지고 살아가지만 임무 완수는 예측할 수 없다는 말이었다.

-성공하려면 두 가지가 필요하네.

계연수가 단학도인의 말에 귀를 기울였다.

-그렇게 귀 기울여 들을 이야기는 아닐세.

그럼에도 계연수는 단학도인의 말을 들을 준비를 하고 있었다.

-너무나 평범하고 당연한 이야기일세. 절박한 마음과 하늘의 도움이 필요하네. 절박한 마음은 자네의 노력이고, 하늘의 도움은 운명일세. 어느 하나만으로 이루어질 수는 없네. 분명한 것은…

단학도인이 다시 말을 끊었다. 그리고 먼 산을 바라보았다. 까마귀가 떼를 지어 날고 있었다.

-지금 이 상황에서 이 일을 수행할 사람은 단 한 사람, 자네뿐이라는 절박함일세.

계연수는 얼음처럼 굳었다. 왜 나여야 하는가에 대한 답을 듣고 싶었다. 하지만 이유를 말하지 않고 계연수를 지목했다. 일면식도 없는 단학도인이 자신을 기다리고 있었고, 만났다. 그리고 한 번에 자신을 알아보고 이야기를 시작했다. 천부경의 신비에 대한 강론이 있었다. 그리고 다시 단학도인은 자신을 향해 역사의 짐을 진 자로 지명했다. 역사를 짊어진 자, 역사의 짐을 진 자, 표현은 조금 달랐지만 같은 의미였다.

-허공을 날개 저어서 날아오르는 저 새들처럼 무모해보이지만 누군가 임무를 수행해야 하네. 그것을 왜 자네가 짊어져야 하는지는 나

도 모르네. 다시 말하지만 나는 선몽을 해 이 곳으로 왔고, 선몽한 대로 자네를 만났네. 그리고 여기에 있는 걸세. 그리고 자네를 만나고 있는 걸세.

-이리로 보낸 어떤 힘이 있군요.

-그렇네. 이유는 묻지 말게.

단학도인은 입을 다물었다.

계연수의 머릿속은 만감이 교차하고 있었다. 그렇지 않아도 집에서 스스로 선언했다. 그리고 다짐과 결의를 다지기 위해 단굴암을 찾았는데 뜻밖에도 단학도인를 만났다.

-어제 말씀해 주셨지만 다시 묻습니다. 역사란 무엇입니까?

-역사는 산 자와 죽은 자의 대화라고 생각하네.

-어떤 의미입니까?

-말 그대로일세. 앞서 산 자와 지금 살고 있는 자가 역사라는 사실 앞에서 마주하는 것이지. 역사는 과거 현재 미래로 연결되어 있고 살아 있는 생명과도 같은 것이라고 정의할 수 있네.

계연수는 단학도인의 다음 말을 기다렸다.

-역사라는 과거의 사실을 두고, 현재를 파악하고, 미래를 준비하기 위한 것이 역사라고 생각하네. 하지만…

단학도인이 다시 말을 끊고 잠시 생각에 잠겼다.

-지금 우리가 역사를 대하는 의식은 달라야 하네.

계연수는 단학도인의 말에 귀가 섰다. 일반적인 역사의식과 지금 역사를 짊어진 자가 대해야 할 역사의식은 달라야 할 것이라고 이야기를 하고자 하는 듯했다. 지금 환민족의 역사는 절박하고 끊어질 수 있기 때문이었다.

-단순히 우리 조선의 역사가 아니라 인류를 구할 수 있는 역사라는 점에서 인생을 걸어도 부족하지 않다고 생각하네.
단학도인의 말에는 결기가 느껴졌다.
-인류 최초의 국가라는 것도 중요하지만 인류 최초로 문화를 만들어냈고, 연합국가로 출발해 다함께 잘 살자고 선언한 최초의 공동체라는 점에서 중요한 역사네. 그래서 반드시 지켜내야 하고, 다시 복원시켜야 하네.
지켜내야 한다는 것은 역사를 보존하는 일이고, 복원시켜야 한다는 것은 조각난 역사를 하나로 묶어 완성된 역사서를 만들어내야 하는 일이었다.
-단단해지기도 하면서 막막해지기도 합니다.
-이해하네. 도와주는 사람이 나오겠지만 꼭 그만큼 방해하고 해치려는 사람이 나올 걸세.
계연수의 머리에 각인되는 말이었다. '도와주는 사람이 나오겠지만 꼭 그만큼 방해하고 해치려는 사람이 나올 걸세.' 자신의 미래를 예언하는 말처럼 들렸다. 당연한 말이었지만 당연하게 다가오지 않고 비수처럼 가슴을 찔렀다. 스스로 역사의 짐을 짊어지면서 다짐했던 것이 어려움이었다. 그럼에도 단학도인에게 들으니 느낌이 새로웠다.
-고난은 넘으라고 찾아오는 걸세.
단학도인의 말에 마음이 멈칫했다. "고난은 넘으라고 찾아오는 걸세'라는 말이 그랬다.
계연수의 반응에 아랑곳하지 않고 단학도인은 말을 계속 했다.
-나는 우리의 역사를 공부하고, 역사를 가지고 있으면서 감동받았던 적이 있었지. 내가 감동받은 것은 서고문誓告文일세.

-아하. 서고문을 말씀하시는 군요. 저도 감동받았습니다. 명문입니다. 서고문은 14단군 고불단군이 기우제를 지내며 하늘에 고告한 글이었다. 고불단군이 등극한 지 6년 되던 해에 큰 가뭄이 들어 고불단군이 친히 기우제를 지냈다. 기우제에 담긴 내용이었다.

-자네, 외우고 있는가?

-제대로 외우고 있을지는 모르겠습니다.

태천에 사는 백관묵 진사로부터 받은《단군세기》를 보았지만 외울 자신은 없었다. 강한 인상을 받았던 문장이라 몇 번이이나 다시 읽었던 기억이 새로웠다. 계연수가 한문 원문을 읊었다. 그리고 풀어서 말했다.

천수대무민하시	天雖大 無民何施
우수대 무곡하귀	雨雖膏 無穀何貴
민소천자곡 천소심자인야	民所天者穀 天所心者人也
천인일체 천하기민	天人一體 天何棄民
내우자곡 제화이시	乃雨滋穀 濟化以時

하늘이 크다하여도 백성이 없으면
어디에다 베풀 수 있겠습니까
비가 메마른 땅을 기름지게 하지만
곡식이 없으면 어찌 귀하겠습니까
백성들이 하늘처럼 귀하게 여기는 것은 곡식이요
하늘이 마음으로 삼은 바는 사람이옵니다
하늘과 사람은 한 몸이온데

하늘이 어찌하여 백성을 버리시옵니까
이제 비를 내리시어 곡식들이 자라게 하시옵고
때를 맞추어서 백성들을 구제하여 주시옵소서

길지 않은 문장이었지만 계연수는 또박또박 외웠다.
-나 혼자 감동 받은 것이 아니었네. 누구나 감동받을 문장일세.
-그렇습니다. 읽는 동안 명문明文에, 명군明君이라는 생각을 했습니다.
-그렇지. 특히 '백성이 하늘처럼 섬기는 것은 곡식이요, 하늘이 마음으로 삼은 바는 사람'이라는 부분에서는 호흡이 멈춰지는 것을 느꼈어.
-저도 그 부분이 당연히 가슴에 남았지만 이 부분도 가슴을 울렸습니다. '천인일체 천하기민天人一體 天何棄民, 하늘과 사람은 한 몸이온데 하늘이 어찌하여 백성을 버리시옵니까'라는 부분입니다. 하늘과 사람이 한 몸이고, 사람들의 공동체가 백성으로, 백성을 하늘로 보는 마음이 고맙고, 고마웠습니다.
계연수와 단학도인 모두 서고문을 알고 있었다. 천제를 지내는 곳을 영고迎鼓라고 하고 천제를 지내는 장소를 영고탑迎鼓塔이라고 했다. 영고탑은 탑의 이름이 아니라 제단이 있는 터를 지칭했다. 영고제는 고조선의 제천행사였다. 다시 말하면 영고탑은 삼신, 즉 환인 황웅 단군에게 제사를 지내는 소도 제천단이 있던 성지를 일컫는 이름이기도 했다.
-지난번 서효사誓效詞에 대해서 이야기해야 할 듯하네.
-한민족의 뿌리를 노래한 대서사시라는 생각이 듭니다.
-그렇네. 고조선의 6세인 달문단군이 제후국의 왕들을 불러 함께 제천행사를 하며 지었던 기도문으로 삼한의 관계를 정리하고, 국정운영의

과제를 선언한 선언서라고 할 수 있네.

-그렇습니다. 조광선수지朝光先受地가 첫 문장으로 나오는데 우리가 태양족임을 선언한 듯합니다. '태양이 가장 먼저 떠오르는 땅'이라는 선언입니다. 바로 이곳, 상춘常春에 왕들을 모았습니다. 그리고 제사를 지냈습니다. 동방의 해가 떠오르는 땅에서 달문단군은 신하국의 왕들과 함께 천제를 드리는 의식을 거행하였으니 명실공히 천하를 다스리는 단군이었습니다.

-그렇네. 지금의 조선에 의해서 서효사가 불탄 내용을 아는가?

-모릅니다. 서효사가 불타다니요?

-조선의 3대 왕인 태종에 의한 서효사 소각 사건일세.

-?

-지금의 이씨 조선이 건국된 지 20년 후였네. 태종 이방원 즉위 12년 되던 해 8월에 태종이 지시했지.

-어떻게요?

계연수는 궁금했다.

-충주에 있는 사서를 실어오라. 그리고 서효사만은 펴보지 말고 따로 봉하여 올리라고 했네.

-왜지요?

-거기에는 놀라운 이야기가 적혀있었네. 고조선은 70국 조공을 받았다는 내용이었지. 태종은 이를 보고 이렇게 말했지"고조선이 이런 대국이라는 얘기를 믿을 수가 없다. 황당하다"며 신하에게 불을 지르라고 했지.

-놀라운 일입니다.

-안타까운 일이지. 서효사가 불탄 그날은 한양조선, 이씨왕조의 역사

의식이 완전히 붕괴되는 날이라고 할 수 있네. 우리 한국사의 위대한 기록의 역사를 불태워버린 날이라고 할 수 있네.

-왜 태종이 서효사를 불태워 버렸는가 짐작이 됩니다.

-당연히 알겠지. 서효사는 우리 민족이 70개국의 조공을 받는 동아시아 최강국이며 우리 민족의 주요 활동 무대를 만주로 보았네. 그러나 조선은 우리 영토를 압록강 이남으로 한정시키며 스스로 명나라에 조공을 바치는 나라가 되어 명나라가 이 책의 내용을 알까 두려웠기 때문이겠지. 그리고 스스로 소국을 자처한 졸부스러운 왕이었기 때문이겠지.

그래도 계연수와 단학도인은 누가 뭐라고 해도 역사는 있었고, 어디에선가 밝혀지리라 믿고 있었다.

계연수가 화제를 바꾸었다.

-나라꽃으로 무궁화를 말하는데 예전에는 꽃이라고 했다고 들었습니다.

-그렇네. 옛날에는 무궁화를 그냥'꽃'이라고 했네. 이름을 짓지 않고 대표꽃이어서 이름을 붙이지 않고 꽃이라고 불렀지.

-아하. 그렇군요. 제가 공부를 해 보니 이름도 여러 가지였습니다. 목근木槿 또는 근화槿花, 환화桓花로 나와 있었습니다. 山海經산해경에는 훈화초薰花草라 하여 군자의 나라에 많다고 했습니다.

-그뿐 아니라 환화는 환국시대부터 국화였네. 천지화天指花라고도 했는데 국자랑이 꽃을 머리에 꽂고 다녀 화랑花郞 또는 천지화랑天指花郞이라고도 했네. 꽃과 더불어 새의 깃털과 함께 꽂기도 했지. 그 모자를 오우관烏羽冠이라고 했고.

-오우관이라면 까마귀 깃털을 사용했나보군요.

모자의 이름이 오우烏羽로 검은 깃털이라는 의미를 가지고 있어 계연수가 짐작으로 말했다.

-그렇지. 까마귀와 우리는 뗄 수 없는 인연을 가진 새지. 또한 무궁화는 역사 속에 여러 곳에 등장하지. 무궁화, 즉 환화를 사랑하는 노래를 지어 불렀는데 애환가愛桓歌라 했네. 일설에는 단군조선의 국화가 진달래라는 설도 있네.

-하지만 진달래보다는 무궁화일 가능성이 높아 보입니다.

-나도 그렇게 생각하네. 영고탑에서 천제를 지낼 때는 5일간 큰 연회를 열었네. 백성과 함께 불을 밝히고 밤을 새워 천부경을 노래하며 마당밟기를 했지. 한 쪽에는 횃불을 줄지어 밝히고, 다른 쪽에서는 환무環舞라 하여 둥글게 원을 그리며 춤을 추었지.

-환무라면 지금의 강강수월래 같은 노래겠지요?

-그렇지. 한가위 보름달 아래 둥근 환環을 그리며 손에 손을 잡고 노래하며 춤을 추는 강강수월래가 바로 고조선 때의 기록에 나오는 환무라네. 강강수월래를 태백환무가泰白桓舞歌라고도 하네.

해가 중천에 떠올랐다. 단학도인은 하늘을 한참 우러르더니 말했다.

-우리에게는 옛부터 신목으로 모신 나무가 있네.

-박달나무를 말씀하시는 겁니까?

-아닐세.

아니라는 말에 계연수는 더욱 귀를 기울였다.

-뽕나무라네.

-아하. 뽕나무!

단학도인의 말을 듣자 바로 누에를 생각했고, 비단을 떠올렸다.

-아직도 많은 사람들이 우리가 누에의 원고향이고, 비단도 좋은 비단

은 우리가 수출했다는 것을 아는 사람이 많지 않네.

-그렇습니다.

-뽕나무는 우리 민족의 신목神木이라고 했지. 다른 이름으로는 부상수扶桑樹라고도 했네. 동이계의 소호 금천씨가 시작했고, 본고장인 요동반도는 그때부터 지금까지 천연잠사의 생산지로 유명하고, 조선팔도는 지금까지 누에를 키우고 있지. 비단의 원조였고, 잠사의 귀재들이었지.

-견우직녀가 바로 누에치던 처녀총각이었으니 중화로 전해지기 전부터 중요한 산업이었겠네요.

-그렇네. 14세 치우천황과 동시대 인물인 헌원 때 방적이 있었다는 기록이 있고, 4200년 전 순임금이 개발하여 대중화되는 계기가 되었네. 문제는 요순堯舜이 어느 나라 사람인가를 사람들에게 확연히 밝힐 필요가 있네. 그것이 자네의 몫일세. 요순을 중화의 인물로 아는 사람들이 많은 것이 현재의 조선인이 아니던가. 요순도 몽골반점을 가진 사람에게서 더 향수를 느낄 걸세.

-예. 알겠습니다.

단학도인은 옷매무새를 다시 단정하게 갖추고서는 계연수에게 정색을 하고 말했다.

-나는 이제 가야 하네.

전혀 떠날 기색이 보이지 않던 단학도인이었다. 갑작스런 발언이었다.

-벌써 가시려고요?

-다 때가 있는 걸세. 왔으니 가야하지 않겠나?

-좀 더 머무르셨으면 합니다.

계연수는 마음을 담아 간곡하게 말했다.

-때가 있다고 하지 않았는가. 만남은 길어도 좋지만 이별은 짧아야 하는 것일세. 우리 인연은 여기까지일세.

-예. 그렇더라도 아쉽습니다.

-좋은 만남은 아쉬움으로 마무리하는 걸세.

-고마웠습니다.

계연수가 단학도인에게 한 이별의 말이었다. 마음 안에서 하고 싶은 말이 많았지만 정작 나온 말이 고마웠습니다, 가 전부였다.

-내가 할 말을 자네가 하는구만. 다시 만날 일이 없을 걸세. 역사의 짐을 진 사람에게 할 말은 하날세.

계연수가 단학도인의 다음 말을 기다렸다.

-하늘이 내린 짐일세. 좀 전에 한 말을 다시 하겠네. '고난은 넘으라고 온다'는 것을 생각하게.

단학도인은 말을 마치고는 좁은 길을 따라 내려갔다. 단학도인이 사라질 때까지 계연수는 바라보고 있었다. 단학도인은 자신의 모습이 계연수의 눈에서 사라질 때까지 뒤돌아보지 않고 사라져갔다. 점 하나 남기지 않고 사라져 가는 모습을 바라보고, 바라보며 계연수는 그 자리에 한참을 서 있었다.

2. 민란의 조짐이 보이다

이건창은 유배를 떠날 때 마음을 다 잡으며 안정을 보이다 보성에 있으면서 오히려 세상에 대한 분노를 가졌다. 세상을 변하게 할 수 있는 힘이 없는 것이 안타까웠다. 해배되어서는 더욱 강경해지고 있었다. 유배되어 있으면서 힘이 없으면 작은 일마저도 할 수 없음을 강하게 받았다. 길지 않은 시간에 변화는 가팔랐다. 세상을 변화시킬 수 있는 것은 그래도 정치라는 생각이었다. 이건창은 강직하고, 올곧았다. 타협하는 온건보다는 잘못된 것을 직접적으로 지적했다.

-그동안 고생했네.

-유배라는 것이 몸고생이 아니라 마음고생이었습니다. 몸을 가둔 것이 아니라 마음을 가둔 것이라는 생각을 하곤 했습니다.

이기가 이건창에게 해배되어 돌아온 이건창에게 말하자 이건창이 답했다.

-벌써 두 번째시지요?

-그렇지.

나철이 이건창에게 묻자 이건창이 대답했다.

-두 번째 다녀온 것이 두 개의 훈장일세.

-세상을 강직하게 살아 그런 것이니 부끄러운 일이 아니라 자랑입니다.

이건창의 말을 받아 이기와 나철이 이어서 이건창의 올곧은 삶을 공로로 인정했다.

-유배를 가는 것이 부끄러운 일이 아니라는 현실이 도리어 부끄러운 세상입니다.

-하긴 그렇네.

이건창의 말에 이기가 다시 답했다.

-세상을 바꾸기 위해 다시 뛸 것입니다.

이건창이 다짐을 말했다.

기울어가고, 썩어있는 조선을 바꿀 각오가 되어 있었다. 이건창은 점점 투사로 변해가고 있었다. 해배되어 온 이건창을 빌미로 세 사람이 의기투합해서 만났다. 연배는 달랐지만 세 사람은 역사에 관심이 있었다. 이건창은 역사에 대한 관심은 있지만 역사에 직접 관여하지는 않았다. 역사를 배우거나 역사와 관련된 일을 하지는 않았다. 현실정치에 더 관심이 많았다.

-세상과 직접 싸우시게. 나는 내 길을 가고, 홍암은 홍암의 길을, 영재는 영재의 길을 가면 되네. 나라를 위하여 산다는 것은 같으니 종국에는 다시 만나게 될 걸세.

-저는 해학의 길을 따를 것입니다.

이기의 말에 나철이 이기의 길에 합세할 것을 전했다.

-나는 그렇게 생각하지 않네. 홍암은 나이가 있으니 우선 세상이 썩었더라도 과거를 보는 것이 옳다고 생각하네. 조선에서는 개인으로서는

아무 것도 할 수 없는 세상일세. 양반이라는 허울이 없으면 상놈의 자식으로는 아무 것도 할 수 없는 것을 모르겠나. 종의 신분으로 세상을 움직일 수 없는 것이 현실일세. 벼슬을 하지 않으면 사람 취급을 받지 못하니 더욱 안타깝네. 우선 자신이 일어설 명분으로 과거를 보게.

-그건 맞네. 그것이 후일을 도모하기 위해서 더 필요할 수 있을 걸세.

이건창의 생각에 이기도 동조했다.

-그렇다면 두 가지를 같이 하겠습니다. 과거는 공부하던 끝이니 조금 더 하면 되고, 역사공부에도 마음을 기울여 해보겠습니다.

-그렇게 하게.

나철의 말을 받아 이기가 말했다.

-조선에서 강직을 말하면 첫 손 꼽는 매천이 보이지 않네.

-그렇습니다. 하도 바빠서 그럴 겁니다. 기울어가는 조선을 일으켜 세우겠다고 백방으로 뛰어 다니신다는 이야기를 전해 들었습니다.

-그렇지. 가만히 앉아 있을 사람이 아니지.

나철의 말에 이기가 거들었다.

호랑이도 제 말 하면 온다는 말이 있듯이 이때 황현이 도포자락을 날리며 들어왔다.

-일이 일어나고야 말 것 같습니다.

황현이 들어서 인사를 하자마자 던진 말이었다.

세 사람의 시선이 황현에게로 쏠렸다.

-민란이 일어날 것 같습니다. 여러 곳에서 징조가 보입니다. 더 무서운 것은 조선이 무너지는 것이 바로 코앞이라는 것입니다.

황현은 현장에 있어 누구보다도 상황을 많이 알고 있었다. 황현의 주위에는 사람들이 많았다. 시와 유학에 뛰어난 조선의 인물이었다. 이기 또한 전라도에서는 명망가였지만 지명도로는 조선 전체에서 황현이 한 수 위였다.
-민란의 조짐도 조짐이지만 무서운 것은 조선이 허망하게 무너지고 있는 것을 실감할 수 있는 단계에 와 있습니다. 우리의 종묘와 사직이 기둥 채로 무너지고 있다는 무서운 사실입니다.
황현이 이기를 바라보며 말했다.
-어떻게든 행동해야 합니다.
이기가 세 사람을 둘러보며 말했다.
그것이 전부였다. 이기는 현실과 역사에, 나철은 역사에, 이건창과 황현은 현장에 무게를 두고 있었다. 하지만 해법은 달랐다. 하나의 현상에 다른 방책을 가지고 있었다. 강자의 말은 정의가 되고, 강자의 행동은 정의로운 행동이었다. 강국의 말은 정의였고, 강국의 행동은 정의로운 행동이었다. 강자의 논리가 강하게 지배하고 있었다. 청과 일본 사이에서 약소국인 조선은 안절부절 못하고 이러지도 저러지도 못하고 있었다. 몸만 잔뜩 움츠린 채 우왕좌왕하고 있었다.
조선의 백성들은 살기에 바빴고, 세상이 돌아가는 것에 둔감했지만 한양에 사는 사람들에게는 천지개벽할 일들이 하루가 멀게 벌어지고 있었다. 조선은 5백 년 동안 조용한 은둔의 나라였다. 지금 조선은 다른 세상으로 변하고 있었다. 청국보다 일본에 의해 조선은 어리둥절하고 있었다. 일본이 조선의 실권을 잡으면서 길이 넓게 뚫리고 철로가 놓였다. 그리고 전차라는 움직이는 철차鐵車가 등장했다. 구르마와 달구지를 끌고 다니던 조선의 수도 한양에 번갯불 같은 전등이 생기고, 전기라는 듣도 보지도 못한 놀라운 현상을 보았다. 서울과 인천에는 전차보다 큰 철로 된 괴물 같은 기차가 등장했다. 서울과 인천을 몇 시간에 가는 세상으로 변하고 있었다. 소나 말이 끌지 않고 앉아만 있어도 가는 전차와 기차였다.

서대문은 허물어지고, 전차 철로를 만드느라 남대문과 동대문의 성곽이 부서지는 것을 안타까워하는 사람은 소수였다. 변화의 바람에 마음이 쏠리고 있었다. 몇몇 사람들만이 삼삼오오 모여 정국을 걱정하고 있었다.

-지금 조선은 태풍이 불어오는 한 가운데에 떠있는 작은 돛단배에 불과합니다. 청국과 일본의 손아귀에서 벗어날 길이 없습니다. 더욱 일본의 간섭은 거세지고 있습니다. 조정은 이미 일본인에 의해 조정되고 있습니다.

황현이 열변을 토했다.

황현은 조선의 강직한 선비였다. 황현은 아버지의 뜻에 따라 과거시험에 응시했다. 시험관이 황현의 글 솜씨를 보고 1등으로 합격시켰다. 황현이 호남의 구례 촌사람이라는 것을 알고는 2등으로 바꾸어버렸다. 조선은 이미 썩어있었다. 당시에는 서울의 몇몇 문벌가 출신이 아니면 아무리 실력이 뛰어나도 과거에 합격시키지 않았다. 아버지는 다시 황현에게 성균관의 생원시에 나갈 것을 권고했다. 생원시에 1등급으로 합격했다. 황현이 세상에 등장하는 계기였다. 이건창과의 만남도 이후의 일이었다.

-저는 이런 난국일수록 역사에 매진할 것입니다. 제 본분은 역사입니다.

나철이 자신의 의지를 다시 말했다.

-혼란의 시대에 더없이 필요한 학문일세. 전장에 나가는 것도 좋지만 조선인의 마음에 자긍을 심어줄 역사도 필요하네. 웅혼하고 역동적이었던 조선의 역사를 조선인에게 심어주어 어려운 상황이 와도 굳건하

게 다시 일어서게 할 수 있는 것은 역사의식일세.
-나를 알아야 상대를 알 수 있습니다. 내 나라를 알아야 다른 나라를 이해할 수 있다는 것에 동감합니다.
이기의 말에 이어 이건창이 동의했다.
-이참에 역사공부를 잠시라도 했으면 합니다.
황현이 말머리를 역사공부 쪽으로 돌리며 이기를 바라보았다. 이기에게 한 가르침 전하고 가라는 무언의 눈빛이었다. 모두의 의견이 일치했다.
-중화와 우리 북방민족의 관계에 대해서 말씀해 주셨으면 합니다.
-북방민족이라는 말을 들으니 새롭네.
나철의 건의에 이기가 답하면서 북방민족이란 말이 새롭다는 말을 했다. 조선의 선비들은 한결같이 오랑캐라고 하는데, 나철이 북방민족이란 말을 했다. 나철이 그만큼 이기의 영향을 받고 있었다.
-글쎄. 저도 북방민족이란 말은 처음 듣는 말입니다.
이번에는 황현이 말했다. 조선 사람에겐 북방민족이란 단어가 생소한 말이었다.
-원래 고대에는 오랑캐라는 말이 없었지요. 중화가 아직도 문명으로 깨어나기 전에 이미 우리에게는 나라가 있었고, 문화가 있었습니다. 중화땅에는 아직도 까마득한 야만의 상태였지요. 야만이 깨어나던 춘추전국시대에는 동방을 그리워했습니다. 여러 곳에 선망羡望한 기록이 남아있습니다. 하지만 세상이 바뀌어서 야만이었던 중화가 힘을 얻자 자신을 길러준 문화를 강탈해갔습니다. 그러면서 문화국이었던 동이를 야만이라고 했습니다.
-그러면 왜 오랑캐라고 했습니까?

이기의 말에 이건창이 물었다.

-중화가 동이, 정확하게 말하면 배달국의 문화를 받아들이면서부터 자의식이 생기기 시작했고, 역사서를 기술하면서 중화의 입장으로 역사서를 적었네. 사마천의 사기가 중국 최초의 왜곡서라고 할 수 있지.

-그렇더라도 제자백가 시대에 시대의 성인들이 다 나왔으니 중화가 대단한 것 아닙니까?

황현이 물었다. 조선의 선비들이 가지고 있는 일반적인 역사관이었다. 그리고 중화에 기울어져 있었고, 중화만을 배웠으니 당연한 질문이었다.

-그렇지 않네. 만고의 위인과 성현들이 제자백가 시대에 나온 걸로 아는데 그렇지 않네.

이기가 목소리를 낮춰 천천히 이야기 했다. 조선의 선비들이 가지고 있는 생각과 배치되는 설명을 시작했다.

-제자백가에 나오는 공자 노자 순자 한비자 맹자 묵자 등이 있지만 그들이 배운 것은 동양의 기본철학인 음양과 오행사상이 바탕이었지. 그리고 삼태극의 원리 같은 것이었네. 이미 있었던 사상과 철학이네. 그들은 어디에서 배웠고, 그들이 배운 것들은 누가 만들었던가?

아무도 대답하지 않았다.

-그들이 배운 것은 다 중화가 일어나기 전에 만들어진 것이었네. 주역도 그렇네. 음양 사상도, 오행원리도 다 동아시아에서 만든 산물일세. 나라도 태동하기 전에 이러한 문화가 생성될 수 있다고 생각하는가. 어림없네.

-그러면 왜 동양의 기초인 사상을 만들고 체계화한 사람은 이름이 없지요?

-당연한 결과일세.

-당연하다고요?

이기의 설명에 이건창이 계속 물었다.

-제자백가 시절이 되어서야 기록할 수 있는 상황이 만들어진 것일세. 또한 문자가 체계화되었네.

-구체적으로 어떤 상황입니까?

다시 이건창이 물었다.

-돌이나 토기에 기록하던 것이 목간을 만들기 시작했고, 다시 종이의 발명으로 비로소 기록할 수 있는 토대가 만들어졌네. 그러면 제자백가 이후의 채륜이 종이를 만들었다고 하는 것이 틀린 것입니까?

-그렇네. 종이를 만든 것은 맞겠지만 채륜 이전에 기록할 수 있는 것들이 있었네. 위편삼절韋編三絶이라 하여 서책을 맨 가죽끈이 세 번이나 닳아 끊어지도록 읽었다고 전해지는데 생각해 보게. 채륜이 종이를 발명하기 훨씬 전이었네. 물론 죽간이나 목간은 있었지.

-정말 그렇네요.

-죽간이나 목간을 묶은 줄이 끊어진 것이 아니라 이미 기록할 대용품이 있었네. 그리고 이미 옷을 입고 다니던 시절 아니던가. 이미 비단 같은 천에 기록이 가능했고, 저마나 삼 같은 섬유질로 만들어진 종이와 비슷한 것을 생산하고 있었네. 그것이 중요한 것이 아니라 이야기가 엉뚱한 곳으로 흘러갔네. 일단 우리의 역사 속에는 왜 성현들의 기록이 없는가에 대한 질문 아니던가?

-예. 그렇습니다.

-종이의 발명과 붓과 벼루 같은 것이 발명되면서 기록이 활발하게 되기 시작했네. 그즈음이 바로 고조선의 멸망과 깊은 관계가 있네. 고조

선의 멸망과 함께 배달민족은 정통성 문제로 시끄러웠네. 부여와 고구려가 계승했다고 하지만 바로 이때부터 중화에서 동이의 문화를 전폭적으로 가져가기 시작하네. 그리고 중화에서는 환국과 단국 그리고 고조선이 만들어낸 문화와 문명을 자신들이 처음으로 만든 것이라고 기록하기 시작하네.

-자신들이 적통이라고 주장을 하기 시작할 때군요.

다시 이건창이 말했다.

-그렇네. 처음에는 요순을 가져가고, 황제헌원을 출발점으로 하은주로 이어지는 왜곡의 심화가 있었네. 중화의 출발에 헌원이 등장하는데 사마천의 사기의 기록에 속일 수 없는 사실을 기록하게 되지.

-뭐지요?

나철이 앞서서 물었다.

-급하구만.

-예.

네 사람이 함께 웃었다.

-사마천의 『사기』를 보면 헌원은 운사라고 나오네. 운사가 무엇이든가. 단국의 직제 중 하나인 풍사風師·우사雨師·운사雲師 중에 하나였다는 것을 적었네.

-그럼 언제부터 역사왜곡이 시작되었나요?

-고구려와 대진, 즉 발해가 무너지면서 어디에서도 우리의 정통역사는 발을 붙일 수가 없게 되었지. 이미 약소국으로 전락한 후이니 자신의 것을 자신의 것이라고 말할 수가 없는 시대가 온 것일세.

이기의 긴 설명에도 세 사람은 귀를 기울여 들었다.

-다시 북방민족과 우리의 관계에 대해서 말씀해 주시지요?

-그러세.

조선의 선비들이 지금까지와는 전혀 다른 공부를 하고 있었다.

-대표적인 북방민족으로 흉노 말갈 몽골 여진 거란을 들 수 있네. 우리의 뿌리가 한반도를 포함한 북방이었네. 흔히 중화에게 북방국가들이 조공을 받쳤다고 생각하는데 면밀히 조사해 보면 북방국가가 중화에게 바친 조공량보다 중화가 몇 배의 조공을 중화에서 북방국가에게 바쳤다는 것을 확인할 수 있지.

-그럴 리가요?

이건창이 반문했다. 이기가 이건창의 반문에 소리 내어 웃었다.

-중화 중심으로 역사를 배웠고, 우리를 일러 소중화라고 하는 현 상황에서 중화의 입장에서 보려고 하니 당연한 결과라고 할 수 있네.

정말 그럴까 의심하던 이기를 제외한 세 사람은 멈칫 했다.

조선의 선비들은 중국은 조공무역으로 주변 국가를 다스렸던 것으로 알고 있었다. 고조선이 멸망하고, 고구려가 멸망하고, 대진이 멸망하고 난 이후에 우리 조선이나 주변 국가에는 맞는 이야기였다. 약소국에게는 옳은 말이었다. 하지만 중국대륙 북방 유목 민족들에게는 전혀 다른 이야기였다.

-중원을 통일한 국가가 통일을 이룩한 뒤 유목민족에게 조공을 받으면, 사례로 유목민족이 바친 것의 몇 배를 유목민족에게 돌려주었네. 겉으로는 중국에 대한 조공이지만 핑계였지. 중국 중원의 나라가 북방 유목 민족에게 정기적인 공납을 하는 것의 이상도 이하도 아니었네. 직접 중화의 역사서를 확인해보면 알 수 있네.

너무나 다른 내용이었다. 하지만 중화의 역사서를 확인해 보면 실상을 알 수 있다며 쐐기를 박았다.

-물론 약소국으로 전락한 지금의 우리 조선과 중화의 주변에 있는 약소국들은 조공을 바친 것이 맞네. 하지만 북방에 나라를 세운 민족들은 반대였네. 예를 들어보겠네.
이기의 다음 말을 기다렸다. 일반적으로 알려진 생각을 늘 뒤집어 준 것이 이기였다. 지금 이기가 이야기하고 있는 것도 조선의 조정의 벼슬아치들과 선비들이 알고 있는 것을 정면으로 뒤집는 내용이었다. 그것을 증명할 이기의 말이 기다려졌다.
-한나라는 초기에 부여나 흉노 등의 속국이었네.
더욱 이해가 가지 않는 이야기였다. 한은 지금의 조선에서 명과 함께 숭상하는 대표적인 중화의 문화국이라고 생각하고 있었는데 흉노의 속국이었다니 말이 되지 않는 이야기였다. 이기는 세 사람의 표정을 읽고 있었다. 이기는 세 사람이 그렇게 생각하는 것이 정상이라는 생각을 역시 하고 있었다.
-흉노는 북방 최대의 유목민족국가를 수립했네. 흉노는 비단길을 장악하고 동서 무역을 통제하면서 강국으로 자리를 잡았지. 북방을 장악한 흉노는 한나라를 약탈하기 시작했네. 중원을 통일한 한나라는 흉노를 정벌하기 위해 군대를 40만을 동원했네. 중원과 북방 간의 일전이 준비되었지. 산시성山西省의 평성에서 흉노와 전한의 군대가 붙었지. 누가 이겼겠나?
세 사람은 답하지 않고 이기만을 바라보고 있었다. 예상은 한나라의 승리였지만 이기의 답은 대부분 뒤집어졌다. 이기도 세 사람의 마음 상태를 잘 알고 있었다.
-일대결전이 시작되었네. 결과는 한나라 군이 대패하는 것으로 결론 났네. 한나라의 고조高祖 유방은 백등산에서 일주일 동안 포위되었지.

결국 패전국 한나라의 유방은 흉노와 굴욕적인 화친을 맺게 되네. 당시 흉노와 한이 맺은 화친 조약의 내용은 다음과 같네.
첫째, 한의 공주를 흉노 선우에게 의무적으로 출가시킨다. 둘째, 한이 매년 술 비단 곡물을 포함한 일정량의 공물을 바친다. 셋째, 한과 흉노가 형제맹약을 맺는다. 넷째, 만리장성을 경계로 양국이 서로 상대의 영토를 침범하지 않는다, 였네.
-뜻밖입니다.
이번에는 황현이 말했다.
-그럴 걸세. 하지만 중화의 기록에 있는 것을 어찌하겠나. 중화인들은 철저하게 숨기려했고, 우리 지금의 조선인들은 중화의 입장에 섰지. 우리들에게 가까운 형제국은 북방에 건국한 나라들이었는데 제가 제 형제를 버린 형국이 지금의 조선일세. 이를 뒷받침해주는 역사가 증명하고 있네. 패전한 한나라 종실의 공주가 흉노에 도착함으로써 조약이 발효되었으니 무엇을 말하는지 알지 않겠나.
-한나라가 패전을 인정한 굴욕적인 조약이 확실하네요.
-그렇네. 그리고 한나라가 흉노에 내는 조공 액수도 한과 흉노 사이의 역학 관계에 따라 수시로 바뀌었는데, 대체로 한나라가 흉노에게 바친 조공액은 매년 늘어났다는 것은 무엇을 시사하는가.
-흉노가 강자였다는 것입니다.
-그렇네. 한나라는 흉노의 속국이었다는 결론일세.
이기는 결론을 말해놓고 다시 물었다.
-한고조 유방의 유언이 무언지 아는가?
아무도 대답이 없자 이기가 자문자답을 했다.
-흉노와 전쟁하지 말라는 유언을 남겼지.

이기의 말에 모두 입을 다물었다.

-우리는 중화에 속아 살았고, 현재도 마찬가지로 속아살고 있네.

-그건 또 무슨 말씀이십니까?

-중원의 문화를 만들고, 주변국들에게 조공을 받았으며 야만적인 흉노라고 배우고 있지 않은가. 한나라는 동방과 북방에서 발원한 나라들에게서 배우고, 속국으로 살았다는 것일세.

알고 있었던 역사적인 사실들을 뒤엎는 이기의 발언에는 힘이 있었다. 이건창이 주로 묻고 황현은 드물게 의문사항을 묻곤 했다. 하지만 나철은 듣고만 있었다. 나철은 역사에 누구보다도 관심이 많았음에도 이기의 말에 귀를 기울이고 있었다.

-내가 물어보겠네.

-예. 물어보세요.

이기가 말하자 이건창이 대답했다.

-우리는 지금 중화를 한족이라고 하는데 한족이 있다고 생각하는가?

-….

세 사람은 아무 말도 하지 못했다.

-하나 더 물어보겠네.

-한漢나라는 나라 이름이 있는데, 한나라는 문화국이라고 알고 있는데, 흉노가 나라이름인가?

-아닙니다.

-그렇다면 우리와 형제국이거나 같은 전통을 가진 흉노는 나라가 아닌가?

-….

세 사람 모두 대답을 못했다.

-전쟁을 이길 수 있다는 것은 국가체제가 갖춰지고, 군사운영 능력이 있어야 하고, 문화가 있어야 가능한 것이네. 하지만 한나라를 제압한 흉노는 나라 이름도 전하지 않네. 흉노匈奴는 오랑캐의 노예라는 말일세. 한나라보다 우위에 있던 나라를 흉노라고 기록했네. 한나라는 문화를 생산한 나라로 기록하고, 한나라보다 강국이었던 나라를 흉노라는 야만족이라는 기록을 한 사람들이 중화의 역사관일세. 나라 이름마저도 인정하지 않은 중화의 역사 왜곡의 정도를 알 수 있지 않겠는가. 바른 역사가 필요한 이유일세.

3. 홍범도와 기사범 그리고 건달들

홍범도와 기사범은 장에서 돌아왔다. 한 달 정도 지난 후 뜻밖의 일이 벌어졌다. 장에서 만난 건달들이 몰려오고 있었다. 어떻게 알았는지 숲을 지나서 우두머리 건달이 모습을 나타내자 건달들이 숲에서 나오고 있었다. 30여 명에 가까운 무리였다. 장에서 만났을 때와 달라진 점은 손에 아무 것도 들고 있지 않다는 점이었다. 먼저 본 것은 기사범이었다.

기사범은 표정 없이 건달들의 무리가 다가오는 것을 바라보고 있었다. 기사범이 무언가 바라보고 있는 것을 보고 홍범도도 기사범이 바라보는 방향을 바라보았다. 장에서 본 건달무리였다.

-웬일일까요?

-싸우자고 온 것 같지는 않은데.

-저도 그렇게 보입니다.

지척의 거리에 도달하자 건달 우두머리가 무릎을 꿇었다. 건달들도 따라 무릎을 꿇었다.

-어인 일인가?

기사범의 목소리는 차분했다.

-한 수 배우고자 왔습니다.

-나는 싸움을 가르치지는 않네.

-아닙니다. 싸움을 배우고자 온 것이 아니라 인생을 한 수 배우고자 합니다.

정중하면서도 당당하게 말했다.

-그렇게 생각해주니 고맙지만 나는 제자도 두지 않고, 가르칠 만한 능력을 가진 사람도 아닐세. 일단 일어나게.

무릎을 꿇고 있는 우두머리 건달에게 일어날 것을 지시했다. 다른 건달들도 따라서 일어섰다. 건달들은 건장했다. 나이는 젊어보였다. 홍범도보다도 어려 보였다.

-받아주시기 바랍니다.

-나는 말로 다투고 싶지 않네. 온 김에 점심이나 같이하세. 마침 푸성귀를 뜯었으니 된장하고 식사나 같이하세. 그리고 밥은 모자라니 더 하면 되네. 모두 앉게.

기사범이 몸을 돌려 밥 준비를 하러 가려고 하자 우두머리 건달이 몸으로 막아섰다.

-아닙니다. 저희들이 하겠습니다.

우두머리 건달이 눈짓을 하자 부엌으로 달려가 여기저기를 뒤지며 일을 찾아하기 시작했다.

-정식으로 인사를 드리겠습니다. 저는 무리를 이끌고 있는 정돌치라고 합니다. 받아주시기 바랍니다.

-내게 무엇을 바라는가?

-거칠고 부끄럽게 살고 있지만 옳은 길이 무엇인가를 생각하고는 합

니다. 건달로 살아왔습니다. 제가 놀란 것은 무술과 권법이 아닙니다. 사람을 대하는 모습에서 놀랐습니다. 저희 건달세계는 강자가 모든 것을 일방적으로 힘을 갖습니다. 한데 다르셨습니다. 막사는 저희에게도 기본대우를 해주셨습니다. 그것이 놀라웠습니다.

-나는 내가 평소 하던 대로 했을 뿐이네. 더 잘 해준 것도 없었고, 그리고 나는 힘으로 제압했는데 무엇을 말하고 있는가?

-아닙니다. 분명 달랐습니다. 설명하기 쉽지 않지만 분명 달랐습니다.

정돌치는 분명 달랐다는 말을 두 번이나 이어서 했다.

-나는 기사범이네.

기사범이 정돌치에게 손을 내밀었다. 받아주겠다는 마음을 전달했다. 주변을 둘러보더니 홍범도를 찾았다. 저만치 떨어져 있던 홍범도를 불렀다.

-서로 만난 것도 인연이니 알고 지내게.

기사범이 홍범도에게 인사할 것을 권했다.

홍범도는 정돌치를 바라보면서 손을 내밀었다. 손을 내밀자 정돌치가 먼저 인사를 했다.

-정돌칩니다.

-홍범돌세

정돌치가 깍듯하게 먼저 머리를 숙여 인사를 했다. 홍범도도 같이 목례로 인사를 받았다.

전혀 예기치 않은 일이었다. 무리를 이끌고 찾아오리라고는 상상도 하지 못했다.

-찾아온 이유가 뭔가?

-말씀 드린 대로 받아주십시요.

-그리 말하지 말고 구체적으로 무엇을 해달라는 말인가?

-제가 스승으로 모실 테니 저희의 갈 길을 지도해주셨으면 합니다.

-분명히 말했네. 나는 제자를 두지 않네. 그리고 누구를 거두어 줄 수 있는 형편도 아닐세.

기사범의 말이 끝나자 밥상이 다 차려졌다며 건달들이 다가와 안내를 했다.

-식사 준비가 다 되었습니다.

건달이 다가와 말했다.

-식사부터 하세.

기사범이 평상처럼 만들어진 식탁으로 다가서며 말했다.

-자네는 어떻게 생각하나?

식탁에 앉자 기사범이 홍범도를 바라보며 말했다.

-저는 받아주시는 것이 좋을 듯합니다. 물론 혼자 조용히 사시는 것에 방해가 되겠지만 무술이나 권법을 알려주시고, 사냥도 필요하다면 알려주시는 것이 좋을 듯합니다. 또한 인생을 배우는 좋은 계기가 될 것을 믿습니다.

홍범도의 이야기가 끝나자 정돌치가 이어서 말했다.

-저희가 건달이지만 일이 있기를 바랍니다. 다는 아니지만 대장쟁이나 석수쟁이 기술을 배울 수 있으면 배우고, 공부도 할 수 있으면 공부도 하고 싶습니다. 저희들 중 반 이상은 고아고, 고아와 다를 바 없는 딱한 아이들입니다. 배우지 못하고, 대우받지 못하고 살아왔습니다. 사람 취급을 받아본 적이 없는 아이들입니다. 그날 다른 분 같았으면 저희들에게 화풀이를 하고 갔을 겁니다. 한데 그리하지 않으셨습니다. 일방적인 상황임에도 욕설이나 폭력을 사용하지 않았습니다. 아주 작

은 것이지만 저는 보았습니다. 인품을!

정돌치가 마음을 담아 말했다.

-그리고 권법과 무술도 배우고 싶습니다. 건달생활을 접을 수 있는 계기가 되기를 바라고 찾아왔습니다.

정돌치가 다시 이어서 말했다.

식사를 마치고 모두 모여 앉았다.

-나는 위계나 질서를 중요하게 여기는 사람이 아닐세. 자유롭게 활동하는 것을 좋아하네. 여기 와서 무언가를 배우겠다는 사람이 있으면 찾아오게. 그리고 자유롭게 오가는 것을 허락하겠네.

-고맙습니다.

정돌치가 일어나서 맨 바닥에 엎드려 큰 절을 했다.

-너희들도 인사를 드려라!

건달들이 기사범에게 모두 엎드려 큰 절을 했다.

기사범은 어색하고 난감한 표정을 지었다. 짧은 순간에 일어난 일이었다.

건달들이 기사범에게 큰절을 마치자 바로 정돌치가 홍범도를 바라보며 말했다.

-인사를 받으시지요.

말이 끝나기 무섭게 이번에는 홍범도에게 큰 절을 했다. 건달들도 따라 큰 절을 했다. 홍범도는 더 난처한 표정이었다.

정돌치는 인사를 마치더니 다시 건달들에게 말했다.

-앞으로 두 분을 나보다도 더 정중하게 모시도록 해라!

-예. 알았습니다!

홍범도의 사내다운 기질에는 이들의 행동이 속이 후련한 일이었지만 기사범은 아주 마음 불편해 했다. 싫어서가 아니라 어색해하는 분위기였다.
-내가 분명히 하겠네.
기사범이 상황을 정리하기 위해서 말을 시작했다.
-서로를 모르니 약속을 하지 마세. 정돌치라고 했나?
-예. 그렇습니다.
-마음 수련은 장담할 수 없지만 몸수련은 가능하네. 그리고 이 사람에게 일차로 배우고, 다음으로 나에게 배울 수 있도록 하게. 이 사람은 예사로운 사람이 아닐세. 나도 배우고 있네.
홍범도를 가리키며 기사범이 말했다.
홍범도가 갑자기 난처했다. '이 사람은 예사로운 사람이 아닐세. 나도 배우고 있네.'라는 말에 어색했다. 항상 홍범도가 기사범에게 배우고 있는데 기사범이 반대로 자신이 배우고 있다는 이야기를 하고 있는 것 같아서였다. 홍범도는 자신을 좋게 봐주는 기사범이 고마웠다. 큰마음을 가진 사람이라는 것을 다시 한 번 느꼈다.
-그럴 리가 있습니까. 제가 이곳에 와서 배우고 있습니다. 무너졌던 자신도 찾고, 삶의 활력을 느끼고 있습니다. 거기에 권법과 무술까지 배우고 있습니다. 제 인생의 디딤돌이 되는 시기를 살고 있습니다.
홍범도가 자신의 마음을 그대로 말했다. 말해 놓고 나니 속이 일부 시원해졌다.
-자네에게만 디딤돌이 아니라 내게도 디딤돌일세. 좋은 인생의 후배 한 사람 알게 되었구나, 싶네. 사내다운 사내를 만난 기분이지.
묵직하면서 행동으로 보여주는 홍범도에 대한 기사범의 마음의 자세가 듬직했다. 불만 하나 없이 권법과 무술을 배우고, 음식을 준비하고,

채소밭을 가꾸는 일도 도맡아 했다. 스스로 알아서 하도록 했고, 자신이 솔선수범했다. 서로 먼저 일을 처리하니 늘 정리가 되어있었다. 홍범도도 마찬가지였다. 기사범에게 일이 넘어가지 않도록 보이지 않게 일을 처리했다. 기사범은 그런 홍범도를 인정하고 있었다.

건달들과의 일이 정리가 되었다. 무술과 권법을 배우겠다는 10명과 나머지는 자신들이 있던 거처에서 하던 일을 그대로 진행하는 것으로 했다. 장에서 장사하는 사람들에게 뒤를 봐준다며 돈을 뜯어내던 일은 정리하고, 허름한 가게라도 인수해서 자체 운영하는 것으로 일단락 졌다.

-정돌치, 자네는 마치 혁명가처럼 보이네.

기사범이 정돌치에게 말했다.

-무슨 말씀이십니까?

정돌치가 뜻밖의 말에 기사범의 의중을 물었다.

-삶의 방식을 단번에 바꾼다는 것이 그렇네.

-아닙니다. 제가 늘 마음속에 체증 같은 것이 있었습니다. 이 일로 평생을 살 수는 없다는 것이었습니다. 하지만 워낙 배운 것이 없고, 아는 것도 없었습니다. 더구나 어느 누구 하나 돌봐줄 사람이 없었습니다. 그래서 주먹으로 살아왔지요. 저만 그런 것이 아닙니다. 여기 이 친구들이 모두 그렇습니다.

정돌치의 말을 기사범과 홍범도는 귀를 기울여 듣고 있었다.

-예전의 제가 모시던 형님들 같으면 이런 말을 할 수도 없었습니다. 주먹이 먼저 날라 왔을 겁니다. 지시와 행동만이 있었지요. 여기 찾아온 것은 제가 일방적으로 결정한 것이 아닙니다. 의논을 한 결과입니다. 내 말이 틀리냐?

-맞습니다.
정돌치의 말에 옆에 있던 건달들이 짜맞춘 듯이 대답했다.
-건달짓을 평생 할 생각을 가진 아이들은 여기에 없습니다. 기회가 주어지지 않았을 뿐입니다.
기사범이 크게 소리 내어 웃었다.
-왜 웃으십니까, 제가 뭘 잘못했습니까?
-아닐세. 서로 약속하고 대답하는 것 같아서 그렇네. 한 마디 하겠네.
-돌치. 자네는 혁명가가 맞아. 나는 그렇게 살지 못했네. 동료도 없고, 동료가 있다 해도 설득할 마음도 없이 나 혼자 살았지. 한데 돌치 자네는 달라. 세상을 이끌어갈 지도자의 모습도 보이네. 마음먹었으니 같이 살아보세.
-감사합니다.
정돌치는 진심어린 마음으로 감사했다.
주도적으로 지도하는 사람은 홍범도였다. 기사범은 중간 중간 지도를 했다. 홍범도는 사냥도 가르쳤다. 기사범이 조선의 명포수였지만 사냥에 있어서는 담력과 기술에 있어서 웬만한 사람에게는 뒤쳐지지 않는다고 할 만큼 홍범도의 사냥 실력도 뛰어났다. 기사범과 홍범도 그리고 정돌치 일행의 동거가 시작되었다. 기사범의 거처는 거의 무술도장 같은 곳으로 변하고 있었다.
자리를 잡아갈 즈음 말을 타고 한 사람이 숲을 나와 달려오는 사람이 있었다. 기사범의 후배인 김형도였다. 청년들이 권법과 무술을 수련하는 모습에 눈이 휘둥그레졌다. 김형도로서는 전혀 상상하지 못한 풍경이었다. 기사범의 성격을 누구보다도 잘 알고 있었기 때문이었다. 세상과 등을 돌리고 혼자서 살아가는 기사범의 모습과는 판이한 광경이 펼쳐지고 있었다.

-형님!

기사범을 바라보고 김형도가 소리쳤다.

기운이 넘치는 모습이 한결 같았다.

청년들이 한 무리로 있는 것을 보고 김형도가 말했다.

-어찌 된 일입니까?

-인연 따라 왔네.

-인연 따라왔다고요?

-그렇게 생각하고 있네.

홍범도와 정돌치가 다가왔다. 홍범도에게 손을 내밀면서 인사를 하고 정돌치를 보며 물었다.

-여기 젊은 친구는 또 누굽니까?

홍범도가 대답하기 전에 기사범이 정돌치를 바라보며 말했다.

-인사하게.

-정돌치라고 합니다.

기사범의 말에 정돌치가 자신의 이름을 김형도에게 소개했다.

-나는 김형도요.

김형도는 정돌치에게 자신감 있게 자신의 이름을 말했다.

김형도가 정돌치에게 자신을 소개하고는 기사범을 바라보았다.

-우연히 만나서 여기까지 일이 벌어졌네.

기사범의 말을 듣고는 홍범도를 바라보며 어찌된 영문인지 설명하라는 눈빛을 보냈다.

홍범도가 말이 없이 웃었다.

-어찌된 일인지 이야기 좀 해봐요. 홍 형.

홍범도를 두 번째 봤다고 바로 홍 형이라는 호칭을 자신 멋대로 붙였다.
-직접 들으시지요.
홍범도는 기사범을 바라보며 말했다. 기사범에게 직접 들으라는 표현이었다.
-답답하구만.
-천천히 이야기는 하기로 하고 들어가세.
기사범이 안으로 이끌자 김형도가 정돌치를 바라보며 말했다.
-자네는 몇 살인가?
-예. 27세입니다.
-그래. 그럼. 내 동생이구만. 이름이 정돌치라고 했나?
-예. 그렇습니다.
-나를 앞으로 형이라고 불러.
바로 하대를 하며 위계를 잡았다.
-형님. 제가 저번에도 말했지만 도장을 하나 만들려고 했는데 이곳에 이렇게 번듯하게 차려졌네요.
-그렇게 됐네.
김형도가 기사범을 바라보며 말했다.
-제가 여기에서 애네들을 데리고 일을 하겠습니다.
김형도의 일방적인 통보였다.
-사연이나 듣고 결정하게.
기사범이 김형도에게 상황을 파악하고 결정하라는 의미였다.
-형님. 답답하네. 그럼 이야기 좀 해주세요.
상황을 속시원하게 설명해주지 않자 마음 급한 김형도가 다그쳤다. 기사범이 일이 벌어진 상황을 큰 그림으로만 설명했다. 설명을 듣고는 김형도는 놀랐다.

-세상에 이런 일이 있을 수도 있군요. 놀랍습니다.

별일도 다 있다는 표정으로 기사범과 홍범도를 바라보았다.

-형님. 저도 여기에 있겠습니다.

김형도는 기사범을 바라보며 말했다.

-나에게 말하지 말게. 동생들에게 허가를 받게.

기사범이 홍범도를 바라보며 말했다.

-아고, 형님. 형님이 결정해야지. 왜 홍 형에게 떠넘깁니까?

기사범에게 말하다가 바로 홍범도에게 말했다.

-대답해 보시요.

홍범도에게 거의 윽박지르듯 말했다.

홍범도가 웃으며 말했다.

-저야 대환영이지요. 하지만 동생들에게 허락을 받아야 합니다.

-내가 그럴 줄 알았다니까.

김형도의 얼굴에 웃음이 가득 찼다.

-이참에 둘이 친구처럼 지내게.

-그래요. 저야 좋지요.

기사범의 권의에 김형도가 먼저 나서서 답했다.

-저도 좋습니다.

-다행이네. 서로 형제처럼 지내시게. 일을 할 때는 김형도가 양보 좀 하고.

-햐. 형님. 왜 나만 가지고 그러세요.

김형도가 웃으며 홍범도에게 손을 내밀었다. 흔쾌히 홍범도가 받아 주었다. 고아처럼 살던 홍범도에게 처음으로 친구이자 형제 같은 사람이 생기는 순간이었다. 홍범도와 김형도, 서로 굳게 잡은 손에 힘이 들어갔다.

홍범도는 기사범에게 정말 감사와 고마움을 마음 속 깊이 가졌다. 홍범도는 기사범이 소리 없이 살면서 자신이 서 있는 자리를 티 없이 맑게 사는 존재라는 생각을 했다. 자신이 서 있는 자리만큼 아름답게 만드는 꽃과 같은 존재였다. 기사범은 꽃이 홀로 피었다 홀로 지면서 소리 한 번 지르지 않듯이 살아가는 사람이었다.

홍범도는 갈바람 같은 고독을 가진 존재에서 다시 태어나고 있었다. 인간이라는 온혈의 연대를 가지게 한 사람이 기사범이었다. 최초의 사랑인 옥녀를 잃어버리고 참담했던 마음 안에 온기를, 인간애를 가지게 한 인물이 기사범이었다. 그리고 계연수를 만나면서 자신이 조선인라는 정체를 확인했다.

기사범은 사냥을 할 줄 알면서 사냥을 하지 않았다. 조선의 내로라하는 호랑이 사냥꾼이었지만 조용히 살아가고 있었다. 또한 권법과 무술에 고수였지만 자신의 존재를 드러내지 않고 살고 있었다. 홍범도는 기사범이 진정한 스승이라고 생각했다. 여기에 김형도와 정돌치 일행까지 가세하는 공동체로 출발하고 있었다. 홍범도는 혼자 마음을 다지고 있었다. 떠나야 할 때가 다가오고 있음을 알았다. 그리고 떠나야만 할 때를 놓치면 안 된다는 마음을 가지고 있었다.

4. 계연수, 역사의 은자 이형식을 만나다

계연수는 단굴암에서 내려오고 있었다. 머릿속에는 천부경으로 가득했다. 단굴암에 천부경이 새겨져 있다고 했는데 단학도인과 헤어진 후 단굴암에 머무는 동안 몇 번을 살펴보았으나 찾지 못했다. 단학도인은 천부경이 새겨진 것을 왜 직접 알려주지 않고 갔을까.

계연수는 단굴암에서 나와 보현사 지대스님도 만나지 않고 집이 있는 삭주 방향으로 방향을 잡았다. 바람은 방향을 바꾸며 불고 있었다. 몸 밖에도 바람이 불고, 몸 안에도 바람이 불고 있었다. 아침에 불던 바람이 잦아들고 오후가 되자 평화로웠다. 인생이란 무엇이며, 생업이란 과연 있는 것인가 생각했다. 거미가 자신의 몸 안에서 실을 뽑아내듯이 인생도 자신의 길을 뽑아내며 가는 것은 아닌가 싶었다.

아무리 생각해도 단학도인과 만남이 우연이 아닌 것 같았다. 만나야 할 사람을 만나고 오는 느낌이었다. 짧지만 여운이 남는 만남이었다. 왜 굳이 만남의 장소를 단굴암으로 했을까 싶었다. 단학도인과의 만남과 나눈 이야기는 모두 오리무중으로 빠져들고 있었다. 인생은 꼬리를 살짝 보여주었다가는 꼬리마저 잘라버리고 다시 미로로 빠져들곤 했다. 특히 단학도인과의 만남이 그랬다.
-도와주는 사람이 나오겠지만 꼭 그만큼 방해하고 해치려는 사람이 나올 걸세.
계연수는 단학도인의 말을 혼자 중얼거리며 걷고 있었다.
그리고 '고난은 넘으라고 찾아온다'는 말을 이어서 혼잣말로 중얼거리며 걷고 있었다. 얼마나 많은 고난이 찾아올 것인가. 고난을 넘겨 제대로 된 역사책을 만들어낼 수 있을까. 계연수는 삭주로 들어서면서 아버지의 말을 떠올렸다. 이형식 진사를 만나보라는 말이었다. 아버지가 이형식 진사를 일러 역사의 은자일 것이라는 말을 되뇌었다. 이형식 진사는 아버지와는 친분이 있었던 인물이지만 계연수는 만나보지 못했다. 아버지도 만나 본 적이 오래 되었다고 했다. 같은 삭주에 있지만 계연수는 뱃골과는 왕래가 많지 않았다.
삭주는 압록강이 가깝고 황해와도 가까웠다. 주위 산으로는 향적산香積山, 백령산, 가산과 운산이 있었다. 강으로는 대천이 있고, 삭주로부터 나오는 물과, 구주의 백령산으로부터 나온 물이 만나 합류해 박주강으로 들어갔다. 영변과 정주가 인접해 있었다. 삭주는 또한 땅이 기름지고 메마른 것이 반반씩이며, 경사가 심한 곳에 마련된 밭으로 따비전이라고 하는 간전墾田이 대부분이고 논은 보기 힘들었다. 토산물은 오곡五穀으로 기장·조·쌀·보리·콩이었다. 예로부터 뽕나무 · 삼 · 닥나무 · 왕골 · 배 · 밤을 재배했다. 나라에 바치는 토공土貢은 꿀 옻 인삼 족제비 털범가죽 표범가죽 여우가죽 삵가죽 수달피였다. 산이 깊어 사냥으로 살아가는 사람들이 많았다. 산이 중첩되어 있고 물도 풍부해 약초도 많았다. 약재로는 천궁, 승검초뿌리當歸, 흰바

곳白附子 등이었다. 바다와 가까이 있어 선군船軍이 있었다. 오지였지만 해로로 통하는 교통편은 나쁘지 않았다.
계연수의 머릿속에는 단학도인에 대한 여운이 남아있었다. 단학도인이 왜 자신을 찾아왔는가에 대한 생각으로 가득했다. 역사의 은자에서 역사의 기록자로 살아갈 것을 알려주는 것이 무슨 의미가 있을까. 오직 천부경의 원리를 설명해주는 것으로 단굴암에서 기다리고 있지는 않았을 것이라 단정했다.
삭주의 뱃골로 접어들고 있었다. 이형식 진사집으로 향하고 있었다. 밭일을 하던 사람들이 낯선 얼굴을 쳐다보았다.
젊은 청년에게 물었다.
-이 진사 댁이 어디요?
-저 집입니다.
마을 어귀에서 좀 들어가 자리 잡은 집이었다. 부잣집이나 양반집의 호화로움은 없고, 소박한 집이었다. 기와도 얹지 않은 굴피집이었다.
-계십니까?
-누구시오?
안에서 중년 남자가 나왔다.
-진사 어른을 뵈러 왔습니다.
계연수가 정중하게 예를 갖춰 말했다.
-그분은 안 계십니다.
-이형식 진사님 댁이 아닙니까?
-그건 맞습니다.
계연수가 무슨 말인지 확실하게 잡히지 않아 뜨악한 표정으로 중년 남자를 바라보았다.

-진사 어른이 저의 아버지십니다. 한데 돌아가셨습니다.

-아하. 그러셨군요.

-한데 어쩐 일로 왔나요?

계연수는 순간 어떻게 처신해야 할 지 조심스러웠다. 다 밝히고 도움을 받으러 왔다고 할까. 아니면 그냥 돌아갈까 망설여졌다. 역사를 다룬 책을 가진 것이 발각되면 위험한 일이라는 것을 알고 있는 계연수는 위험한 물음을 던지는 것이 조심스러웠다. 함부로 이야기하기 어려운 일이었다.

계연수는 망설이다 말했다.

-저는 은자입니다.

순간 중년의 남자의 눈빛이 빛났다. 자신도 모르게 계연수의 손을 잡았다. 역사의 은자들이 나누는 일종의 암호였다. 물어보는 대신 자신의 신분을 미리 밝혔다.

-반갑습니다. 역사의 은자시군요.

계연수도 함께 손을 잡았다.

-그래서 저희 아버지를 찾으셨군요. 안으로 드시지요.

중년의 남자는 계연수를 방으로 안내했다.

-제가 은자의 자리를 물려받았습니다. 저희 아버지는 맏이인 내게 은자의 자리를 물려주시는 것을 망설이셨습니다. 돌아가시기 불과 한 달여 전에야 제게 말씀하셨습니다. 미안하다면서 그래도 네가 맡아야 할 것이라고요.

누구보다도 계연수는 중년 남자의 말을 이해할 수 있었다. 가업으로 내려오는 은자의 자리를 자식에게 선뜻 물려주고 싶어 하지 않았다. 하나의 큰 짐인 것을 겪어온 사람은 알았다.

-저희 아버지가 은자인 것을 어떻게 아셨나요?
-저는 정확하게 알지 못했습니다. 저희 아버지께서 찾아가보라고 하셨습니다. 느낌이 있다고 하셨습니다.
이형식 진사는 식년시 생원과에 급제했다. 정확하게는 이형식은 진사가 아니라 생원이었다. 이형식을 진사라고 부른 것은 이형식의 부친 이사겸李嗣謙이 진사로 합격한 내력이 있기 때문이었다. 이형식도 생원보다는 진사로 불리는 것을 더 좋아했다. 계연수는 아버지가 이 진사를 찾아가 보라고 하면서 은자일 것이라는 감이 적중했다.
-한데 어떤 일로 오셨습니까?
-부탁이 있어 왔습니다.
이 진사의 아들이 계연수를 뚜렷이 응시했다.
-가지고 계신 서책들을 보고 싶습니다. 제가 역사서를 종합하려고 합니다. 흩어져 있는 서책들을 한 권의 서책으로 묶어야겠다는 생각을 했습니다.
-의미있는 일입니다.
-그렇습니다. 제가 가지고 있는 것으로는 부족해서 가지고 계신 서책을 빌려주시면 종합해서 합본책을 만든 후에 돌려드리겠습니다.
-그렇군요. 장한 일입니다. 저는 물려받기는 했지만 돌아가시기 전에 물려주셔서 공부도 하지 않았고, 아버지께서 알려주시지도 않았습니다. 제게 은자의 자리를 물려주는 것을 망설이신 것이 분명합니다.
-충분히 이해합니다. 저도 자식이 있다면 물려주는 일을 망설일 것 같습니다.
-지금 드릴까요?
-예.

짧고 간결하게 말했다.

-함께 가실까요. 깊은 곳에 있어서 찾기가 쉽지 않습니다.

이 진사의 아들은 광으로 안내했다. 광에는 큰 뒤주가 있었다. 뒤주를 옮기고 나무판자로 만든 널판을 치우자 항아리가 나왔다. 항아리 뚜껑을 여니 여러 서책들이 들어있었다. 금서로 알려진 것들이 나왔다. 놀라운 것은 계연수가 보관하고 있는 책과 같은 책이 있었다. 자세히 살펴보니 글자 하나 틀리지 않고 같았다. 같은 책은《단군세기》였다. 반갑기도 했고, 놀랍기도 했다. 금서 중에 금서로 지정되어 있는 서책이었다.

뜻밖의 서책이 나왔다.《북부여기》였다. 항아리에 있던 책 중에 몇 권을 골랐다. 희귀본을 골라 보자기에 쌌다.《북부여기》는 여태 보지 못한 책이었다. 고조선이 망하고 나서 고구려로 바로 이어지지 않고 부여로 이어졌는데 굳이《북부여기》가 있는 것에 관심이 갔다.

부여는 단군왕검의 넷째 아들 이름이었다. 단군왕검에게는 아들이 넷 있었다. 첫째인 태자 부루夫婁는 2세 단군이 되고, 둘째는 부소夫蘇로 고리국의 제후에 봉해졌다. 그리고 셋째는 부우夫虞로 진번국으로 제후국의 왕으로 봉해졌다. 막내인 넷째가 부여夫餘였다. 초대 단군왕검은 막내왕자 부여를 도읍인 아사달의 서쪽인 녹산鹿山의 제후로 봉했다. 이것이 원시부여, 부여라는 나라 이름의 기원이었다.

부여도 부침浮沈을 오르내렸다. 부여는 단군조선 초기에는 제후국이었다. 22세 색불루단군 때는 고조선의 도읍지가 되고, 44세 구물단군 때는 장당경으로 도읍지를 옮긴 뒤 대부여가 되었다. 대부여가 망한 뒤에는 옛 백악산에서 북부여가 건국되었다. 북부여가 바로 고구려의 전신이 되었다.

기본적인 큰 흐름은 알고 있었지만 나머지는 미궁에 빠져있었다. 계연수는 다방면으로 알아보았다. 어디에도 부여에 대한 기록이 없었다. 특히 마지막까지 존속했던 북부여에 대한 기록을 찾고 있었다. 북부여에 대한 기록이 없어 고조선과 고구려가 연결되지 않고 끊어지는 것을 복원할 방법이 없었다. 간절하게 찾고 있던 책이었다. 빠져있는 역사의 한 부분을 담고 있는 책이었다. 책의 표지 이름만으로도 충분하게 이를 보여주고 있었다. 《북부여기》는 고구려의 건국에 대한 비밀의 열쇠를 가진 책이어서 더욱 감동이었다. 너무 반가웠다. 역사에서 빠진 부분을 복원하는 심정이었다.

-진정 반갑고 중요한 서책을 만났습니다.

계연수는 《북부여기》를 가슴으로 안았다.

-이 서책들을 모두 드리겠습니다.

-예?

이 진사 아들의 말에 계연수는 놀랐다. 집안의 가보로 보관해오던 서책을 처음 만난 자신에게 넘겨주겠다는 말이 받아들여지지 않았다.

-이 진사님의 유지를 받아들이셔야 하는데 제게 서책을 주시다니요?

-제게는 이 서책들이 의미가 없습니다. 아버지께서 제게 물려주셨지만 우선은 제가 역사를 깊이 있게 알지 못한다는 점입니다. 아버지께서도 제게 가업으로 물려주시는 것을 망설였다는 것을 알 수 있습니다.

-그러시다면 제가 고맙게 받겠습니다.

-저도 마음이 한결 가볍습니다. 공부할 곳도 없고, 알지도 못하는 역사에 대해서 짐으로만 남아있었습니다. 한데 이렇게 직접 찾아와 주셨으니 더할 나위 없이 고마운 일입니다. 더구나 역사의 은자를 만나 건넸다는 것에 마음이 안도가 됩니다.

계연수는 보자기에 쌌던 책을 풀어서 방바닥에 잘 정돈해서 쌓았다.

-아니 왜 보자기를 다시 푸십니까?

계연수의 행동을 보고 있던 이 진사의 아들이 놀라며 말했다.

-아닙니다. 빌려가려 했는데 제게 주시니 감사의 인사를 해야겠기에 풀었습니다.

-아… 네.

-책을 만나게 해준 신께 감사드리고, 서책을 넘겨주신 어른에게도 감사드립니다.

계연수는 먼저 이 진사의 아들에게 큰절을 했다. 이 진사의 아들도 얼떨결에 맞절을 했다. 계연수는 몸을 일으켜 다시 책을 향해 큰 절을 했다. 이 진사의 아들이 계연수를 마주보며 따라서 책에 함께 절을 했다. 짧은 순간이었지만 엄숙하면서도 긴장감이 있었다.

-제게 와 주셔서 감사합니다.

계연수가 책을 향해 말했다. 마치 서책을 사람 대하듯 했다.

-전해드려야 할 말이 있습니다. 《북부여기》를 저술한 범장에 대한 이야기입니다.

이 진사의 아들이 말했다. 계연수는 이 진사의 아들을 바라보았다. 다른 곳에서는 알 수 없는 비밀스런 이야기가 있을 것 같았다.

-범장께서는 공민왕 18년에 문과에 급제하여 덕녕부윤에 이어 낭사의 수장인 간의대부를 지내셨습니다. 특별한 것은 천보산에서 이암, 이명 두 분과 함께 소전거사라는 분으로부터 비서를 전수받았다고 합니다. 그리고 범장은 책을 전수 받은 지 30년이 더 지나 뒤늦게 관직에 발을 들여놓았습니다. 그리고 고려의 국운이 다하자 범장께서는 사관의 뜻을 꺾고 벼슬에서 물러나 두문동으로 들어가셨습니다.

-두문동이라면 고려 말에 조선 건국을 반대한 선비들이 은거한 곳을 말씀하십니까?
-예. 그렇습니다. 뜻을 같이 하는 70여 명과 함께 만수산 두문동으로 들어갔습니다. 조선을 건국한 태조와 태종이 세 번이나 벼슬을 권했으나 고려왕조에 대한 절의를 지키며 출사하지 않으시고 고향으로 돌아가 생을 마친 분입니다.
-범장이 원래 이름입니까?
-그렇습니다. 범장이 원래 이름입니다. 호는 고향에 돌아와 자신이 즐겨 노닐던 복암이라는 지명을 따서 호를 복애라고 하였습니다.
-그럼 소전거사는 어떤 분입니까?
-소전거사에 대한 기록이나 이야기는 알 수 없습니다. 이름만 전하고 비밀에 싸여 있는 분입니다.
-전혀 없습니까?
계연수는 아쉬워 다시 한 번 물었다.
-예. 없습니다. 다만 천보산 태소암에서 머무를 때 소전거사로부터 기고지서奇古之書를 얻었다고 했습니다. 기이하고 오래된 책입니다. 그리고 환단으로부터 이어져 내려오는 역사의 진결을 얻었다고 했습니다.
-진결眞訣이라 함은 다시 얻을 수 없는 참으로 정성을 다한 비서를 말함일텐데 《북부여기》는 기이하고 오래 된 고서 중 하나군요.
-예. 그렇습니다. 범장께서는 고려 말 금성錦城, 지금의 전라남도 나주 출신입니다. 여말 충신으로 잘 알려진 정몽주 선생의 제자이기도 합니다. 지금은 신위가 전남 광주의 용호재龍湖齋에 모셔져 있습니다. 용호재는 금성 범씨錦城 笵氏의 재실입니다.
이 진사의 아들의 이야기를 듣고는 다시 책을 보자기에 가지런하게 쌌다. 보자기에 싼 서책을 걸망에 담아 어깨에 졌다. 계연수는 이 진사 아들이 전해주는 이야기를 더 듣고 갈 채비를 했다.

-큰일을 하는데 도움이 되었으면 합니다.

-큰 도움이 될 겁니다. 아직 제대로 살펴보지는 못했지만 글자 한자 한자가 새롭고 의미가 있습니다. 역사의 구멍이 나있는 부분을 채워주는 진정 의미있는 책입니다.

이 진사의 아들은 뱃골마을 어귀까지 따라 나오며 배웅을 했다.

계연수는 돌아오는 길에 설명하기 어려운 마음에 사로 잡혔다. 책을 넘겨받은 것은 분명 감격스러운 일이었다. 하지만 계연수는 왠지 마음이 허전했다. 감당하기 어려운 쓸쓸함이 밀려왔다. 세상에 혼자가 된 느낌이었다. 역사를 혼자 짊어진 외로운 존재라는 생각이 엄습해 왔다. 마지막 남은 실낱같은 그믐달을 짖는 늑대처럼 외로움이 깊이 파고들었다. 태양을 향해 동쪽으로 잎들이 몰려가면 서쪽은 비어가듯 무거운 짐을 혼자지고 있다는 하중감이 어깨를 눌렀다. 계연수의 마음 안은 서쪽이었다. 늑골 속에 숨어 지내던 고독한 늑대가 뛰어나와 역사를 향해 짖고 있는 모습이었다. 누가 시킨 일도 아니고, 누가 시켜서 될 일도 아니었다. 스스로 짊어졌기에 탓할 사람도 없었고, 스스로 해내야 할 일이기에 기댈 곳도 없었다. 자신이 포기한다고 해도 원망할 누구도 없었다. 역사의 족쇄를 채운 것도 자신이었고, 역사의 족쇄를 벗어날 수 있는 것도 자신이었다.

한 민족의 역사를 혼자서 짊어지는 것이 감당할 수 있는 것인지, 한 나라의 역사를 개인의 힘으로 이어갈 수 있는 것인지 알 수 없었다. 단학도인을 만나고, 이형식 진사집에서 서책까지 받아들었으니 날아갈 것 같은 마음이어야 하는데 도리어 더 큰 고독으로 다가왔다. 태양이 밝을수록 그늘이 짙어지는 것과 같았다. 평생을 위험을 안고 살아야 하는 운명을 짊어진 존재였다.

계연수의 집을 가려면 김태집의 집을 지나야 했다. 마음이 적적해 그냥 가려는데 마침 친구 이관집의 동생인 이태집이 서 있었다.

-형님. 이제 오시나 봅니다.

-동생 반갑네.

이관집은 형제 같은 친구 사이였다. 이관집의 동생인 이태집은 당연히 친동생 같았다.

-들어갔다 가세요. 형님도 마침 집에 있습니다.

마치 자신의 집인양 말했다.

집으로 들어서자 이관집의 부인인 태천댁이 반갑게 맞았다. 이관집의 부인은 태천이 고향이었다. 밝고 지혜로운 여인이었다.

-어서 오게. 한데 뭔 짐이 이리 많은가?

-이야기만 들었던 이 진사 어른 댁을 다녀왔네.

-그래. 이 짐과 무슨 관계가 있는가?

이관집이 걸망에 든 짐을 가리키며 말했다.

-같이 보세.

계연수가 걸망을 내려놓고 서책을 꺼냈다. 외롭고 쓸쓸했던 마음도 이관집을 만나 이야기 하는 동안 다 잊고 의욕이 넘치고 있었다. 동생 이태집이 더 적극적으로 서책들을 꺼내놓았다.

-우와. 대단한 책들일세.

-그렇네. 이 진사는 은자였네.

-아하. 그렇구만.

이관집과 이태집 형제는 함께 놀라워했다. 역사에 대한 책에 관심이 높아 고대사를 꿰고 있었다. 같이 《북부여기》를 보고는 더욱 놀라워했다.
-어찌 책을 가져오게 되었는가?
은자들은 가업으로 전해 내려오는 책이라 남에게 줄 수 없는 책이었다. 한두 권 빌려오는 것도 어려운데 많은 책의 분량을 가져온 것에 대한 물음이었다.
계연수는 이 진사 아들을 만나 있었던 일을 소상하게 이야기 했다.
이태집이 붓과 벼루를 가져와 바로 《북부여기》를 필사하기 시작했다. 분량이 적었다. 몇 시간이면 족히 필사할 수 있는 양이었다. 누구보다도 역사에 대한 일에는 적극적인 형제였다.
-오늘은 쉬어가게. 이런저런 이야기도 할 겸.
-알았네.
계연수도 흔쾌하게 답했다.
-내가 이번에 동생과 함께 만주 쪽을 가 보려고 하네.
-만주는 웬일로?
-광개토호태왕의 비석을 보고 오려고 하네. 겸해서 몇 군데 들르고.
-그런가. 좋은 생각일세.
-친구도 같이 가세.
-좋지. 생각만 해도 벌써 가슴이 벅차네.
계연수는 광개토호태왕에 대해 이야기하다 생각이 떠올랐다.
-《북부여기》의 저자가 범장이라고 되어 있는데 이참에 찾아봐주게. 어떤 인물인가.
-찾는 데는 태집이가 전문 아니던가.
-제가 찾아놓겠습니다.
형의 말을 듣고는 동생이 필사를 하면서 말을 받았다.

5. 중국의 역사에 중국은 없다

이기를 중심으로 황현, 이건창, 나철의 이야기는 계속 되었다. 이기를 만나기 전까지 세 사람은 철저하게 유학자였고, 유학으로 무장한 선비였다. 세 사람 모두 중화 중심의 역사의식에서 빠져나오고 있었다. 이기를 처음 만났을 때 터무니없는 생각을 하고 있는 사람이라고 무시했던 세 사람이었다. 이제는 이기가 가지고 있는 역사에 빠져들고 있었다.

-화하족의 왕조라고 하는 나라가 한송명漢宋明 3왕조뿐이지. 진시황의 진나라도 서융계 왕조이고, 수와 당은 흉노계 선비족 왕조일세. 조금만 공부하면 다 알 수 있는 것들일세. 한송명 세 왕조가 땅을 넓힌 적이 있는가?

이기의 목소리는 조금 격앙되었다.

-중국의 사서에는 유방이 흉노에게 신하가 된 사실을 극구 숨겼네. 그리고 바친 조공도 오랑캐에 대한 하사품이라 왜곡을 했지.

-그러면 다른 나라의 경우는 어땠습니까?

이번에는 황현이 물었다.

-당나라 시대 때도 마찬가지였네. 당시 북방에서 위세를 떨친 위구르족들에 대해 중국은 온갖 선물을 다 바치며 구걸외교를 했네. 다시 말하면 조공을 바치며 화친을 유지했지. 송나라 역시 마찬가지였고. 송나라는 거란족의 요, 서하와의 싸움에서 패해 속국이 되었지. 요나라에는 매년 금 20만 냥과 비단 50만 필을, 서하에게는 금 10만 냥과 차 2만근을 보내 평화를 구걸했지.

-그러면 명나라는 어땠습니까?

명나라는 조선의 꿈이었다. 조선이 꿈의 나라로 섬기는 나라 아니던가. 명나라의 속국됨을 자랑스럽게 여기는 것이 지금의 조선이었다. 명나라의 실체를 알고 싶었다. 자신이 알고 있는 명나라에 대해 알고 싶었다. 조선의 선비들이 떠 받들며 스스로 사대를 하며 머리를 조아리고 있지 않았던가.

-지금 조선이 청나라보다도 그토록 섬기는 명나라도 예외가 아니었네.

이건창과 황현은 명나라마저 그랬다는 말에 놀라워하는 눈치였다.

-몽고족이 명나라를 위협하자 몽고족을 위해 말 시장을 열고 수십 만 마리의 몽고말을 비싼 값에 사주었고, 몽고의 사신이 오면 선물을 안겨 아부했네. 하지만 역사 기록은 이렇게 적었네. 원나라의 황제가 조공을 바치러 와 명의 황제가 사은품을 하사한 것으로 기록했네.

-역사를 반대로 기록했군요.

-그렇네. 우리도 마찬가질세. 우리의 형제국인 북방민족을 오랑캐라고 하면서 이미 망해버린 중화의 명나라에 대해서는 아직도 사대를 하고 있네. 사당까지 세워 머리를 조아리는 부끄러운 사람들이 있는 것이 안타깝네.

명나라에 사대해야 한다는 송시열의 뜻을 받들어 명나라 황제를 위한 사당을 세운 송시열을 비롯한 일단의 사람들을 두고 하는 말이었다. 송시열은 제자들과 만동묘를 세웠다. 만동묘는 임진왜란 때 조선을 도와준 명나라 만력제와 명나라의 마지막 황제인 숭정제를 기리기 위해 세운 사당이었다. 이미 망한 나라의 공덕까지 챙겨서 사당을 세우고 기리는 사대의 현장이었다. 지금도 버젓이 한 자리를 잡고 있다. 정작 그들은 조선의 국조인 환인 환웅 단군은 버리고 있었다.

-우리에게는 우리의 기록이 사라지고 없는데 그나마 알고 있는 사람은 적고, 나라는 기울어가고 있으니 갈 곳은 먼데 날은 저물고 있는 형국입니다.

황현이 이기를 바라보며 말했다.

-그래도 명맥을 유지할 만큼은 기록이 남아있네. 누군가는 때를 기다리고 있는 사람들이 있네. 안타까운 것은 매천이 이야기한 것처럼 나라가 기울어가고 있다는 안타까운 상황일세.

밖에서도 해가 넘어가고 있었다. 담장을 넘어 기울어가는 해와 석양하늘이 붉었다. 역사에 빠진 네 사람의 이야기는 길었다. 지루해하지 않고 빠져들었다.

-저녁이나 들면서 하시지요.

-그래야겠습니다.

황현의 말에 이건창이 동의했다. 이기와 나철도 고개를 끄덕여 동의했다. 저녁이 준비되는 동안 집 주위를 한 바퀴 돌면서 이야기는 계속 되었다.

나철이 이기에게 다가와 둘이 이야기를 나누었다.

-흉노 몽골 말갈이 우리와 동족이거나 형제국이라는 것을 증명할 수 있는 내용이 있나요?

-있지. 4세 단군인 오사구 단군이 아우 오사달을 몽고리한蒙古里汗으로 봉했네. 동생을 몽고의 왕으로 보냈으니 몽고는 우리의 형제국인 셈이지. 몽고족에 대한 첫 기록이네. 여기서 한汗은 우두머리, 군장이라는 뜻이고, 우리민족을 상징하는 밝고 크다는 한韓과 같은 의미이기도 하네. 칭기즈칸이라고 할 때 칸과 한은 같은 의미일세. 이 말은 지금도 여러 나라에서 같은 의미로 사용하고 있지.

-그렇군요. 그렇다면 같은 풍속이나 관제를 사용했을 수도 있겠군요.

-당연하지. 같은 계통이라는 것을 증명할 수 있는 것이 많네. 백색을 숭상하고, 하늘에 제사를 지내는 천제문화를 가지고 있네. 고수레나 돌장승 그리고 모자에 깃털을 장식하는 것 등이 같지. 샤먼의식도 같다네. 몽골에 가면 놀랄 수밖에 없지. 너무 닮아서.

-중화와는 다른가요?

-그렇다네. 중요한 질문일세. 중국의 화하족과는 이런 유사성이 없다는 점일세.

-아하. 놀랍군요.

-그럼에도 우리 조선은 명나라만을 숭상하는 어리석음을 지금도 가지고 있네. 더 들어가 보면 우리와 몽골반점이 있는 것에서부터 언어와 설화 그리고 신앙까지 한 민족, 한 혈통이라는 동질성을 확인하게 되지. 역사를 공유한 동일문화권으로 보아야 하네.

-신앙까지 같다고 하셨습니까?

-그렇네. 예를 들면 우리의 서낭당과 같은 모습인 '오보'라는 것이 있네. 놀라운 것은 왼쪽과 오른쪽을 우리말과 같이 왼쪽, 오른쪽이라고 하지. 굴렁쇠 굴려봤나?

-그럼요. 조선 아이들이 안 해 본 아이는 없을걸요.

-몽골에도 그대로 똑같이 하네.

쇠를 동그랗게 말아 막대기로 굴리는 아이들의 놀이를 두고 하는 말이었다.

-'처녀가 한을 품으면 오뉴월에 서리가 내린다'는 말도 그대로 있고, 문지방 밟는 것을 금하는 것 역시 우리와 몽고는 같네.

-놀랍습니다.

이기와 나철이 이야기에 열중하고 있을 때 뒤에서 황현이 크게 소리쳤다.

-두 분만 재미있게 이야기 하시면 됩니까?

자신도 끼워달라는 투정이었다.

두 사람은 가던 발걸음을 멈추고 기다려 주었다. 황현과 이건창이 합세하여 다시 네 사람이 모여 정자로 들었다.

-환국이 12부족이라고 지난번에 말씀하셨던 것 같은데 맞습니까?

황현이 지난번 이야기했던 것을 떠올렸다.

-그렇지. 그래서 서로 형제국이라는 말이 가능한 것일세. 환국을 만든 부족이 9부족에 12환국이고, 동이東夷가 9개 부족인 것도 맞네. 오랜 세월 서로 뭉치고 흩어지고, 다시 생기면서 복잡하고 설명이 어렵지만 결국은 한 형제고, 한 나라의 후예들이라는 점일세. 쉽게 말하면 마을 땅과 산도 숱하게 주인이 바뀌고, 농경면적도 좁아졌다 넓어졌다 하지 않겠는가.

-그렇습니다.

-마찬가질세. 그럼에도 마을 전설이나 풍속이 같다면 역사도 공유하고 있다고 보면 되네.

-그렇게 말씀하시니 쉽게 이해가 되네요. 다시 말하면 흉노와 말갈, 여

진, 몽골 등 북방의 나라들이 모두 우리와 같은 공동체를 이룬 민족이라고 보면 되는 것이군요.

-그렇지.

이건창이 이기의 말을 계속 받아주었다.

-그러면 중화와 우리의 관계는 어떻게 되는 겁니까?

-한 마디로 말하면 중국 땅에 중화는 없네.

-예?

이건창이 놀라는 듯 말을 받았다. 이해가 되지 않는다는 어투였다.

-그런 놀라움이 당연한 것일세.

-당연하다고요.

-그렇지. 중국 땅에는 중화의 잔재는 거의 없다고 보면 되네. 동이족의 역사가 흥망을 계속 했을 뿐일세.

-그럼. 지금의 청나라는 무엇입니까?

-당연히 여진이나 거란 만주족이 우리의 형제국인 셈이지. 여진이나 거란 만주족이 우리의 고토가 아니던가. 고조선 이전부터 고조선 이후까지. 그리고 고구려와 대진이 도읍했던 땅에 지금의 청나라가 발원한 땅을 가지고 있는 것 아니던가. 그렇다면 지금 만주는 어떤 풍속과 정신을 가지고 있겠는가. 당연히 우리와 같은 정신과 기질을 가지고 있고 문화와 풍속까지도 닮아있지.

-흔히 중화는 문화가 있고, 북방의 오랑캐들은 문화와 정신이 없다고. 그럼 북방민족을 야만족이라고 하는 이유는 무엇인가요?

이기는 혼자 크게 소리 내어 웃었다. 그리고 이어서 이건창이 이기의 말을 받아 응원하듯 말했다.

-당연한 것 아닌가. 세상은 자신들의 것이라고, 자신들만이 문화가 뛰

어나다고 하겠지. 그러나 수많은 사서에 그대로 적혀있네. 아무리 자신들이 중심이고 문화의 생산자라고 우겨도 역사책을 다 없애지 못하는 이상 이를 비웃는 진정한 역사가들은 늘 있을 걸세. 중화의 땅보다 만주 대륙과 북방 쪽에 위대한 문화가 있었다는 것을 증명하는 발견이 계속 되고 있네. 《만주원류고》나 《요사》 그리고 《동이원류사》를 찾아보게. 점점 속이기 어려운 상황이 올 걸세.

이기의 발언은 막힘이 없었다.

-언제나 자신의 것이 다른 나라의 것보다 모자란다고 생각하는 역사의 바보들은 있는 걸세. 자신의 것은 모르고 남의 것만 옳고 대단하다고 하는 역사의 바보들이 늘 있어왔네. 지금도 그렇고, 이상한 것이 아닐세.

-저희들을 두고 하는 말씀 같습니다.

황현이 점잖게 한 마디 했다. 모두 웃었다.

-그렇다고 한 적이 없네.

이기가 이번에는 소리 없이 웃었다. 그리고 이어 말을 했다.

-우리 것은 배우지 않았고, 중화의 것만 크다고 들어왔으니 누구를 원망하겠는가.

-아쉽습니다.

-그렇네. 중화인들이 통치한 나라가 어느 나라인가를 살펴보게.

-송나라, 명나라 정도인데요.

이번에는 말없이 듣고만 있던 나철이 말했다.

-그렇지. 지도자는 물론 점령한 것도 다 북방민족일세. 우리와 형제라고 하는 나라들이 중화를 점령했고, 문화를 전파시켰네. 야만인이 어찌 문명인과 싸워 이길 수 있겠는가. 그리고 야만인이 통치한 나라가

더 길고 발전했는가를 생각해보게. 역사가 얼마나 왜곡되었는가를. 지금의 청나라가 명나라보다 야만한가, 지금의 조선보다 야만한가?

-지금 우리가 여러 가지로 부족해 청나라의 문명을 배워야 한다는 것이 실학자들 사이에서 중론입니다.

-그렇네.

-그 또한 안타깝습니다.

-역사에서 진정으로 중요한 것은 구성원의 자리도 중요하지만 진정 중요한 것은 정책이라는 것을 느끼곤 하네. 국가정책이 흥망을 좌우하지.

-저도 그렇게 생각합니다. 정말 옳으신 말씀입니다.

-국가의 흥망은 국가 정책의 방향으로 결정된다고 보네. 그런 면에서 조선은 노동을 경시하고, 공상工商을 멀리 한 것이 패망의 조선을 만들었다고 보네. 더구나 무역을 금지하고, 공부하러 보내는 유학생 하나 없는 나라가 조선일세.

-방법이 없을까요?

다시 조선이 일어날 방법에 대해 이건창이 물었다.

-바닥을 쳤으니 올라갈 일만 남았다고 봐야 하는데, 안타깝게도 아직은 바닥이 아닌 듯하네. 아직도 수렁으로 빠져들고 있다는 생각이 들어 낙망스럽네.

-그래도 저력이 있는 민족 아닙니까?

-나는 우리 민족을 믿네. 웅비할 날이 올 걸세. 지금은 잔뜩 움츠리고 있지만 정신이 살아있는 나라가 아니던가. 그리고 역사가 살아있는 나라가 아니던가.

-정말 그렇게 믿으십니까?

-믿다마다. 당연하지. 지금의 조선은 위대한 백성을 가지고 가난으로 몰락하는 나라를 만든 왕조일세. 정책의 실패로.

계연수, 〈북부여기〉를 만나다

6. 사랑하는 여인을 찾아 나선 홍범도

홍범도는 과거에 빠져 있었다. 파르라니 삭발한 머리에 아릿한 그리움이 막 산그늘을 걷으며 떠오르는 보름달처럼 아팠다. 보름달이 그리움인 줄을 예전엔 몰랐다. 보름달은 슬펐다. 보름달은 잠들었던 그리움을 불러 세워 활짝 꽃 피우게 하곤 했다. 아픈 사랑은 못 다한 사랑, 설레게 하는 것은 첫사랑, 슬픈 사랑은 이루지 못한 사랑이었다. 이 셋을 다 합친 사랑이 홍범도의 사랑이었다. 아리아리하고 절박한 사랑은 어느 날 깨졌다. 아프고 시리고 절박한 인생만을 살아온 홍범도에게 처음으로 사랑이라는 것을 알게 해 준 여인이었다. 남자는 사랑을 접어야 하는 스님이었고, 여자도 사랑을 해서는 안 되는 승려였다. 하지 말라는 금단은 달콤해서 유혹을 넘고야 말았다. 비구와 비구니의 사랑은 한 번에 타올랐다.

금단의 사랑이 무르익은 것은 외로움 때문이었다. 홍범도는 사랑 한 번 받아본 적이 없었다. 가슴 안에 뜨는 달이 무시로 쓸쓸하고 아팠다. 가슴 곳곳을 적시는 것은 달빛이 아니라 외로움이었다. 머리를 깎고 중이 되었지만 마음을 태우는 것이 있었다. 그리움이었다. 자제가 되지 않는 것이 사랑이었다.

금강산은 아름다웠다. 산이 아름다운 것은 홍범도에게는 의미가 없었다. 금강산은 눈에 들어오지 않고 한 여인의 아름다움에만 몸이 달아 있었다. 스님으로서 그러면 안 되는 것을 누구보다도 잘 알고 있었다. 하지만 금단의 열매가 더 달콤해 보였다. 자신도 모르게 옥녀와 처음 만났던 시간으로 들어갔다.

홍범도가 옥녀를 처음 본 것은 석간수가 떨어지는 샘에서였다. 한 눈에 들어왔다. 자신도 모르게 몸이 다가가고 있었다. 시리고 시린 사내가 푸르디 푸른 여승에게로였다.

-안녕하세요.

-예, 안녕하세요.

-처음입니다.

-예. 얼마 되지 않았습니다.

절에 들어온 지 얼마 되지 않았다는 의미였다.

홍범도도 머리를 깎은 지 얼마 되지 않았다. 절간에서는 할 일이 많았다. 겉으로 보기에는 한적하고 깊은 고요가 있었지만 안으로는 공양 준비부터 땔감 그리고 김장에 이르기까지 할 일이 많았다. 울력이라고 해서 스님들의 일거리는 쉴 틈이 없었다. 절에서 가능하면 채소도 자체 조달했다. 고추와 배추, 무우 등을 심고 관리하면서 공양 때 올려야 했다. 더욱 막내에게는 몸이 부족할 만큼 많은 일이 있었다. 매일 공양간에서 불을 담당하는 것만으로도 하루해는 짧았다.

홍범도가 절 물품을 전달하러 갔다가 옥녀를 만난 순간이었다. 참 묘한 일이었다. 가슴 안에서 무언가가 쿵, 하고 떨어지는 것을 느꼈다.

놀라거나 절망할 때에 가슴이 무너진다는 말을 하는데 그런 느낌이었다. 이게 무슨 현상이지, 싶었다. 가슴 안에서 천둥치는 것처럼 울림이 컸다. 홍범도는 애써 자신 안에서 일어나고 있는 현상을 숨기려 마음을 가다듬었다.

-물이 맑아요.

-예.

여승인 옥녀가 석간수를 손으로 만지며 대답하자 홍범도가 짧게 답했다.

-하늘에서 내려온 물이겠지요.

홍범도는 자신이 잘못 들었나 싶었다.'하늘에서 내려온 물'이라는 말이 특별하게 들렸다. 보통 샘물을 땅에서 솟는다고 하는데 하늘에서 내려왔다고 했다.

-아, 예. 그럴 거예요.

홍범도는 순간 생각했다. 지상에 있는 물은 모두 하늘에서 내려온 물이 맞았다. 비와 눈으로 하늘에서 내려온 물이었다. 샘물도 빗물이 스며들어 다시 솟아오르는 것이 옳았다.

-구름은 자신의 몸을 부수어 비로 내려요. 참 신기하지요. 구름이 자신의 몸을 헐어 떨어지는 순간 지상의 생명들은 생명수를 얻지요.

홍범도는 아득했다.

어찌 대답해야 할 지 몰랐다. 예상하지 못한 말이었다. 사실 홍범도는 신계사에서 관리하는 물품을 나누어 주던 중이었다. 홍범도는 물품 배달을 전문으로 하는 승려였다. 절 용품을 전달했으니 얼른 돌아가야 하는데 하면서도 샘가에 머무르고 있었다. 5월의 초록은 아기 손 같은 잎을 달고 바람에 흔들리고 있었다. 생기를 담은 잎들이 나풀거릴 때마다 세상이 살짝 흔들린다는 착각을 불러일으킬 정도로 5월의 바람은 생기를 띠며 세상을 일으켜 세우고 있었다.

-별들이 반짝일 때마다 꽃이 한 송이씩 핀다고 했어요.

-누가요?

참으로 신기한 말을 하는 여인이었다. 계연수는 여승의 말에 자신도 모르게 누가요, 라고 말했다.

-저희 할머니요.

이름은 이옥녀. 삭발이 슬픈 여승이었던 옥녀의 얼굴에는 달빛보다 창백한 여인이 들어있었다. 사연 없는 승려는 없다. 세상과 등을 지고 오로지 깨달음 하나에 목숨줄을 걸고 사는 존재들이었다. 부모를 버리고, 세상을 버리고, 산속으로 들어가는 일이 아무나 할 수 있는 일이 아니었다. 옥녀에게도 사연이 있었다. 절간에서 세속의 일을 묻는 것은 금기사항 중 하나였다. 스스로 말하기 전에는 묻지 않았다. 그런 옥녀를 보고 사랑에 빠지고 있는 한 스님이 있었다. 홍범도였다.

홍범도는 마음을 다 잡고 말을 이어갔다. 정신이 약간은 혼미했다.

-할머니께서 크게 깨달으셨나 봐요.

-공부라는 것을 해 본 적이 없으세요. 글도 모르고, 저 하나 키우는 것만으로도 벅차게 생각하셨는걸요.

-공부하고 깨닫는 것은 별개지요.

-그렇긴 해요. 저 작약도 공부 잘해서 꽃 핀 것이 아닐 거예요.

샘가에 피어있는 작약을 바라보며 옥녀, 아니 여승이 말했다. 말마다 생기가 돌았다. 말에 생명을 불어넣는 요정 같았다.

홍범도는 옥녀와 이야기하는 것이 신기했다. 자신이 스스로 신기하게 느껴졌다. 천국을 잠시 빌려온 것처럼 마음 안에 꽃이 피어나고 있었다.

-우리 할머니는 한 사람이 기도할 때마다 꽃이 한 송이씩 피어난다고도 했어요.
이런 느낌은 어디에서 오는 걸까. 홍범도는 아득하고 멀미 같은 것이 느껴졌다. 사람멀미도 하는구나. 느낌이 좋았다. 이러면 안 되는데 하면서 옥녀에게 빠져들고 있었다. 옥녀는 한결같이 맑고 밝았다. 티 없이 순결해 보였다.
-기도한 수만큼 세상에는 꽃이 피겠군요.
-그럼요. 눈물이 떨어진 자리에도 꽃이 피어난다고 했어요. 슬픔도 꽃이 되는 거지요.
-아하. 그렇군요.
-그래서 무덤가에 할미꽃이 곱게 피어나는 거라고 했어요.
어찌하면 좋을까. 왜 이리도 감당할 수 없이 사람에게 빠져 들까. 홍범도는 물건을 전달하고 돌아가야 하는 사람이었다. 지금 자신의 신분이 승려가 아니던가. 마음은 가야한다고 하면서 자신의 깊은 곳에서 그냥 여기에 계속 있으라고 했다.
-할머니는 시인이신가 봐요.
-그럴지도 몰라요. 사는 건 꽃이 되는 거라고 했어요. 그리고 꽃이 지면 별이 된다고 하셨어요. 참 신기한 분이셨어요.
홍범도는 다시 현기증이 났다. 이런 말을 들어 본적이 없었다. 거칠고 험한 말이 오가는 시장통에서 자랐다. 남의 눈치만 보느라 약아졌고, 거칠어졌다. 팔에 근육이 생기고 사내다운 모습이 홍범도였다. 야리야리하고 부드러운 말과는 거리가 멀게 살아온 사람이었다. 지금까지 만나온 사람하고는 다른 사람이 옥녀였다. 이런 사람도 세상에 있구나 싶었다. 전혀 없었던 것으로 알았던 감성이 살아나고 있었다. 꽃이 아름답다는 것도 옥녀의 이야기를 들으니 비로소 아름다웠다. 별이 반짝일 때마다 꽃이 한 송이씩 피어난다거나 한 사람이 기도할 때마다 꽃이 한 송이씩 피어난다는 말을 듣고 보니 꽃이 의미 있고 아름다워 보였다. 세상이 다시 태어나는 느낌이었다.

-저는 꽃이 아름다운 줄 몰랐어요. 오늘에야 꽃이 아름답게 보였습니다.

갑자기 정색을 하며 홍범도가 말했다. 그런 홍범도의 표정을 보고는 옥녀가 말했다.

-소년 같아요.

다시 홍범도의 얼굴이 빨개졌다.

옥녀는 홍범도의 표정 변화를 보면서 환하게 웃었다. 부끄러워하는 모습을 보고는 즐거워했다.

-저는 절 생활을 하면서 회색빛이라고 생각했는데 오늘 초록빛인 걸 알았어요. 사람이 있어야 절도 생명을 갖는구나 싶었어요.

-아, 예. 맞아요. 저도 회색빛 같았어요.

홍범도의 말을 옥녀가 받아주었다. 둘이 이야기를 나누는 공간 가득 소리가 들려왔다.

-등명, 자네 아직도 안 갔나?

홍범도가 물건을 전달하러 온 신충사의 송도 스님이었다. 등명은 홍범도의 법명이었다.

-그래. 알았어.

송도 스님을 향해 말해 놓고는 다시 옥녀를 바라보았다.

-또, 또 봐요.

말을 더듬으며 홍범도가 말했다. 옥녀는 말없이 웃었다. 홍범도는 길을 재촉해 신계사로 향했다.

홍범도는 정신을 차렸다. 옥녀와 처음 만났던 생각에 잠시 잠겨 있었다. 보고 싶었다. 그토록 찾아다녔지만 만날 수가 없었다. 홍범도가 몸을 담고 있던 신계사에 있을 때 신충사에 가서 만난 사람이었다. 옥녀는 신충사에 있는 비구니였다. 홍범도와 옥녀는 비구와 비구니로 만났다. 남과 여로 만날 수 없는 곳이 절이었다. 금단의 땅에서 사랑이 싹텄다.

홍범도는 신계사 주지 스님 앞에서 머리를 깎고 중이 되었다. 신계사는 금강산 중에서도 외금강에 위치한 절이었다. 내금강의 봉우리를 한눈에 받아들이는 정양사와 만폭동의 기이한 풍광을 독차지한 보덕암이 있다. 그럼에도 명찰로는 장안사, 표훈사, 유점사, 신계사를 금강의 4대 사찰이라 했다. 보운선사가 창건한 신계사는 임진왜란이 일어나자 승려의 신분으로 서산대사, 사명당, 처영대사가 함께 승군을 일으켜 지휘한 곳이었다. 오른 쪽으로는 세존봉이 있고 아래로는 신계천이 흘렀다. 동편에는 문필봉이 있어 외금강의 절경을 품 안에 안아서 아늑한 절이었다.

홍범도는 모처럼 조용하게 시간을 즐기고 있었다. 다시 옥녀를 만났던 때로 생각이 옮겨갔다. 한 사람을 사랑한다는 것은 사랑하는 사람의 거친 운명까지도 받아들여야 한다는 것을 안 것은 이후였다.

임계점까지 올라가면 결국은 터지고 만다. 끓어오르는 욕망의 분출은 샘과 같아서 멈추지 않고 솟았다. 스님이 되고자 들어온 절에서 사랑하는 사람을 만났다는 것은 비극이었다. 그날 이후로 옥녀를, 법명으로는 월명을 보지 못하면 잠이 오지 않았다. 사랑은 작은 불면증으로부터 시작되었다. 비구와 비구니의 공간은 엄격히 구분되어 있었다. 구분된 공간 외의 대웅전이나 마당에서의 만남은 자유로웠다. 더구나 신계사와 신충사는 떨어져 있었다. 명분이 없으면 찾아가 만날 수가 없었다. 홍범도의 사랑은 짝사랑으로 시작되었다. 첫 만남에서 이미 한 사람은 한 사람에게로 기울어 있었다. 다행인 것은 홍범도는 자유로운 승려였다. 물품을 나누어주러 수시로 다른 절을 다녀야 했다. 신충사도 그 안에 있었다.

-보고 싶었어요. 월명스님.

-저도 기다렸어요.

보고 싶었다는 홍범도의 말에 월명 스님의 대답을 듣는 순간 홍범도는 귀를 의심했다.

홍범도는 자신의 말에 '저도 그랬어요'라는 대답이 오자 마음이 울렁거렸다. 너무 기다렸고, 반가운 말이었지만 마음을 자제하고 차분하게 말하려 노력했다.

-한 사람을 안다는 것은 또 다른 하나의 세상을 알게 된다는 것을 느꼈어요.

홍범도는 자신이 한 말에 자신이 의심스러웠다. 이런 말을 하고 있는 자신이 놀라웠다.

-생각을 바꾸면 세상이 달라진다고 하는데, 등명 스님께선 한 사람을 아는 순간 세상이 달라지셨군요.

-어떻게 제 이름을 아셨어요?

-훔쳐보는 세상이 아름다운 거지요.

-저는 숨어있었군요.

옥녀의 법명이 월명이었고, 홍범도의 법명이 등명이었다. 월명 스님 아니 옥녀의 물음에 홍범도가 대답했다. 그리고 다시 월명 스님이 자신은 숨어있었던 게 된다는 의미로 말했다. 월명 스님은 말을 참 이쁘게 하는 스님이었다. 두 사람은 자연스럽게 숲으로 들었다. 홍범도는 분명 밀린 일이 있어 자신을 찾을 것을 알고 있었지만 개의치 않았다. 바람이 부드러웠다. 두 사람의 마음이 빚은 말들이 익어가고 있었다. 빛이 만들어 놓은 날의 나무 그늘 아래, 너럭바위에 걸터앉아서였다.

-세상이 참 고와요.

-맞아요. 5월은 아름다워요.

월명 스님의 말에 홍범도가 답했다.

단풍나무 그림자가 두 사람을 쓰다듬는 것도 모르고 이야기에 빠져들었다. 산 중에 순한 짐승 둘이 첫사랑을 만들고 있었다. 인생에서 처음으로 이성을 느낀 사람이었다. 두 사람 모두 처음이었다. 봄잎처럼 여리고 순했다. 초록빛으로 막 올라온 새 순처럼 식물성의 사랑이 싹트고 있었다. 손 한 번 잡을 엄두도 내지 못했다. 아기새의 가슴처럼 콩닥거렸다.

-몰래 해서 더 좋아요.

월명 스님이 말했다. 뜻밖의 말이었다.

마른 콩이 몸을 틀며 안에 있는 콩을 날려 보내면 예측할 수 없는 방향으로 콩이 튀어나가듯이 월명 스님의 말은 예측하기 어려웠다. 발랄하면서도 신비스러웠다. 홍범도만의 생각일 수 있었다. 이미 한 사람을 알아서 다른 세상을 만나고 있어서일 수도 있었다.

월명 스님, 즉 옥녀에게는 할머니의 기억밖에 없었다. 어릴 때 부모를 잃었다. 할머니와 둘이 살다가 할머니마저 몸이 불편해지자 돌봐 줄

친척 집으로 전전하다 절로 들어왔다. 홍범도와 처지가 비슷했다. 홍범도도 부모의 사랑을 전혀 모르고 살아왔다. 우여와 곡절을 겪은 후에 신계사까지 들어오게 되었다.

-저는 엄마 아빠라는 이름을 불러 본 기억이 없어요. 분명 계셨을 텐데요.

-아하. 그렇군요. 저도 그래요.

월명스님의 말에 홍범도가 대답했다. 같은 처지였다.

-엄마와 아빠라는 받아줄 사람이 없다는 건 슬픈 일이예요.

-맞아요.

-그래서 저는 엄마 아빠라는 이름에서는 슬픔 냄새가 난다고 생각했어요.

-아, 그렇군요. 슬픔에도 냄새가 있다는 생각은 못했어요.

-그리움은 달빛보다도 파랗거든요. 멍이 들어서 그래요.

-왜요?

월명스님의 말에 홍범도가 물었다.

-보고 싶어서지요. 하지만 이제는 그리워하지 않아요. 그리움은 받는 사람의 몫이 아니라 그리워하는 사람의 몫이었어요. 그래서 그리움에 귀가 있으면 좋겠다는 생각을 했지요.

-그건 또 왜지요?

-그리움에게 말을 하면 그리움이 엄마와 아빠에게 전해줄 것 같아서요.

-아. 그랬군요.

월명 스님의 말에 홍범도도 같은 처지인 자신을 떠올렸다. 하지만 말하지 않았다. 월명스님의 말을 더 듣고 싶었다.

-지금은 그런 생각도 안 해요.

-그럼 무슨 생각을 해요.

-사람은 혼자라는 것을 조금 알았어요. 가만 보니 다 혼자였어요.

-…?

-이것 봐요. 느티나무도 갈참과 졸참나무도 혼자예요. 애기똥풀도 혼자고 찔레꽃도 혼자인걸요. 살아있는 것들은 가만히 세상을 듣고 있는 것이었어요.

두 사람의 대화를 깨는 소리가 들렸다. 조금 떨어진 곳에서 사람들의 말소리가 들렸다. 둘은 얼른 자리를 정리했다.

-그럼 내일 또 봐요. 내일도 배달거리를 만들어 올게요.

신충사에 물건 배달을 올 수 있는 핑계를 만들어보겠다는 말이었다.

-예.

월명 스님이 작게 대답했다.

홍범도는 자신이 월명 스님과 함께 걸어온 길과 다른 길로 돌아서 신계사로 향했다. 못 보는 날은 가슴이 탔다. 애가 탔다. 아리아리하고 여리여리한 가슴에 불이 나는 것을 알았다. 참을 수 없는 것이 사랑이었다. 멈출 수 없는 것이 사랑이었다. 사랑은 넓게 볼 수 있는 것이 아니었다. 바람이 한 쪽 방향으로 몰고 가듯 외곬으로 몰아가 다른 곳을 볼 수 없게 하는 편집증적인 것이 사랑이었다. 볼수록 보고 싶고, 만날수록 더 만나고 싶었다. 욕망은 채워지는 것이 아니라 채워진 것보다 더 크게 비었다. 들판에 불이나 타들어 가면 탄 공간만큼 비어가듯 욕망은 욕망을 찾으며 더 큰 욕망을 불렀다. 두 사람이 있는 공간은 속세의 사랑을 하지 않기로 하고 들어온 절이었다. 이미 두 사람은 멈출 수 없는 욕망의 능선을 넘고 있었다. 간절하게 서로를 찾았다.

-보고 나면 또 보고 싶고, 안 보면 더 보고 싶어요.

-저도 그래요.

홍범도의 말에 월명 스님이 대답했다.

홍범도는 신충사에 일이 있도록 만들어 다시 찾아왔다. 그리고 만났다. 외롭게 자라서 더욱 사람을 그리워하는 두 사람이었다. 깨달음은 멀고, 사랑은 가까웠다. 줄기 하나에 한 송이의 꽃을 피우는 양귀비. 양귀비의 꽃잎은 자극적이었다. 양귀비꽃의 도발적인 자극보다도 뽀얀 얼굴로 웃음을 짓는 월명 스님의 맑은 웃음이 더 자극적이었다. 근육질의 홍범도의 눈에는 월명 스님의 티 없이 맑은 웃음으로 가득 찼다. 동공 가득한 그리움은 이미 그리움을 넘어 짐승의 욕망으로 한 사람을 탐하고 있었다. 짐승의 눈으로 탐하는 홍범도의 눈 속에 자신이 들어있는 것을 이미 읽은 월명 스님은 꼼짝도 않고 있었다. 짐승의 근육질을 가진 홍범도의 사랑은 이미 봄날의 새순 같은 월명 스님의 몸에게로 손을 뻗고 있었다. 회색빛 승복에 풀물이 들어 청춘의 욕망은 일어서고 있었다. 스러질 준비를 모두 마친 월명 스님의 몸은 짐승의 몸을 받아들이고 있었다. 탐하는 자와 탐을 기다리고 있는 자의 교합은 거칠었지만 낙원으로 안내하고 있었다. 하루가 멀다 하고 만남은 이어졌다. 짐승의 욕망처럼 서로를 탐했고, 원했다. 사랑은 죄가 없었다. 다만 절간에서 하지 말아야 하는 금지된 사랑이 있을 뿐이었다.

홍범도는 주지스님 앞에 앉았다. 주지 스님은 지담스님으로 홍범도의 머리를 깍아 준 스님이었다. 잠시 후에 월명 스님이 들어왔다. 두 사람은 이미 알고 있었다. 지담 스님이 찾은 이유를 다 알고 있었다. 지담 스님은 두 사람의 관계를 알고 있었다.

-짐을 싸거라.

지담 스님은 한참을 있다가 말했다. 예상하기는 했지만 생각보다 빨랐다.

홍범도는 아무 말도 하지 않았다. 월명 스님도 아무 말이 없었다.

-몸이 저지른 일은 마음도 책임져야 한다. 너희들의 잘못이 아니라 여기의 법도가 그렇다. 어찌하겠느냐. 너희들이 원하는 세상에서 사는 것이 옳다. 내려가거라. 노잣돈은 준비하라고 해 놨다.

두 사람은 아무 말 없이 듣고만 있었다.

-인연만큼 만나는 것이 세상 이치가 아니겠느냐. 내 살아보니 운명은 찾아오고, 운명을 받아들일 선택은 내가 하는 것이더라. 너희들의 선택이 옳은 것일 게다. 만날 운명이야 어찌할 수 없지만 한 사람을 사랑으로 받아들이고자 했으니 잘 살거라.

여전히 두 사람은 말이 없이 앉아 있었다. 할 말이 없었다. 변명도 필요 없었다.

-그만 나가 보거라.

홍범도는 정신이 퍼뜩 들었다. 바깥에서는 김형도가 주관하는 수련 준비가 한참이었다. 시끄러운 소리가 안에까지 들려왔다. 첫사랑 옥녀와의 사랑의 순간을 떠올리고 있었다.

7. 끊긴 국통맥을 이어줄《북부여기》

데라우치의 명을 받은 감연극은 한양으로 들어가려고 배에서 하선하고 있었다. 인천항이었다. 역사를 연구하는 자들이 적이라는 생각을 가지고 특파된 존재였다. 일본 제국이 아시아를 점령하는데 조선은 방해가 될 존재라는 것을 교육받았다. 특히 조선의 역사가들이 문제였음을 집중적으로 교육받았다.

일본이 조선의 역사와 문화를 점령해야 정신적으로 아시아를 점령하는 중요한 역할을 할 수 있음을 교육받은 자였다. 핵심에는 데라우치가 있었다. 정치적인 입지를 세우기 위해 야심적으로 세운 전략이었다. 조선을 휘어잡기 위해서는 방해자들인 역사연구자들을 탄압하고, 최종적으로는 제거해야 한다는 생각을 가지고 있었다. 역사의 왜곡을 통해서 일본의 우월함을 만방에 천명하고, 조선을 집어삼킨 후 조선을 일본화하는데 중요한 역할을 할 수 있도록 준비하고 있었다.

감연극은 데라우치가 특명으로 내려 보낸 자였다. 감연극이 조선으로 스며 들고 있었다. 감연극은 잔인하고, 악랄한 자였다. 한 번 심문을 맡으면 기어이 자백을 받아내고야 마는 자였다. 목적을 위해서는 모든 방법을 다 썼다.

눈이 충혈 되어 가면서까지 필사를 마쳤다. 이태집은 역사에 대해서는 열성을 다했다. 이관집, 이태집 형제는 누구보다도 앞서서 열정적이었다. 《북부여기》 필사를 마친 후 다시 범장에 대한 조사를 시작했다. 《북부여기》는 계연수와 이관집, 이태집 형제에게는 하나의 사건이었다. 고구려의 건국 과정을 확연하게 알려주기 때문이었다. 그동안은 고조선에서 고구려로 이어지는 것이 희미했다. 이어지지 않고 부분 단절되어 있었다.
새벽까지 필사를 마치자 계연수는 집으로 돌아왔다. 아버지 어머니에게 인사를 드리고 가져온 서책들을 전해드렸다. 서책을 전해드리자 어머니가 편지를 전해주었다. 이기로 부터 온 편지였다. 자신의 방으로 들어와 편지를 펼쳤다.
"역사를 짊어지고 사는 이기라는 사람입니다. 이건창이라는 사람과의 인연으로 글을 올립니다. 은자라면 답해주기 바랍니다. 그리고 가능한 빨리 만나고 싶습니다. 추락하고 있는 나라를 보면서 역사를 지켜내고, 역사를 종합해서 새로 세울 사람이 필요합니다. 우선은 흩어져 있는 것을 모아야 할 때입니다. 부분으로 떠돌고 있는 것을 하나로 완성해야 할 시점입니다. 종합해서 완성된 것을 나누어 가져야 합니다. 그래야만 보존이 가능하고, 교육시킬 수 있는 역사서가 될 수 있습니다. 시간이 그리 많지 않습니다. 상황은 점점 어려워지고 있습니다. 우리 대에서 끊어질 지도 모릅니다. 환민족의 역사가 사라지지 않게 하기 위한 마지막 조치라고 생각됩니다. 은자라면 답해주시기 바랍니다."
이기의 편지 내용으로 한 번에 알 수 있었다. 이기라는 사람은 역사의 은자임을. 계연수는 이건창을 기억했다. 이건창은 평안도 압록강변에 있는 오지 벽동으로 유배를 왔었다. 그때 만났던 인물이었다. 조선에 또 한 사람의 은자가 존재하고 있다는 생각을 하니 고마웠다. 계연수는 바로 답장을 썼다. 한양으로 찾아갈 것을 적었다.

그리고 며칠 동안 이 진사 집에서 가져온 서책들을 탐독하기 시작했다. 오래 된 서책임에도 보전이 잘 되어 있었다. 가장 먼저 손이 간 것은《북부여기》였다. 저자에 대해서는 이 진사의 아들로부터 들은 바도 있고, 여러 서책에서 찾아보았다. 정작 궁금한 것은 범장에게 비서를 전해준 소전거사에 대한 궁금증이었다. 소전거사는 어떤 인물일까.

소전素佺거사는 이름에서부터 예사롭지 않았다. 우리의 전통 속에 살아있는 삼신과 하나 되어 온전한 사람이 된다는 의미의 '전佺'자를 이름에 쓴 것으로 보아 신교문화의 전도佺道에 회통한 인물이었을 것이었다.

소素는 희다는 뜻을 가진 것으로 희다는 뜻과 함께 '본디 처음 바탕'이라는 의미를 가지고 있다. 흰색은 우리 민족의 고유색을 말할 때 쓰는 글자다. 지금도 남아있다. 조선인은 흰옷을 입고, 소복素服이라해서 상가喪家에서 입는 복식이다. 또한 소복은 무늬가 없는 피륙을 말한다. 소素는 생명주生明紬를 말하는데 생사를 정련이나 염색하지 않은 채로 제직한 견직물로 우리나라 재래적인 개념의 것으로 수직으로 된 백견포白絹布를 말한다. 전佺은 사람인人에 온전할 전全을 써서 온전한 사람, 즉 완전한 사람이다. 또한 신성시되는 흰 비단이다. 종합하면 소전素佺이란 이름에는 우리의 전통사상을 아는 사람으로 깊은 식견이 있는 사람이라야 지을 수 있는 이름이다. 소전素佺은 우리 겨레가 수천 년을 흰옷을 입고 살아온 이름으로 백의白衣민족과 사람으로서 완성된 인간을 뜻하는 전佺이 합쳐진 이름을 가진 인물이란 점이다.
그러기에 소전거사의 실체가 밝혀지지 않았지만 한민족의 창세 역사를 되찾게 해준 배후의 인물이었다. 또한 전佺에 대한 기록이 있다. 가륵단군이 삼랑 을보륵에게 신왕종전지도神王倧佺之道에 대해 물었다. 을보륵은 이렇게 답했다. "종倧은 나라에서 선발한 스승이요 전佺은 백성이 천거한 스승입니다. 세 고을三忽에서 뽑은 사람은 전佺이 되고 구한九桓에서 뽑은 사람은 종倧이 됩니다." 백성들이 뽑은 백성들의 스승이 전佺이다.
소전거사가 있었기에 어둠에 있던 역사가 다시 드러내 세상으로 나오게 되었다. 부여가 있었던 시기는 환민족의 역사에서 가장 분열되었던 시기였다. 고조선은 무너지고, 고구려는 일어서기 전이었다. 환민족의 역사에서 가장 큰 위기의 시기였다.
가져온 《북부여기》에서 부여의 역사를 살펴보았다. 지금까지 계연수가 알고 있었던 부여에 대한 생각을 상당 부분 바꾸어야 했다. 부여란 국호는 이미 고조선에서 출발한 것은 알았지만 고조선을 이어서 부여국이 시작된 것이 아니었다. 부여라는 이름은 단군조선의 초대왕인 단군왕검의 막내아들의 이름이라는 것은 알고 있었다. 부여국의 출발이 고조선의 개명으로 출발한 것은 의외였다.
44세 단군이 나라가 위태로워지자 위기타개책으로 국호를 바꾸는데 그것이 바로 대부여였다. 또한 삼한관경제를 지켜왔던 것을 삼조선 체제로의 변환이었다. 고조선이 약화되는 결정적인 계기가 되었다. 삼한조선과 삼조선은 다른 개념이었다. 삼한조선은 절대권을 가진 단군이 좌우의 부단군을 두고 통치한 것이고, 삼조선은 세 개의 조선이 같은 병권을 가지게 된 것을 말했다.

놀라운 사실들이 적혀 있었다. 몰랐던 내용들이었다. 실질적인 부여는 고조선의 마지막 단군인 47대 고열가 단군이 제위를 버리고 산으로 들어가면서부터였다. 고조선 본가의 고열가단군이 단군의 자리를 버리고 떠난 빈자리를 메운 것이 해모수였다.

열중하고 있을 때 계연수 어머니가 꿀물을 타서 가지고 들어왔다.

-힘들지 않냐?

-아닙니다. 좋습니다.

-편지에는 무슨 내용이 있더냐?

이기가 보낸 편지를 두고 묻는 말이었다.

-그 분도 역사를 하시는 분이십니다. 만나자고 해서 한양으로 빠른 시일 내에 가볼 예정입니다.

-그렇구나. 몸은 괜찮냐?

묘향산 단굴암에 다녀온 후에 무리한 것이 없느냐는 물음이었다.

-좋습니다. 피곤도 풀렸고, 도리어 적당히 운동을 하면서도 쉴 수 있어 좋았습니다.

-다행이구나. 일 보거라.

-예. 어머니께서도 쉬세요.

어머니가 나가자 다시 서책을 살폈다.

몰랐던 부분을 알게 될 때의 희열이 넘쳤다. 하지만 부여를 보면서 역사는 영광과 치욕, 전진과 후퇴, 도전과 응전이 교차되며 이루어지는 것을 느꼈다. 개인의 흥망이나 국가의 성쇄가 하나도 다르지 않음을 볼 수 있었다. 중요한 것은 어떠한 사건이 일어나느냐가 아니라 어떻게 대처하느냐가 중요했다. 더 중요한 것은 그것을 바라보는 주체, 즉 정신이었다. 정신은 주체적인 사고였고, 정체성이었다. 역사는 사건과

흐름을 파악하는 것도 필요하지만 진정 중요한 것은 역사를 만든 정신이라는 것을 확인했다.

우리의 국가 정신이 있을 때 역사는 존재의미가 있었다. 다시 말하면 국가정신이 있을 때 국가의 역사가 필요한 것이었다. 정신이 없으면 국가의 탄생과 몰락이 사소한 사건에 지나지 않는 것이었다. 우리의 역사는 건국에서부터 지금까지 살아남은 것이 정신이었다. 그것을 찾아내고 확인하도록 하는 일차적인 작업이 정신이 들어가 있는 역사의 복원이었다. 계연수 자신이 할 일이라고 자신에게 주입시켰다.

다시 부여의 역사에 대해 살펴보기 시작했다. 부여는 복잡했다. 통일된 하나의 통치 조직으로 만들어진 것이 아니라 상황에 따라 일어서고 무너져갔다. 대부여에서 북부여로 이어지고 북부여는 다시 갈사부여와 연나부부여로 이어진다. 연나부부여가 서부여였다.

특별한 것이 있었다. 고조선이 문을 닫을 때 마지막 단군인 고열가단군이 단군 자리를 버리고 입산하자 오가五加가 과도기 공화정을 시작했다고 했다. 그리고 북부여가 탄생할 때 오가의 공화정을 철폐했다고 기록되어 있었다. 신권臣權정치가 애초에 있었고, 신권정치를 포기해서 중앙집권체제를 다시 갖게 했다는 기록이었다. 애초에 여러 부족의 부족장들이 통치하다가 강자가 출현하면 중앙집권체제로 전환했다는 의미였다.

고조선의 멸망과 함께 고조선의 국통을 이어받은 나라는 북부여였다. 북부여의 시조는 해모수였다. 또한 고구려의 시조가 해모수였다. 고주몽이 고구려의 시조로 알고 있지만 고주몽은 고구려를 개국하면서 북부여를 고구려의 적통으로 삼았다. 다시 말하면 북부여라는 나라 이름을 바꾼 것이 고구려였고, 고주몽은 고구려라는 이름을 가진 최초의 왕이었지만 해모수로부터 계산하면 4대 왕이었다. 북부여부터 계산하면 고구려의 시조로 알려진 고주몽은 4대 왕이었다. 그래서 고구려의 역사는 북부여까지 넣어서 900년이었다.

깨어진 역사의 조각이 맞춰지는 순간이었다. 부여가 고구려로 국호를 바꾸는 것에 대해서도 명백하게 알 수 있는 내용이 있었다. 고주몽이 나라 이름을 부여에서 고구려로 바꾸게 된 것은 선조가 다스리던 땅의 이름을 따서 명명한 것이 이유였다. 고주몽의 할아버지가 고진이었다. 북부여의 고우루단군이 고주몽의 할아버지인 고진을 발탁하여 서압록을 지키게 했다. 우거의 침입을 막아내는 공을 세웠다. 고진의 벼슬을 높여 고구려후로 삼았다. 고구려는 지명 이름이었다. 고진이 고구려 땅을 지배하는 고구려후가 되어 고주몽은 그곳에서 나고 자랐다. 고진은 북부여를 건국한 해모수의 둘째 아들이었다. 고주몽은 고진의 손자이기도 하고, 해모수의 증손자이기도 했다. 고주몽은 고구려를 건국한 왕이 아니라 북부여를 계승해 이름을 고구려로 바꾼 왕이었다.

고주몽은 '나는 천제의 아들'이라고 선언했다. 당찬 고주몽의 선언이었다. 천자는 동이족, 즉 배달겨레만이 가진 호칭이었다. 하늘을 아버지로 삼고, 땅을 어머니로 삼은 천제의 아들이라고 했다. 이른바 천지인의 나라였다. 국권을 쥐는 자의 권능은 하늘이 내린 점지된 인물이어야 했다. 하늘의 아들의 권능을 가진 자만이 국권을 잡을 수 있었다.

더욱 놀라운 발견을 했다. 고조선의 멸망 과정을《북부여기》에서 자세하게 보여주고 있었다. 삼한조선에서 삼조선으로의 변화는 단군의 권력 누수에서부터 시작되었다. 강력해진 중화의 한나라의 침공까지 더해져 고조선은 무너졌다. 이미 힘을 잃은 상태에서 한의 7세 황제인 무제가 북부여를 침공했다. 이때 들불처럼 의병을 일으켜 한나라로부터 나라를 구한 영웅이 나타났다. 고두막한이었다. 북부여의 고우루단군은 태풍 앞에 작은 돛단배 같은 처지였다. 고두막한이 백성의 뜻을 받아들여 고우루단군에게 동생을 보내 고두막한의 뜻을 전했다.

"나는 천제의 아들이오. 장차 여기에 도읍하고자 하니 임금은 이곳을 떠나시오"

고두막한이 고우루단군에게 던진 최후통첩이었다.

북부여의 고우루단군은 고두막한의 압력으로 이동하여 나라를 다시 세웠다. 재상 아란불이 주청한 장소로 이동했다. 가섭원이었다. 가섭원은 토양이 기름지고, 오곡이 자라기에 적합한 곳이었다. 이곳에 도읍한 것이 가섭원부여 또는 동부여라고 했다.

북부여의 단군 자리를 고두막한이 자신의 친 동생에게 넘겨주었다. 그리고 다시 국력을 키워 무너진 고조선과 배달겨레의 국통맥을 이어가는 사람이 바로 고두막한이었다. 다시 일어서는 북부여로 거듭났다. 고두막한이 힘을 결집해서 동생이 경영하던 북부여를 직접 접수했다. 다시 일어나 개창했다고 해서 후북부여로 불렸다. 그리고는 고두막한이 정식으로 북부여의 단군으로 등극했다. 고두막한은 졸번에서 즉위하고 스스로를 동명東明이라고 했다. 나라 이름도 동명국이라고하고, 동명왕이었다. 고두막한은 고조선의 마지막 단군인 47세 고열가단군의 후예라고 했다. 즉위한 고두막한 단군은 사람됨이 호방하고, 영준하며, 용병을 잘했다.

계연수는 가슴이 벅찼다. 혼자 보기에는 아까웠다. 숨겨져 있던 비사가 자신 앞에서 드러나고 있는 것에 대해 가슴이 벅찼다. 고조선과 고구려가 이렇게 이어졌구나, 하며 감격했다.

마침 이관집과 이태집이 함께 집으로 찾아왔다. 두 형제도 감동을 감당하기 어려워 함께 하려 찾아왔다. 이태집이 필사한 책을 그대로 들고 왔다. 어느 새 책처럼 묶어 그럴싸하게 만들어서 가져왔다.

-형님. 벌써 외울 만큼 읽었어요.

이태집이 계연수에게 자랑하듯 말했다.

-나도 그랬네. 읽으면서 행복했지. 끊긴 국통맥을 이어주니 감동이었어.

계연수도 음성이 커졌다.

계연수도 벌써 몇 번이나 읽었다. 행간마다 적힌 의미를 찾아서 해석하고 있는 중이었다. 분량이 많지 않아 벌써 몇 번이나 읽을 수 있었다. 역사를 알지 못하는 사람이 보면 읽어낼 수 없는 기록이었다. 역사적 사실이나 당시 상황을 어느 정도 기본 상식이 없으면 막막한 기록일 수 있었다. 다행히 두 형제는 고대사에 대한 전문가였다. 계연수와 이야기를 시작하면 끝이 없이 이어갔다.

-고주몽에 대한 이야기가 나오던데요.

-그랬지. 태어난 곳이 정확하게 기록되어 있어서 놀랐지.

-저도 그랬어요. 단기 2225년 5월 5일이라고 날짜까지 확연하게 기록되어 있었고, 차릉에서 태어났다고요. 고두막한이 졸본에서 즉위하고, 바로 그 땅이 고주몽이 태어난 곳일세. 졸본卒本이라면 광개토호태왕의 비문에 있다는 홀본忽本이군요.

-그렇지. 고주몽이 고구려로 국호를 개명하고 도읍으로 인정한 곳이지.

-고주몽이 왕으로 등극한 경위에 대해서도 소상하게 적었던데.

-맞아요. 고무서단군에게는 아들이 없어 안타까워 했는데, 고주몽을 공주와 연을 맺어주었어요. 고무서단군이 사망하자 고주몽이 왕으로 즉위했는데 나이가 23세였습니다. 사위를 왕으로 세운 것입니다.

같이 읽고 같이 이야기하며 확인하는 작업이 재미있었다. 이관집은 두 사람의 이야기를 듣고 있었다. 어떻게 보면 계연수와 이태집이 더 형제처럼 보였다. 하지만 이관집은 두 사람이 형제처럼 지내는 것을 오히려 고마워했다. 결국 삼형제처럼 어울려 지냈다.

-고주몽이 북부여를 계승하기 전에 피난한 과정 생각나나?

-그럼요. 당시 동부여 사람들이 주몽을 죽이려 하니 주몽 어머니의 명을 받아 길을 떠났지요. 동행한 사람은 오이, 마리, 협보로 친구의 의를 맺은 사람들이었고요. 차릉수에 이르러 강을 건너려 했으나 다리가 없어 기도를 했습니다. "나는 천제의 아들입니다. 하백의 외손으로 오늘 달아나는 길인데 쫓는 자가 다가오고 있습니다. 이를 어찌하오리까?"

-그러자 물 속에서 물고기와 자라가 수없이 떠올라 다리가 되었지. 주몽이 물을 건너자 물고기와 자라가 흩어졌다!

이태집의 이야기를 받아 계연수가 이야기의 끝을 맺었다. 세 사람이 이야기를 주고받으면서 모두 흔쾌하게 웃었다.

-여기서 차릉수는 광개토호태왕 비문에 있다는 엄리대수로 되어 있는데 지금의 송화강을 말하는 것으로 보이네.

-광개토호태왕 비석을 찾아 빠른 시일 내에 가봐야겠다.

이관집이 계연수를 바라보며 말했다.

계연수는 내용은 알고 있음에도 직접 보지 못해 아쉬웠다. 이관집 형제의 요청이 반가웠다.

-가까운 시일 내에 날을 잡아보세.

이관집의 요청에 계연수가 답했다.

-고주몽의 혈통에 대한 이야기가 흥미진진하던데 형님은 안 그러셨

어요?

-나도 자세히 살펴보았지. 내가 알고 있던 것과는 좀 다르고 더 자세하게 기록되어 있어 반가웠어.

-맞아요. 고주몽의 탄생이야기가 동화 같았어요.

-다시 한 번 해봐라.

이태집의 말에 이관집이 요청했다.

-하백의 딸 유화에 대한 이야기잖아요. 고주몽의 어머니에 대한 이야기인데 특별했어요. 부여와 황손 고무수의 꾐에 빠져 따라갔다는 것도 그렇고, 고모수가 압록강변에 있는 궁실로 데려가 첫 만남에서 정을 통한 것도 그렇고요. 놀라운 것은 정을 통하고 고모수는 하늘로 올라가 돌아오지 않았다고 했거든요. 더욱 신기한 것은 해부루왕이 딸 유화를 이상하게 여겨 수레에 태워 환궁한 후 밖을 못나가게 했는데 유화부인이 알 하나를 낳았고, 한 사내아이가 알을 깨고 나왔다는 이야기지요.

계연수와 이관집이 이태집의 이야기를 듣고는 소리 내어 웃었다.

-여기서 압록강은 여기 삭주의 압록강인가요?

-그건 아니야. 압록강은 대륙에 있네. 지금의 송화강이야.

-그렇군요. 우리의 시조들이 알에서 태어난 것은 공통점이잖아요.

-그렇지. 고주몽이 그렇고, 박혁거세가 그렇고. 김알지, 김수로왕이 그렇지. 나라의 시조나 영웅의 탄생을 신비화하고 초인적인 권위를 부여하기 위하여, 시조나 영웅이 알에서 태어났다고 전하는 민족 설화라고 할 수 있어.

-우리만의 특성이 있나요?

-우리의 난생설화는 전통적인 면을 가지고 있어서 그래. 우리의 전통

에서는 공통점이 있는데 하나는 난생설화를 가지고 있지. 또 하나는 여성 우선이라는 점이야. 삼신할머니가 주관하고 있잖아. 사람이 태어나는 것도 삼신할머니의 역할이고.

-그렇다면 고무수가 하루 만에 하늘로 올라가서 돌아오지 않았다는 말은 어떤 의미일까요?

-아마도 사망했을 수 있지. 아니면 우리 신화에는 아버지가 거세되어 있다는 공통점이 있는데 고무수도 마찬가지로 볼 수 있지.

-신비성을 주기 위해서이기도 하지만 별자리로 해석해야 하는 거야. 여성은 있고 남성 역할이 없어서지.

-난생설화는 우리만의 것인가요?

-정확히 말할 수는 없지만 난생설화卵生說話는 동방에서도 특별한 이야기야. 난생설화와 천손설화天孫는 한 뿌리를 가지고 있는데 한 시기에만 집중적으로 나오는 걸 봐서는 우리 민족의 회복부흥기에 해당하는 때에만 나온다는 점이야. 점성술과 깊은 관계가 있다고 하는 견해도 있는데 앞으로 연구해보세.

-그래요?

이태집이 뜻밖이라는 표정으로 말했다.

-환국 단국 고조선이라는 우리의 정신과 문화를 상징했던 나라가 무너지면서 내가 천손의 자식이라는 주장만으로는 부족하지 않았을까 싶어. 그래서 필요했던 것이 강력한 신화였는데 그것이 난생설화가 아니었을까 추측해보네.

-그렇다면 알=태양=하늘의 등호가 성립되어서일까요?

-그럴 수도 있네. 하지만 우리의 난생설화의 사실적 모습은 태아가 출산할 때 태아막을 쓰고 출생하거든. 현실에서는 아주 드문 현상이지.

태아막을 쓴 것이 하나의 알로 보이니 생명탄생을 신비롭게 할 수 있는 요소가 있다고 할 수도 있어.

-좀 전에 우리 민족의 회복부흥기에 많이 나타난다고 했는데 어느 시기지요?

-아하. 생각을 안 해봤구나.

계연수가 너무 당연한 걸 물어본다는 의미를 가지고 이태집을 바라보며 말했다.

-고조선이 망하고 나서 새로 탄생하는 국가들의 공통점이거든.

-아하. 그렇네요. 고구려의 주몽부터 시작해 신라 백제 가야 같은 신흥국들에게만 보이는 현상이군요.

-그렇지. 우리가 새를 하늘과 인간을 연결해주는 영물로 보는 것과 깊은 관계가 있을 거야. 절대적인 고조선이 무너지고 군웅할거시대에 내가 진정한 천손의 적자嫡子라는 새로운 영웅탄생의 증거로 필요했다고 봐야 해.

-그렇네요. 천제지자天帝之子와 일월지자日月之子는 같은 의미로 봐야겠지요?

-그렇네. 하늘에서 대표적인 것이 태양과 달이니 그렇게 봐야지.

-난생은 새와 알의 관계가 있어 보입니다. 한데 왜 우리민족은 모자에 깃털을 꽂는 관습을 고대로부터 지금까지 이어오고 있는 것일까요?

-우리 민족의 고향은 북두칠성이고, 하늘에 제를 올리는 제천의식을 가지고 있으니 태양과 인간 그리고 별과 인간을 연결해주는 것으로 새가 필요했지. 거기에 신비로움과 철학을 담아야 했으니 세 발 달린 까마귀가 적격이었을 것이고. 새가 등장하게 되지.

-세 발 달린 까마귀는 절묘한 선택이었던 것으로 봐요.

이태집은 무엇을 파고들 때 보면 끝이 없었다.

-그렇지. 세 발이 우리 민족의 철학을 다 담았다고 할 수 있지.

-기러기나 봉황도 있잖아요.

-역사는 늘 변하면서 분화하거든. 하나만을 고집하는 순간 멈춰지는 특성이 있어서 변화와 발전을 동시에 하지. 그런 결과 기러기나 봉황 같은 새도 필요했던 것으로 봐야 해. 삼족오라는 멋진 새의 등장도 있고.

계연수와 이태집의 대화는 역사로 파고들고 있었다. 가만히 바라보고 경청하는 이관집 세 사람은 역사의 은자들이었다.

8. 나철, 과거에 급제하다

나철의 능력은 대단했다. 역사공부를 하고 우리민족의 역사에 관심 있는 사람들을 모아서 역사회를 조직했다. 나철은 활동력과 업무추진력이 뛰어났다. 전갈이 왔다. 나철의 거처에서 뵙고 싶다는 나철에게서 온 전갈이었다. 이기는 두루마기를 걸치고 나섰다. 긴히 뵙자고 하니 무슨 일이 있나 싶어 발걸음을 재촉했다.

이건창과 황현도 와 있었다. 십여 명의 한양에 있는 인사들이 모였다. 거기에 예상치 못한 인물이 앉아 있었다. 석정 이정직이었다.

-어쩐 일이십니까? 여기서 뵙네요. 반갑습니다.

이기가 이정직을 보자 반갑게 인사했다.

-여기서 해학을 보는구만.

이정직도 이기를 보고 반갑게 맞았다.

석정石亭 이정직은 황현과 이기와 더불어'호남의 삼재三才'라 불리는 인물이었다. 자신들이 원하든 그렇지 않든 그렇게 불렸다. 이기, 이정직, 황현은 자신들의 뜻과는 달리 하나의 묶음으로 불리는 인물들이었다.

이정직은 전라북도 김제시 백산면 상정리 요교에서 태어났다. 일명 여꾸다리에서 태어났다. 호남 김제의 학풍과 학통을 크게 형성한 대학자였다. 호남의 천재라 불리던 이정직은 세상에 천재는 많지만 천재여서 천재로 불린 인물이었다. 본관은 신평으로 조선시대 이조판서를 지낸 이상원의 후예였다. 석정은 어릴 때부터 총명하여 4세쯤에 이미 천자문을 읽었고, 하루에 한자를 수백 자씩 외울 수 있었다. 석정의 아버지는 석정의 지혜가 너무 일찍 드러나는 것을 좋지 않게 생각해서 9세가 되었을 때야 서당에 입학시켰다. 늦은 나이에 입학했지만 석정은 서당에 입학하던 해에 벌써 자치통감을, 10세에는 맹자를, 이듬해에는 논어의 글 뜻을 생각하며 읽어서 주변 사람들을 놀라게 했다. 더욱 놀라운 것은 아버지의 뜻에 따라 12세 되던 해 역학의 대가로 이름을 떨치던 강회민의 제자로 들어가 역학의 기초 이론을 터득한 호남의 천재로 알려진 인물이었다. 석정의 특별한 점은 시와 문학 공부에도 충실하면서 삶의 원리를 공부하는 술수術數와 역학 그리고 도학에도 깊은 인물이었다.

-오늘은 호남 삼재께서 함께 하는 날입니다.

-글쎄 말이네. 뵙고 싶었던 석정께서 와 계시니 더욱 반갑습니다.

이기보다 이정직은 선배였다. 호남 삼재라고 불리지만 나이는 이정직이 많고, 중간이 이기, 그리고 막내가 황현의 순이었다.

이정직은 중국 연경燕京에 가는 사신단에 동행한 것이 계기가 되어 연경에 머무르는 동안 동서양의 많은 책을 접했다. 연경에서 돌아온 이정직은 부모를 모시고 지리산으로 들어갔다. 산중에서 가난한 생활을 하면서도 마음과 힘을 다하여 부모를 섬겨 효자 소리를 들었다. 그런데 어찌나 가난했던지 부모가 세상을 떠났을 때 장례조차 제대로 치를 수 없었다. 이정직은 성격상 가난에서 벗어날 수 없었다. 이정직은 고향인 김제 요교마을로 와 살고 있었다. 붓글씨와 그림 솜씨가 빼어났지만 아무리 가난해도 사고 파는 일은 하지 않았고, 심지어는 다른 사람의 시나 글을 대신 짓게 되면 반드시 원본을 불에 태워 버렸다. 조정에서 관직에 나오기를 청하여도 나아가지 않았다. 의술에도 일가견이 있던 이정직은 아픈 사람이 있으면 반드시 찾아가서 처방과 치료법을 가르쳐 주었지만 돈을 받는 일은 없었다.

-한양에서 석정을 뵈니 또 다른 감회가 있습니다.

다시 한 번 이기가 이정직을 만난 것을 반겼다.

-그러지 말게. 오늘은 패기 넘치는 홍암의 날 아니던가.

이정직이 나철이 아니라 자신의 이야기로 화제가 오르는 것을 경계했다.

-홍암이 무슨 일을 저질렀습니까?

방금 도착한 이기는 영문을 몰라 좌중을 향해 물었다.

-내용을 모르고 계셨군요. 홍암이 과거에 급제했습니다.

-오호. 그렇구만. 큰일을 했네. 당연히 축하를 받아야지.

이기가 나철의 손을 잡으며 축하를 해주었다.

-예. 고맙습니다. 이렇게 친구와 선배님들이 응원해 주시니 더없이 힘이 납니다. 오늘은 술자리를 마련했으니 맘껏 드시기 바랍니다.

나철이 이기와 좌중을 바라보며 인사를 했다.

-일을 저지를 줄 알았습니다. 홍암은 집념이 여간 강한 사람이 아닙니다.

-그렇지. 인정하네.

이기의 말을 이어서 이정직도 한 마디 거들었다.

잠시 후에 한 무리의 사람들이 들어왔다. 이범윤, 이상룡도 있었다. 이상룡은 이기와는 구면이었다. 이범윤은 대대로 한양 인근에서 살아온 세가였다. 세종의 5남인 광평대군의 후손이었다. 이상룡은 만주 일대를 둘러보고 돌아와 한양에서 머무르고 있었다. 황현과의 인연으로 나철이 과거에 급제한 것을 축하하러 왔다.

황현이 좌중을 향해 말했다.

-과거에 급제도 했고, 축하하러 모였으니 홍암의 이야기를 들어봐야겠지요?

좌중의 동의가 떨어지자 나철을 전면에 내세웠다.

나철은 얼굴에 웃음을 가득 담고 앞으로 나왔다.

-고맙습니다. 제가 과거에 급제한 것은 여기 계신 해학과 매천 그리고 영재께서 힘을 주신 영향이 컸습니다. 큰일을 하려면 과거를 보는 것이 필요하다는 말씀을 듣고 실행에 옮겼고 오늘에야 경사가 있습니다. 저 잘 되라고 말씀하신 것이 아니라 일을 부려먹으려고 하신 말씀이셨습니다.

'일을 부려먹으려고' 했다는 말에 좌중에 웃음이 가득했다.

-모두 고맙고 감사합니다. 저는 오늘 제게는 중대한 일, 하나를 발표하려고 합니다. 역사학당을 설립하려고 합니다. 대상은 조선인이면 됩니다. 제가 놀란 것은 조선의 역사입니다. 저는 해학의 말씀을 듣고 놀랐습니다. 나라 이름인 조선이 가진 뜻을 모르고 있었습니다. 단군의 자손이라면서 단군을 모르고 살았습니다. 더구나 배달의 후손이라는 말을 하면서 배달의 의미를 모르고 살았습니다. 저는 부끄러웠습니다. 더구나 여기 계신 분들의 대부분이 흰옷을 입고 있음에도 조선인이 왜 흰옷을 입고 사는지를 알지 못했습니다. 진정 안타깝고 안타까웠습니

다. 그래서 결정했습니다. 나 혼자만 잘 살겠다는 것이 아니라, 우리 조선만이 잘 살자는 것이 아니라 세상 사람 모두 잘 살아야 한다는 홍익인간의 정신의 뜻을 실현할 것입니다. 역사학당을 만들겠다는 선언입니다. 고난이 있을 것을 압니다. 하지만 고난이 올 것을 알기에 넘어야 할 사람인 제가 있습니다. 뜻 있는 분들의 동참을 기대합니다. 그리고 도와주시기 바랍니다.

박수와 함께 여기저기서 응원의 말을 했다.

-좋은 생각일세.

-고맙습니다. 나라가 어려워도 역사를 알면 다시 일어설 수 있습니다. 형편이 어려워도 역사를 알면 자긍심으로 당당할 수 있습니다. 해학의 도움을 받아 거듭나는 조선인을 양성하는 역사학당을 만들겠습니다. 감사합니다.

나철의 인사말은 짧았지만 흡사 웅변 같았다.

-감동일세.

이건창이 나철의 손을 잡으며 말했다.

-역사학당을 세울 계획인가?

-예. 그렇습니다.

-믿네. 잘 할 수 있을 걸세. 용기도 있고, 실천력도 있으니.

이상룡이 이기가 있는 곳으로 다가왔다.

-반갑습니다. 잘 지내셨지요?

-잘 지내고 있네. 먼데서 왔네.

-아닙니다. 일이 있어서 한양에 머물고 있습니다.

안동에서 교육사업에도 열중하고 있는 이상룡이었다.

-만주에 갔다는 이야기는 전해 들었지. 큰일을 도모하나 보네.

-아. 예. 나라가 어지러워서 상황이 더 어려워지면 대비하려고 다녀왔습니다.
-궁금하구만.
-나라 안에서 할 수 있는 일이 없어졌을 경우를 대비한 것입니다.
-임청각은 어떻게 하고?
-접어야지요. 더 큰일을 위해서는 제 사사로운 마음은 접으려고 합니다.
-그러면 정리하고 떠날 생각을 하고 있구만.
-그렇습니다. 아직은 결정하지 않았지만 최후의 장소로 만주를 생각하고 있습니다.
-안타까운 일일세. 나는 안에서 할 일을 계속 할 걸세. 서로 도울 일이 있으면 연락하세.
이기가 이상룡보다 10살이나 위였다. 역사에 대한 관심이 있어 일로 몇 번 만난 적이 있었다.
-역사 계몽은 계속하고 계시지요?
-힘이 되는 대로 하고 있으나 정례적이지 않아서 아쉽고, 공간이 없어서 힘들었지.
이상룡의 말을 이기가 받아서 답했다.
-그러면 이번에 홍암이 만들겠다는 역사학당이 적격이겠습니다.
-맞으면 함께 해야지. 홍암이 의욕적이고 다부지니 잘 할 거라 믿네.
두 사람의 이야기에 옆에 있던 이범윤이 가세하며 끼어들었다.
-저는 오늘 충격 받았습니다.
-뭐가요?
이상룡이 물었다.
-나라 이름의 뜻도 모르고 사는 것이나 단군의 자손이라면서 단군을

제대로 모르고, 배달민족 또는 배달의 후손이라면서 배달의 뜻을 모르는 저 자신에 대해서 놀랐습니다.

이범윤은 왕족으로 드물게 성격이 검소하고 담백했다. 소탈해서 사귐이 부드러웠다.

-세상이 변하고, 오래 전 일이니 그 내용을 모르는 것이겠지요.

이상룡이 부끄러워 할 필요 없다는 위로의 말을 했다.

이기는 그렇게 된 역사적인 사연을 설명할까 하다가 멈췄다. 이범윤은 조선의 왕족이고, 조선의 왕가가 아니던가. 오해하면 섭섭할 수도 있을 것 같아 말을 자제했다. 조선 오백년 동안 조선인의 고대사를 입에 담는 것을 금했다. 고대 조선의 역사를 담은 책을 가지고 있으면 사형에 처해 온 것이 조선이었다. 현재는 조선의 상황이 워낙 안 좋아 조정이나 관청에서도 단속할 입장이 아니었다. 왕과 조정 대신들은 나라라는 실체를 빼앗겨, 허수아비 같은 입장으로 변하고 있었다. 조선은 거의 일본에게 넘어가고 있었다.

-하나만 물어보겠습니다. 우리 역사는 얼마나 되었습니까?

이범윤이 집요하게 물어왔다. 순수한 열정으로 보였다.

-대충 일 만년 역사를 가지고 있습니다.

-일 만년이라고 하셨습니까?

이기의 답에 다시 이범윤이 물었다.

-예. 그렇습니다.

-그렇다면 오천년 또는 반만년 역사라는 말은 무엇입니까?

-그렇습니다. 오천년, 반만년 역사라고 입에 달고 살지요.

-그러면 그 말이 틀렸다는 말씀이십니까?

-그렇지는 않습니다. 설명이 필요한 부분입니다. 우리의 역사를 어디

서부터 보느냐에 달려 있습니다. 지금 현재의 조선 개국이 500년이 되어가고 있습니다. 고려부터 계산하면 거의 천년이 되어갑니다. 마찬가지로 단국으로부터 시작하면 오천년으로 볼 수 있습니다.

-단국이라고 하셨습니까?

-예. 그렇습니다.

-그렇다면 반만년 역사라는 것은 단국이라는 나라에서부터 환산한 것이군요.

-그렇지요.

-단군의 나라 이전에도 나라가 있었습니까?

-그렇습니다. 최초의 국가가 환국으로 7대왕으로 3301년, 다음 국가가 단국으로 18대 왕이 있었습니다. 1565년 존속했습니다. 그리고 좀 전에 이야기한 고조선으로 47대 왕이 있었으며 2096년을 이어왔습니다.

-아하. 그렇군요.

이범윤의 얼굴에는 놀라워하는 표정이 역력했다. 그리고 바로 자신의 무지를 말했다.

-왜 나는 몰랐지요?

-숨겼지요.

-누가요?

-고구려와 대진이 망한 이후에 그랬습니다.

-대진이라면 발해를 말씀하시는 겁니까?

-그렇지요.

-그럼 지금의 조선도 숨겼습니까?

-유독 숨겼지요.

조선의 왕족으로서 처음 듣는 내용이었다. 조선이 역사를 유독 숨겼다는 말을 믿지 못하는 표정이었다.
-왜지요?
이범윤의 말에 이기는 순간 망설였다. 그리고 대답 대신 웃었다.
더 이상의 설명을 하고 싶지 않았다. 더 이야기해서 좋을 것이 없었다. 언쟁이 될 수도 있고, 국법에 저촉되는 이야기들이 나올 수밖에 없었다. 벌써 고대 역사에 대한 이야기를 꺼내 놓은 상태였다. 물론 몇 년 전부터는 조정에서는 단속할 꿈도 제대로 꾸지 못하고 있었다. 하지만 꼭 해주어야 할 필요도 없는 것으로 빌미를 줄 필요가 없었다.
-왜 말씀을 하지 않으시지요?
-오늘은 여기까지만 하는 것으로 하지요.
-그러지 마시고 몇 가지만 말씀해 주시지요.
이기가 중단하고 다른 이야기로 가고 싶어 하는 이유를 이상룡은 알고 있었다. 조선이 개국 이래 금기시한 내용이 나올 수밖에 없기 때문이었다.
이범윤은 진정으로 더 알고 싶었다. 자신이 왕족으로서 조선이 역사를 배우지 못하게 했다는 것도 인정하고 싶지 않았고, 도대체 어떤 역사가 있었기에 이 자리에서 자신만 모르는 것 같은 입장에 있나 자괴감이 들었다.
-우선 왜 우리 조선의 역사를 우리 조선인이 알지 못하게 되었습니까?
이범윤이 다시 물었다.
이기는 다시 거절하기도 어려워서 문제가 되지 않을 만큼만 이야기하기로 했다. 이범윤의 질문에 대한 답과는 좀 다른 말로 시작했다.
-우리 역사서가 송두리째 잿더미로 변한 두 사건이 있습니다. 이덕무를 아시지요?

-영, 정조 시대에 살았던 북학파 실학자로 이덕무 선생은 조선 최고의 독서가였습니다. 고증학의 대가이기도 한 분 아닙니까?

-맞습니다. 똑같은 질문을 한 내용에 대한 답을 적은 내용을 설명하겠습니다.

-똑같은 질문이라고요?

-그렇습니다. 이덕무 선생이 이만운이라는 분에게 이렇게 질문합니다. "우리의 전사前史를 알 수가 없소?"

-그렇네요. 같은 내용의 질문이군요.

-그렇습니다. 이덕무 선생이 지은 《기년아람紀年兒覽》에 들어있는 내용입니다. 이덕무와 이만운이라는 두 분이 《기년아람紀年兒覽》서문에서 서로 대화를 합니다. "이덕무라는 양반이 '우리의 전사를 알 수가 없소?'라고 말합니다. 이만운이 "당 고종의 신하인 당나라 장수 이적李勣이 평양에 전적典籍을 다 모아놓고 보니 여기가 원래 천자의 나라여서 그것을 다 불을 질러 버렸다"라고 합니다.

그리고 완산에서 일어난 견훤이 전쟁에 패하자 "신라 백제의 고유 사서를 다 불을 질러 버렸다고 합니다." 이것을 이덕무 선생은 이렇게 말합니다. '차삼천년래이대액야此三千年來二大厄也'즉 이것이 이의 역사 3천 년 동안 있었던 두 번 있었던 양대 재액이다, 라고 말합니다. 여러 번 우리의 역사가 사라집니다. 국력이 약해지면 역사를 감당할 힘이 함께 사라집니다. 그때에 역사는 사라지는 것입니다.

-이만운이라는 분이 특별한 분이군요?

-그렇지요. 책에는 이렇게 적혀 있습니다. 이만운이라는 분이 《중국동방기년아람中國東方紀年兒覽》을 꺼내 주면서, "이것은 내가 편찬한 것일세. 학자나 문인들이 명물名物 · 도수度數의 분별을 소홀히 하여 중

국의 연대에 대해서는 대강 알면서도 우리나라에 관한 것은 도리어 까마득히 모르고 있네. 이것은 자기 할아버지나 아버지의 나이를 기억하지 못하는 것과 무엇이 다르겠는가. 지금 자네를 보니 꽤 총명하네. 이 책을 감수하고 증보하여 없어지지 않을 책으로 만들어주기 바라네."

라고 당부를 했고, 이덕무 선생이 집으로 돌아와서 2개월 동안 손질하여 완성하였다고 했습니다.

-역사를 못 지킨 것이 약소국인 이유라고 하셨는데 결국 조선이 약소국이라는 말씀이십니까?

-당연합니다. 명나라보다 약하고, 청나라보다 약하지 않습니까? 지금도 이미 무너진 명나라에 대해 사대를 하고 있지 않습니까?

이범윤은 할 말이 없었다.

-약자는 역사를 가질 자격이 없습니다. 그래서 결국 역사를 강탈당하지요. 조선은 자발적으로 역사를 버렸고요.

-조선이 자발적으로 버렸다고 하셨습니까?

조선이 자발적으로 역사를 버렸다는 말은 뜻밖이란 표정이 역력했다.

이기는 기왕 내친걸음을 멈추지 않았다.

-그렇지요. 지금의 조선조에 들어와서는 세조에서 성종 대까지 고유사서 수거령이 있었습니다. '닉자처참匿者處斬', 즉 고서를 숨긴 은닉자는 참수를 한다 했습니다. 조선 5백 년 동안 우리 역사서는 전해질 수 없고, 읽을 수가 없고, 기록될 수가 없었습니다.

-우리의 역사를 적은 책을 가지고 있으면 죽인다는 것에 소름이 돋습니다.

-그것이 역사의 현실입니다. 지금도 진행되고 있고요.

-삼국유사의 일부를 읽어보았는데 고대사에 대한 이야기가 조금 나오

는듯 하던데요. 맞아요. 고조선에 대해 이야기가 몇 줄 나오는 걸 보았습니다.

-아하 보셨군요.

이상룡은 두 사람의 이야기를 귀를 세우고 듣고 있었다. 두 사람의 표정까지 놓치지 않으려는 듯 심각한 표정이었다. 이상룡은 조선의 고대사에 대한 관심이 많았다.

-정사인 《삼국사기三國史記》에는 없는 내용이 재미난 이야기를 적어놓았다는 《삼국유사三國遺事》에는 있는 것도 신기합니다. 중국의 《위서魏書》를 인용하고 당시 내려오던 정통사서 《고기古記》를 인용하면서 우리 역사의 뿌리를 전하고 있습니다. 그나마 다행이지요.

-그렇다면 우리의 최초의 나라는 어느 나라입니까?

-삼국유사에 기록되어 있습니다.

-일연이 지은 《삼국유사》를 말씀하시는 것입니까!

우리의 최초의 나라가 삼국유사에 기록되어 있다는 말에 그것도 뜻밖이라는 표정이었다.

-이렇게 적혀 있습니다. '고기운 석유환국 古記云 昔有桓國'이라고요. 고기에 기록되어 있는데 '오래 전에 환국이 있었다'는 뜻입니다.

-아하!

이범윤이 탄식을 했다. 기록되어 있는 출처까지 대면서 이야기를 하자 반박할 수가 없었다.

-환국이라는 말은 처음 들어봅니다. 기록에 남아있는 것까지도 모르고 있는 것이군요. 중화의 역사는 꿰고 있는데 우리의 역사는 모르고 있었다니 부끄럽습니다.

이기는 다른 사람에게는 부끄러워할 필요가 없고, 역사적인 현실이 그렇게 될 수밖에 없다고 했는데 이범윤에게만은 그 말을 하지 않았다. 조선 왕족의 한 사람으로 책임이 있었기 때문이었다.

-특히 우리는 고구려 이후의 대진의 역사에 대해서는 역사로 이야기하기를 꺼려하고 있습니다. 이유가 뭐지요?

이번에는 대화에 끼어들지 않고 듣고만 있던 이상룡이 물었다.

고구려를 이은 대진, 다른 이름으로는 발해라고 하는 나라에 대해 묻고 있었다. 삼국사기에도 고구려를 이은 대진의 역사에 대해서는 한 줄도 적지를 않았다. 이기가 대답하려 할 때 나철이 다가오며 말했다.

-너무 이야기가 진지한 듯합니다.

-그렇네.

모두의 시선이 나철에게로 갔다.

-역사학당의 운영을 맡아주셔야겠습니다.

나철이 이기를 바라보며 말했다.

이기는 막연하게 도움의 요청이 있을 거라는 생각은 했지만 운영을 맡아달라고 할 것이란 것은 생각하지 못했다.

-운영은 젊은 사람이 하고, 나는 참여해서 강의는 하겠네.

-그렇게라도 해주시면 고맙습니다.

나철이 정중하게 이기에게 감사를 전했다.

-두 분도 참여해 주시지요.

이상룡과 이범윤을 향해 말했다.

9. 홍범도, 옥녀를 찾아 떠나다

홍범도는 기사범과의 생활을 정리하고 떠나고 있었다. 이별의식은 길었다. 이별은 짧아야 한다는 기사범의 평소 생각과는 달랐다. 한 사람의 인생을 만드는 사람은 의외로 소수였다. 홍범도는 기사범과 생활이 짧았지만 긴 기간을 보낸 듯했다. 홍범도는 거칠게 살아왔던 인생이었다. 부평초 같은 인생이었다. 기댈 곳도 없었고 받아주는 곳도 없었다. 기사범과 생활한 것이 생애 처음으로 내 고향을 만난 기분이었다. 그리고 외금강 신계사에서 첫사랑을 만났고, 이별했다. 다시 만날 수 있다는 기대와 달리 찾지 못했다. 우연히 만난 기사범에게서 인생을 배웠고 고향을 만들었다.

보내는 사람이나 떠나는 사람 모두 아쉬웠다. 김형도와 정돌치가 특히 아쉬워했다. 함께 했던 젊은 친구들도 아쉬움을 담아 하나하나 손을 잡았다. 기사범은 얼굴에 아쉬움을 담지 않았다. 담담한 얼굴이었다. 홍범도는 기사범과 만나면서 기사범의 마음 표정을 알 수가 없었다. 좋으나 싫으나 표정의 변화가 거의 없는 사람이었다. 기사범이 홍범도와 마지막 악수를 하면서 손에 힘을 주었다. 묵직한 마음이 전해졌다.

-어려운 일이 있으면 다시 찾아오게.

-예. 고맙습니다.

-고향이라 생각하고, 내 집이라 생각하게.

-예. 정말 고마웠습니다.

이곳에 발을 들일 때는 오도 갈 데도 없이 찾아왔던 곳이었다. 머물면서 인생에서 드물게 사람에게 정을 주고받으며 살았다. 기사범이라는 사람 하나를 얻었다. 정인 하나 얻은 것도 큰데 고향을 만들었고, 내 집 같은 거처를 만들었고, 사람들을 만났다. 비로소 사람으로서 완성되는 기분을 느낀 곳이었다.

아쉬움 가득한 이별 의식을 마치고 홍범도는 한 곳을 향해 걸어가고 있었다. 원산에서 헤어진 지 벌써 몇 해가 되었다. 그토록 찾아 헤매던 때가 어제 같았다. 조선 팔도를 다 찾아다녔다고 생각했을 정도로 헤매었지만 조선은 결코 작은 땅이 아니었다. 어디서도 옥녀를 만날 수가 없었다. 옥녀. 이름만 불러도 눈물이 될 것 같은 이름이었다.

홍범도는 다시 만날 수 있는 곳으로 옥녀의 고향을 떠올렸다. 그곳에서부터 옥녀를 찾는 일을 시작할 작정이었다. 인연의 불씨를 지필 수 있는 곳으로 달리 생각할 곳이 없었다. 옥녀와 절에서 쫓겨난 이후로 살 곳을 찾은 곳이 바로 북청이었다. 의지할 곳이라고는 그래도 고향이었다. 홍범도에게는 고향도 없었다. 고향에 대한 기억도 추억도 없었다.

그나마 옥녀는 고향을 가진 사람이었다. 함경남도 북청군 안산면 노은리에 있는 인필골 마을이었다. 북청에서 갑산 쪽으로 넘어가는 주요 길목인 후치령 고개 바로 아래였다. 후치령은 함경남도 북청군 이곡면과 풍산군 안산면 사이에 있는 고개였다. 홍범도가 머물렀던 강원도 희양군과는 멀지 않았다. 하지만 고산지대로 산에서 산으로 이어지는 고개와 준령이 거듭되었다. 길은 좁고 험했다. 조선에서도 길이 험하고 굴곡이 심한 곳으로 알려진 첩첩산중이었다. 후치령이 오지임에도 사람의 발길이 오가는 것은 물자공급의 중간통로이기 때문이었다. 쌀·콩·보리 등의 농산물이 모여드는 역할을 했다. 북청 및 신북청역과의 사이에 북청선이 통했고 여기에 혜산가도가 연결되어 풍산과 갑산의 물자공급 고개였다. 홍범도의 머릿속에는 막연한 기대가 있었다. 그토록 찾았어도 못 찾았지만 살아있다면 고향에는 찾아왔을 것이란 믿음이었다. 부모가 있었던 고향, 자신이 태어난 고향을 잊을 리는 없을 것이란 믿음이 있었다.

홍범도는 기사범과 생활하면서 많은 것을 배웠다. 딱히 설명하기는 어렵지만 분명히 성장했음을 깨달았다. 그리고 몸은 더 단단해졌다. 권법과 무술로 단련되어 있었다. 보다 당당하고 견고해진 자신을 깨달았다. 몸의 건재와는 달리 마음 안에는 스산한 바람이 불고 있었다. 한 사람의 부재가 만든 그리움이었다. 그리움이 종국에는 슬펐다. 아팠다. 홍범도의 늑골 속에서는 항시 늑대의 고독이 허공을 짖고 있었다. 허공을 가로질러 가는 사람이 하나 있었다. 고독은 그 사람을 쫓아갔다. 태어나 처음으로 사랑한 옥녀였다. 홍범도에게는 태초의 그리움이었다. 엄마의 사랑을 받아본 적이 없어 혼자가 된 홍범도에게는 원천적인 그리움이 있었다. 원천적인 그리움은 홍범도의 고독과 만나 독립적으로 외로웠다.

산을 넘으면 다시 산이 나왔다. 평지는 구경하기 힘든 강원도였다. 강원도에서도 고산지대였다. 길은 거칠고 험난했으나 두렵지 않았다. 단지 한 사람에 대한 그리움만이 가득 했다. 옥녀가 태어나고 자란 북청으로 가는 길은 기대와 두려움이 교차했다. 만난다면 더없이 고맙고 감사한 일이지만 못 만난다면 마지막 희망마저도 버려야 하는 참담함이 밀려올 것이 두려웠다.

험한 만큼 풍광이 뛰어났다. 홍범도의 눈에는 풍경이 들어오지 않았다. 벌써 이렛날째 걷고 있었다. 가까웠음에도 오래 걸렸다. 길이 끊기고 다른 길로 접어들어 고생하기도 하면서 북청으로 다가가고 있었다. 헤어질 때 너무나 어처구니없었다. 따뜻한 환대를 하며, 일거리가 있다는 말에 중년의 남자에게 꼬여 일자리를 찾아갔다. 옥녀는 중년남자의 부인 같은 사람에게 맡기고 일을 찾아갔다. 며칠 일을 하고 나니 일을 시킨 사람이 보이지 않았다. 눈치를 챈 것은 반나절이 또 지나서였다. 속았다는 생각을 하고 돌아와 보니 옥녀도 사라져버렸다. 어수룩해 보이는 사람을 속여 일을 시켜먹고 돌아와 보니 옥녀는 어찌되었는지 알 길이 없었다. 조금이라도 연결이 될 듯한 곳은 다 찾아다녔다. 어디에도 없었다.

옥녀 생각을 하며 걷다보니 멀리 마을 집들이 보이기 시작했다. 옥녀의 집이었다. 허름한 너와집이었다. 옥녀 할머니에게 혼인 허락도 받지 못하고 잠시지만 옥녀와 살았고, 사기꾼에게 속아 옥녀와 헤어졌다. 옥녀를 잃고 나서 수소문해 찾아온 곳이었다. 공식 손주 사위는 아니었지만 자초지종을 이야기하니 푸대접은 하지 않았다. 몇 년 만에 다시 집을 보니 마음이 복잡했다.

-계세요?

조심스럽게 홍범도가 안을 향해 불렀다.

-누구시요?

하면서 문이 열렸다. 옥녀의 할머니였다.

-안녕하세요. 홍범도입니다.

-아하. 자네로군. 반갑네.

홍범도가 달려가 손을 잡았다.

홍범도는 할머니에게 큰 절을 했다. 옥녀의 할머니는 자세도 갖추지 못한 채 방안에서 엉거주춤 절을 받았다.

-들어오게.

주변에 정리되지 않은 물건을 치우며 말했다.

-우리는 이렇게 살아.

-이렇게 건강하게 계시니 감사하지요.

-아직도 소식을 듣지 못했나?

-예.

홍범도가 진정으로 묻고 싶은 말이었다. 홍범도가 그토록 알고 싶었던 말을 할머니가 먼저 알려준 셈이었다. 홍범도는 힘이 빠졌다.

-살아 있으면 찾아오겠지.

할머니는 다시 한 번 허공을 바라보며 말했다.

-그래. 자네는 어찌 지냈나?

-저는 찾아다니다 못 찾고는 한 곳에 주저앉아 살았습니다. 그동안 공부도 하고, 몸도 단련했습니다. 이제 다시 옥녀를 찾으려고 합니다. 살아 있다면 먼저 찾을 곳이 이곳이라는 생각에 다시 찾아왔습니다.

-그렇지. 나고 자라고, 그래도 할미가 살아있는 곳 아니던가. 당연히 오겠지.

-그럼요. 당연히 올 것이라 믿습니다. 건강하시지요?

-건강하기는 그냥 그렇게 살아. 부족하게 사는 데 익숙해져서 괜찮아.

옥녀의 할머니가 말하면서 허리를 힘겹게 폈다.

-이제는 하나씩 망가지는 걸 느껴.

다시 옥녀의 할머니가 불편한 허리가 민망한지 말했다.

-냉수라도 한 잔 줄까?

-아닙니다. 제가 마시겠습니다.

정주간에 놓여있는 함지박에서 종지로 물을 떠서 마셨다.

그리고는 올 때 장을 들러서 사온 소고기 뭉치를 풀었다.

-제가 오늘은 요리를 해드리겠습니다.

홍범도는 넙죽 정주간으로 들어갔다. 정주간은 함경도 지방의 겹집에 있는 특이한 공간이다. 겹집의 여러 방 가운데 이용률이 가장 높은 공간으로, 이곳에서 손님을 맞고 온 가족이 모여 식사도 하며, 노인들은 어린아이들과 함께 잠을 자기도 한다. 부뚜막에서 가장 가까워서 따뜻한 공간이었다.

본래 여성이 거처하는 공간으로 성년남자들은 가까이 가지 않는 것이 원칙이었지만 그런 것을 가릴 상황이 아니었다. 정주간에서 부엌 쪽의 한 귀퉁이에 솥을 걸어놓은 부뚜막이 있고 한쪽 벽에는 찬장이 설치되어 있었다. 홍범도는 거리낌 없이 솥에 물을 붓고 소고기를 삶았다. 장을 들러오면서 산 고기였다.

정주간에는 각종 식기류와 소반을 올려놓았다. 또 방으로 향한 벽 상부에 매어놓은 시렁에는 사용한 지 오래되어 보이는 소반 따위의 살림살이들이 얹혀있었다. 장작을 들여와 불을 넣었다.

-사람 사는 집 같네.

옥녀의 할머니가 한 마디 했다.

노인이 사니 적막하고 활기가 없다가 한 사람의 등장으로 분위기가 바뀌고 있었다.

도마 위에 삶은 고기를 막사발에 담았다. 김치와 밑반찬이 전부였다. 고기에서 김이 모락모락 났다.

-드시지요.

홍범도가 마련한 밥상이었다. 꽁지만 자른 포기김치에 싸서 고기를 먹었다. 잔치라도 하듯 분위기가 익어갔다. 즐거움이 컸다.

-어떻게 지냈는가?

좀 전에는 인사차 물은 것이었고 이번에는 소상하게 이야기하라는 질문이었다.

-마음은 힘들었지만 몸은 쉬었습니다. 어떤 특별한 사람을 만나 공부도 하고, 마음 수련도 했습니다. 무엇보다 몸을 단련했습니다.

-다행일세.

-전혀 연락이 없었습니까?

-그렇네.

-저는 이곳 북청에 거처를 정하고 머무를 생각입니다.

-아니. 이런 깊은 산골에?

옥녀의 할머니가 걱정스런 눈빛으로 물었다.

-예. 그렇습니다. 거처를 정할 동안 며칠만 여기에 머무른 후 거처를 잡겠습니다. 괜찮겠습니까?

-그럼 괜찮다마다. 사람 사는 집에 한 사람이 묵는다고 무슨 문제가 있겠나. 저 방을 쓰게나.

-예. 고맙습니다.

옥녀의 할머니가 건넌방을 가리키며 말하자 홍범도가 감사 인사를 했다.

그리고는 확신을 갖는다는 듯 홍범도가 말했다.

-분명히 다시 찾아 올 것이라 봅니다.
-나도 그렇게 믿네. 사정이 있겠지. 세상은 인연이 있고, 운명이 있어. 인연도 운명도 내 뜻대로 되는 것이 없어.
한숨을 섞어서 옥녀의 할머니가 말했다.
-맞습니다. 사정이 있겠지요.
-그래. 그런가보다 하고 사는 것이 잘 사는 것이지. 마음에 두면 병이 되는 걸.
옥녀의 할머니의 말을 들으며 홍범도는 설거지까지 마치고 정주간 한 끝에 있는 등듸에 불을 담았다. 등듸는 정주간 한쪽에 불을 담아두는 장치였다. 불을 밝히기 위한 것이기도 하고, 온기를 유지하기 위한 방안으로 만든 것이었다. 산간지방에서는 기름이 없어 잘게 쪼개어 말린 관솔에 불을 붙여 방을 밝혔다. 등듸는 아궁이의 불을 떠 옮겨서 음식을 끓이는 데에도 이용하기도 했다. 홍범도의 행동을 옥녀의 할머니가 흐뭇한 표정으로 지그시 지켜보고 있었다.
-저, 일 잘하지요?
-그러게. 언제 이런 걸 해봤지?
-제가 있던 곳에서도 비슷한 것이 있습니다.
홍범도는 대충 마무리를 해놓고는 밖으로 나갔다. 거처할 곳을 마련하기 위해서였다. 사람들을 만나면서 살만한 곳을 수소문하고 다녔다. 여러 곳을 찾아다니다 산 능선에 마련된 거처를 찾아냈다. 화전민들이 사용하던 거처였다. 임시로 사용하기로 했다. 말이 임시지 찾아오는 사람이 없으면 계속 사용할 작정이었다. 능선이었지만 지대가 넓어 천하가 내 손 안에 있는 듯 산들이 펼쳐져 있었다. 물도 우물이 있어 불편함이 없었다. 높은 곳에 위치하고 있었지만 뒷산과 옆산이 막아주어 바람이 들이치지 않았다. 앞은 훤히 트였다. 낮은 산으로 시야가 트여서 속이 후련할 만큼 시원한 풍세였다. 덕패장을 들러 오면서 탄약과 칼을 준비했고, 살림도구 몇 개도 준비했다. 집을 정리하고 펼쳐놓으니 사람 사는 집 같았다.

홍범도는 다시 사냥을 시작했다. 사슴 한 마리를 매고 옥녀할머니의 집으로 갔다.

-자네도 사냥을 하는가?

-예. 원래는 사냥꾼이었습니다. 어쩌다 절에 들어가 잊고 살다가 다시 시작했습니다.

옥녀의 할머니가 사슴을 매고 들어오는 홍범도를 보고 묻자 홍범도가 사슴을 내려놓으며 대답했다.

홍범도는 마치 자신의 집처럼 사슴을 잡아 손질을 했다. 가죽은 가죽대로 벗겨 말리기 위해 빨랫줄에 펴서 걸어놓았다. 고기는 손질해서 일부는 삶고, 일부는 말리기 위해 처마에 걸었다. 홍범도는 오래 묵을 생각으로 일을 시작하고 있었다. 그간 방황하면서 돌보지 못한 옥녀할머니집의 일을 도맡아 하겠다는 마음의 결정을 했다. 옥녀에 대한 미안함을 보상하는 마음이기도 했다. 홍범도도 부모 없이 산 인생이라 옥녀의 할머니를 친할머니라고 생각하고 모시기로 작정했다.

옥녀의 할머니집과 가까운 곳에 거처를 마련하고 수시로 드나들었다. 밭일이 밀리면 밭일을 돕고, 나무를 하는 것부터 자지레한 집안일까지 나서서 했다. 그동안 텅 빈 듯했던 마음 안에 훈풍이 도는 듯했다. 무엇을 해도 채워지지 않았던 마음 안에 새싹이 하나둘씩 돋고 있었다.

홍범도는 타고난 사냥꾼이었다. 기사범에게서 배운 담대함과 몸을 단련한 덕도 있었다. 사냥을 나가면 빈손인 경우가 거의 없었다. 북청에서도 소문이 나기 시작했다. 소문은 부풀려지기도 하고, 실제보다 부족하게도 나지만 실력자임을 증명하는 것은 북청장에서 직접 거래하는 물건에 의해 증명되었다. 아무리 능력이 있다는 소문이 있어도 실제로 가져오는 사냥 물건이 있어야 했다. 우선 홍범도는 배짱이 두둑한 사냥꾼이었지만 부지런 했다. 말이 없이 행동으로 보여주는 사람이었다. 사냥한 것도 흥정 없이 맡겼다. 조금 덜 받고 더 받는 것에 연연하지 않았다.

한 사내가 홍범도에게 말을 걸었다.

-범잡이시지요?

호랑이 사냥꾼은 호랑이 사냥꾼을 알아봤다. 말하지 않아도 한 눈에 알아봤다.

몇 번이나 얼굴을 본 적이 있었다. 사냥한 것들을 내려놓을 때 만나던 인물이었다. 말이 없이 과묵하기는 홍범도와 마찬가지였다. 범잡이는 호랑이 사냥꾼을 이르는 말이었다.

홍범도는 말이 없이 웃었다. 웃음의 표정이 부드러웠다.

-같이 들어가 볼까요?

사내가 말했다.

이미 인정하고 들어가는 말이었다. 함께 범을 잡으러 산으로 들자는 말이었다.

-좋시다.

홍범도가 흔쾌히 응락했다.

호랑이 사냥은 혼자서는 하기 어려웠다. 곰이나 호랑이는 잡아도 가지고 내려올 수도 없었다. 혼자서는 감당할 수 없는 크기였고, 위험했다. 사람의 두세 배 되는 중량을 감당할 수가 없었다. 그래서 일꾼들이 필요했다. 산에서 하는 일꾼들을 특히 산꾼이라고 했다.
-어디로 갑니까?
홍범도는 이곳에서의 사냥은 초년생이었다. 지리를 알아야 사냥도 쉽게 할 수 있었다. 북청 일대는 산이 깊어 사냥감이 많은 지역이었다. 북청은 관북의 중부해안지방과 개마고원의 내륙지방을 잇는 교통의 요지였다. 동쪽에 검덕산·각기봉·망덕봉 등이 솟아 있다. 각기봉과 망덕봉은 1,000미터가 넘는 고지였다. 서쪽에는 남산봉·지덕봉 등의 높은 산이 솟아 있어 험한 길로 유명했다. 특히 남쪽 사면의 직동直洞에서 후치고개까지의 도로는 굴곡이 심한 것으로 정평이 나있는 곳이었다. 또한 고개는 황초령·부전령·금패령과 함께 개마고원으로 들어가는 새외사관塞外四關이라 불리는 곳이어서 어디를 가든 사냥감이 풍부했다. 개마고원은 조선팔도에서 가장 넓고 높은 평원지대이기도 했다.
-검덕산으로 들어갑시다.
사내가 서슴없이 말했다.
-사람은 내가 맞춰 놓을테니 몸만 오시요.
사내는 북청 사람이 아니었다. 이름은 김수협으로 황해도 서흥 사람이었다. 흘러 다니다 북청에까지 발을 디디게 된 사냥꾼이었다.
예기치 않은 몇 마디가 함께 호랑이를 잡으러 가는 일까지 약속이 되었다.
-범잡이를 함께 하게 되었으니 통성명이나 합시다. 나는 황해도 서흥에 사는 김수협이요.
-홍범도요.
김수협이 먼저 손을 내밀며 통성명을 하자 홍범도가 김수협의 손을 잡으며 이름을 밝혔다.

-나이는 어떻게 되시오?

아래 사람 대하듯 김수협이 홍범도에게 물었다.

홍범도가 출생년을 이야기 하자 바로 꼬리를 내렸다.

-그러시군요. 형님으로 모시겠습니다.

김수협은 홍범도를 자신보다 어리게 보았다. 하대를 했다가 나이를 확인하고는 바로 고개를 숙였다.

홍범도는 북청까지 흘러온 자신을 잠깐 떠올렸다. 1868년 8월 27에 태어나 생일이라고 미역국을 받아본 적이 없었다. 태어난 곳이 평안도 평양 서문안 문열사 앞이라고 들었지만 전혀 기억이 없었다. 본관이 남양 홍씨로 남양은 지금의 수원과 화성이라는 이름의 옛지명이지만 가 본적이 없었다.

홍범도는 순간 자신의 일생을 떠올렸다. 거의 버릇 같았다. 극적인 순간에 자신을 뒤돌아보는 것이 그랬다. 태어나자마자 어머니를 잃고, 아홉 살 때 아버지마저 별세하여 고아가 되었다. 친척 집을 전전하다 집을 나와 15세까지 머슴을 살았다. 불과 15세까지 머슴살이를 하며 세상눈치를 다 배웠다. 15세 머슴살이 하던 집에서 뛰쳐나와 나이를 두 살 올려 군에 들어갔다. 보병 부대에서 나팔수로 복무했다. 군교들의 부정부패와 사병들에 대한 학대를 보다 못해 상관을 구타하고 병영을 탈영했다. 황해도로 이동해 수안 지방 부근에 소재한 총평 동네 종이공장에서 일을 했다. 이곳에서도 임금문제로 사주와 싸우고 나온 다음 이후 사냥을 배웠다. 그리고 예상하지 못한 금강산에 있는 신계사로 들어갔다. 신계사가 떠오르자 슬픔이 밀려왔다. 아주 잠깐이었지만 자신의 인생이 서글퍼졌다. 옥녀가 떠오르자 슬펐다.

-아니. 무슨 일이 있습니까. 제가 뭘 잘못했습니까?

홍범도는 김수협의 말에 자신이 잠시 과거로 돌아가 있었음을 깨달았다.

-아닐세. 날이나 잡아보세.

홍범도는 바로 김수협을 아래 사람으로 대했다. 사냥꾼의 세계는 상하가 확실했다. 위계가 있었다. 나이로든, 실력으로든 확실하게 서열이 매겨졌다. 홍범도가 바로 형님으로 등극했다. 홍범도는 기사범과는 달랐다. 기사범과 함께 있었을 때는 자신을 드러낼 필요가 없었지만 다시 야생으로 돌아온 이상 엄격하게 상하를 구분하고 일을 시작했다. 홍범도는 의협심이 있었다. 타고난 기질이기도 했다. 불의를 보면 행동으로 제압하려는 특성이 있었다. 옳고 그름을 구분했다. 자신의 이런 성격을 잘 아는 홍범도는 기사범에게서 옳고 그름을 구분하지 않고 대범하게 상황을 받아들이는 모습에서 충격을 받았다. 그러나 지금은 아니었다. 기사범과 함께 생활할 때는 자신의 삶의 방법이 아니었다. 홍범도는 다시 자신의 모습을 찾아가고 있었다. 홍범도와 김수협은 의기투합했다. 검덕산으로 범잡이를 떠나기로 했다.

10. 계연수와 이기가 만나다

계연수는 이기를 만나러 한양으로 가고 있었다. 이기라는 사람에 대해 아는 바가 없었다. 어떤 인물일까, 궁금했다. 역사와 관련해 많은 사람들을 만났지만 이번에는 더욱 마음이 갔다. 무언지 모를 기대가 컸다. 이유는 없었다.

계연수의 목표는 완성된 환민족의 역사책을 복원하는 것이었다. 중화의 사서들을 많이 접했지만 그것은 아무리 자세하다고 해도 중화의 관점이었다. 우리의 기록은 거의 사라지고 남은 것이 없지만 그래도 찾아내야 했다. 그래야 진정한 주체적인 역사를 복원할 수 있을 것이라 생각했다.

머릿속에는 역사에 대한 생각으로 가득 차 있었다. 아직도 완성되지 않은 역사를 완성하는 길은 보다 많은 역사적인 자료와 근거를 찾아야 했다. 아직도 이어지지 않거나 확인되지 않은 사실들이 많았다. 아직도 해결해야 할 난제들이 있었다. 우선은 누가 환민족의 뿌리를 다루는 역사서적을 가지고 있는지 알아내기가 어려웠다. 책을 소장하는 것 자체가 조심스럽고 위험한 일이어서 확인하기가 어려웠다. 이번에

《북부여기》를 만나서 상당 부분 해결되었다.

고조선과 고구려로 이어지는 관계를 정확하게 보여주는 사서가 없었다. 《북부여기》는 큰 성과였다. 고조선의 붕괴와 열국시대로 넘어가는 고리 역할을 충분하게 설명해 해주었다. 이태집과 《북부여기》를 정리하며 이야기했던 것을 떠올렸다.

-형님. 신라 화랑의 근원과 이어지는 화랑의 명맥을 확실하게 설명해 주어서 속이 후련했습니다.

신라 화랑이 환국으로부터 출발했음도 알게 되었다. 계연수도 속이 확 뚫리는 기분이었다. 환국에서 환웅이 창업 결사대를 끌고 동방으로 진출하게 되는데 그들을 제세핵랑이라고 했다.

-나도 그렇다. 동방으로 진출한 환족을 창업결사대라고 할 수도 있고, 문명개척기사단이라고도 할 수 있지.

-창업결사대도 좋지만 문명개척기사단이라는 말이 더 좋은데요.

-그런가?

-예.

-그러면 문명개척기사단이라고 명명하자.

-예. 좋습니다.

창업創業은 한 나라를 새로 만들어 일으켜 세우는 큰 업을 말한다. 곧 건국이다. 창업을 하기 위해서는 건국이념과 나라를 경영할 수 있는 정치 경제 사상 그리고 문화를 이끌어 낼 인재와 관리할 수 있는 역량을 가진 집단이 필요하다. 곧 창업결사대는 새로운 나라를 세우는 인재들을 말한다. 그리고 문명개척기사단은 나라를 세우기 위해 새로운 지역으로 이동해서 문명국가를 만들어낼 인재들을 말한다. 비슷하지만 조금은 다르다. 계연수가 창업결사대와 문명개척기사단이란 이름을 명명하자 이태집이 창업결사대보다는 문명개척기사단이 좋다고 했다.

-환민족 고유의 낭가郎家제도의 기원이 환국시대로부터 비롯하여 배달국의 제세핵랑濟世核郎 → 단군고조선의 국자랑國子郎 → 북부여의 천왕랑天王郎 → 고구려의 조의선인皂衣仙人, 백제의 무절武節, 신라의 화랑花郎 → 고려의 재가화상在家和尙 또는 선랑仙郎, 국선國仙으로 계승되어 와서, 윤관의 9성 정벌 때는 항마군降魔軍으로 이어져 내려왔다고 볼 수 있지.

-제세핵랑을 어떤 사람으로 볼 수 있나요?

-《구당서》〈동이전 고구려조〉에 있는 내용을 참고할 필요가 있어. 〈고구려의 습속은 나무 심부름하는 미천한 집안에 이르기까지 서적을 좋아하고, 거리마다 경당이라 부르는 큰집을 지어놓고 미혼 자제들로 하여금 이곳에서 독서와 활쏘기를 밤낮으로 익히게 하고 있다〉고 적었지.

-다시 말하면 경당은 문무를 겸비한 인재를 양성하는 곳이군요.

-그렇다고 할 수 있지. 지도급으로 국정운영의 자질을 가진 사람들로 홍익인간이나 제세이화로 무장한 사람들을 낭도라고 하고, 핵심적인 낭도들이 바로 제세핵랑이라고 볼 수 있지.

-저도 그렇게 생각해요. 제세핵랑들은 수려한 산천을 찾아 단체 생활을 하면서 단결력과 무사정신을 길렀으며, 정서와 도덕을 함양했습니다. 또한 무술, 기마술, 궁술 등을 익혀 용맹한 전사로서 국가에 충성한 사람들이라고 기록되어 있습니다.

-맞아. 조의선인이나 화랑, 국선랑 등의 이름은 시대에 따라 다르지만 삼신오제 사상으로 무장한 군대였을 것으로 봐. 좀 더 자세히 설명하

면 국자랑은 신교를 배우고 실천하기 위해 뽑은 젊은이들로서 조선 신교의 낭가정신에서 시작된 것이야. 정신무장과 육신무장을 함께한 최고의 지식집단이면서 군사조직의 기반이기도 했던 거야.

-생각만 해도 가슴이 뛥니다. 환웅이 거느리고 온 3000명의 문명개척기사단을 제세핵랑으로 봐야겠지요?

-맞아. 제세핵랑濟世核郎의 뜻을 살펴보면 세상을 경세하는 핵심적인 인재란 의미를 가지고 있지 않나?

-그래요. 저도 그렇게 생각해요.

-그렇지.

계연수는 동의를 구하는 듯 이태집에게 물었다. 이태집이 동의를 받아주었다.

-나는 생각만 해도 가슴 벅차 오르지. 떠올려 봐.

계연수는 감동한 사람처럼 먼 하늘을 바라보며 이어서 말했다.

-환웅천왕이 거느린 3000명의 문명개척기사단이 동쪽으로, 동쪽으로 이동하고 있는 것을 생각해 봐. 건국의 원대한 꿈을 안은 낭군들이야. 최고의 권력집단이고, 최고의 지식집단이고, 최고의 무사집단이 새로운 나라를 세우기 위해 이동하는 모습. 그야말로 문명개척기사단이 개국을 향한 순수한 열망으로 이동하는 모습을 상상하면 가슴이 벅차!

-형님. 마치 웅변가 같아요.

이태집은 계연수의 모습을 보고 말했다. 말없이 있던 이관집도 계연수의 평소의 모습과 다른 것을 보고 웃었다.

-나만 이런 감정인가. 세계 어느 시기, 어느 나라에 문명개척기사단이라는 이름을 걸고 세상을 이롭게 하기 위해 이동하는 집단이 있었을까. 3,000명의 고도의 문명집단이 이동하는 모습을 상상해 봐. 정말

장관이었을 거야. 이미 우주의 원리를 최초로 깨달은 집단이었고, 국가경영의 원리를 최초로 만든 집단이 아니던가. 그들 겨레민족의 웅혼한 모습이 그려지네.

-저도 덩달아 기분이 으쓱해집니다.

계연수의 말을 듣고 이관집과 이태집이 함께 감격스러운 표정이었다. 역사에 빠진 세 사람의 모습은 마치 자신들이 문명개척기사단이 된 듯한 표정이었다. 세 사람의 열정은 최고조에 이르고 있었다.

-형님 말이 옳아요. 한국에서 문명개척기사단이 동방으로 이동해서 단국, 즉 배달국을 열 때를 생각해 보니 웅혼하고 역동적입니다. 단군조선을 열 때도 또한 위대한 창업의 물결을 느꼈을 겁니다.

-삼성조 시대에는 나라를 이끌어가는 지도자와 관료, 제사장, 장교가 모두 낭가에서 나왔어. 삼신상제와 환웅께 제사를 올리는 것을 주관하고 신교의 가르침을 받들며 문무文武에 정진했지. 단군조선 초부터 소도蘇塗 옆에 경당扃堂을 세우고 미혼의 남녀 젊은이들에게 글읽기, 활쏘기, 말타기, 예절, 음악, 격투기, 검술 등을 가르쳤다고 했거든. 11세 도해 단군 때는 삼한 전역에 제도화되었고, 낭가정신의 유풍이 크게 성했지.

-그랬군요.

-11세 도해 단군 때 기록에 있어. 〈명산의 가장 뛰어난 곳을 찾아 국선國仙의 소도를 설치케 하셨다〉고. 또한 13세 흘달 단군 20년에 〈미혼 자제로 하여금 글 읽고 활 쏘는 것을 익히게 하여 국자랑이라 부르게 하였다. 국자랑들은 돌아다닐 때 머리에 천지화를 꽂았으므로 사람들이 천지화랑이라고도 불렀다〉라고 했어.

-형님. 대단하십니다. 그걸 어떻게 외우고 계세요.

-다른 것은 못하는데 외우는 것에는 좀 되지. 우리민족은 모자에는 새 깃털을, 꽃으로는 천지화를 꽂았지.
-천지화가 무궁화꽃이지요?
-그렇지.
이태집의 말에 계연수가 설명하면서 너무도 당연한 걸 묻는다는 듯 웃었다.
-역사책을 외우고 계시니 대단합니다. 역사에 인생을 걸고 계시니 당연한 결과라고 봅니다. 그리고 소도는 낭도들의 모임처였고, 그들은 소도무사였다고 할 수 있겠지요?
형식은 묻고 답하는 듯하지만 이태집의 역사에 대한 지식의 양은 대단했다. 그리고 집념은 끝이 없었다.
-나도 그렇게 생각해. 나라를 세울 때 먼저 챙긴 것이 낭도들이었을 거야. 북부여北夫餘를 건국한 국자랑 출신 해모수解慕漱가 천왕랑天王郞인 것을 봐도 국가위난이나 나라를 열 때는 새로운 낭가들의 집단을 편성한 것으로도 알 수 있지.
-신라 시대에는 화랑제도로 통합되었다고 할 수 있지요?
-그렇지. 신라시대 이후로 명맥이 끊어진 듯하나 정신만은 조선족의 마음 안에, 풍속에, 행동 양식에 역사의식이 깊이 잠재되어 지금의 선비가 그나마 명맥을 유지하고 있다고 봐야겠지.
-지금의 선비가요?
계연수의 말에 다소 뜻밖의 생각이라는 듯 이태집이 말꼬리를 올렸다.
-무인처럼 말을 타고 달리는 통 큰 낭도의 기질은 사라졌지만 정신은 그래도 남아 끈질기고 집요하게 학문에 힘쓰는 것에 남아있다고 보네.
이태집은 여전히 수긍하기 어렵다는 듯 대답하지 않았다.

-인정 안 해도 괜찮아. 그것은 우리가 조선이라는 나라에 현재하고 있어 느끼지 못했을 수도 있고, 거기에 대한 평은 후대의 역사가들의 몫이지.

-맞아요.

이태집이 환하게 웃으며 대답하자 이야기에 끼지 않고 바라만 보고 있던 이관집이 슬며시 웃었다. 계연수와 이태집도 함께 웃었다.

계연수는 세 사람이 함께 부여사에 대해 이야기를 나누었던 기억을 떠올리면서 흐뭇하게 웃었다.

삭주에서 한양까지는 멀었다. 계연수에게 걷는 것에 대해서는 두려움이 없었다. 약초를 캐면서 하루 종일 산을 오르내리는 것은 일상이었다. 능선에서 골짜기까지 오르내렸다. 약초는 약초마다 나는 곳이 달랐다. 능선으로 올라가야 만나는 약초와 골짜기로 내려와야 만날 수 있는 약초가 있었다. 음지에서 자라는 약초와 양지에서 잘 자라는 약초가 있었다. 결국 산을 전부 뒤져야 했다. 그래서 걷고 산을 오르내리는 것에는 익숙했다. 어느 때보다도 한양으로 가는 발걸음이 가벼웠다.

산하는 초록으로 거칠게 달려가고 있었다. 초록이 푸르게 푸르게, 하늘도 푸르게 푸르게, 거친 말이 달려가듯 초록빛이 산하를 달려가는 유월이었다. 봄이 막 지나고 여름은 서두르지 않고 받아들이고 있는 유월의 산을 넘고 넘었다. 들을 건너, 강을 건너, 다시 언덕을 오르고 산을 넘으며 한양으로 다가가고 있었다. 유월의 천하는 급하지도 느리지도 않게 한양으로 가는 계연수를 배웅했다.

찔레꽃이 막 지고, 밤꽃이 피고 있었다. 청상의 여인네가 밤꽃 향기에 잠을 못 이루는 유월의 조선을 밟으며 한양으로 가고 있었다. 한 사람이 만들 수 있는 역사는 어디까지일까. 나 한 사람이 진토가 되어 조선의 역사를 지켜낼 수 있다면 내 한 생 부서져도 좋겠다는 마음이었다. 내 한 생 던져 꽉 채워진 역사서를 만들어낼 수 있다면 망가져도 좋겠다는 마음이었다.

한 사내가 한 사람을 만나기 위해 한양을 향해 걸어가고 있는 동안 계연수가 만나려는 한 사람은 계연수가 오는 것도 모르고 자신의 일에 빠져 있었다. 이기는 책을 정리하고 있었다. 나철이 시작하겠다고 한 역사학당에서 가르칠 내용을 정리하고 있었다. 한 사내가 자신을 만나기 위해 오고 있다는 생각을 하지 않고 있었다. 어떤 기별도 없었다. 학당에서 무엇을 가르칠 것인가. 그리고 어디까지 가르칠 것인가를 고민하고 있었다. 아직도 조선은 금서를 지정한 그대로였다. 금서를 해제한 적이 없었다. 자국의 역사를 숨기는 나라, 자국의 역사를 위험하게 하는 나라가 조선이었다.
나철이 아침 일찍 이기를 찾아 왔다.
-바쁘십니다.
-그러게. 선언한 사람보다 도와줄 사람이 더 바쁘네.
나철의 인사말에 이기가 대답했다.
이기는 나철의 선언이 반가웠다. 자신이 할 일이라고 생각하고 있었는데 젊은 나철이 앞서서 치고 나가니 고마웠다. 나철 또한 마음이 급했다. 자신이 선언한 것을 실천하기 위해서는 해야 할 일이 많았다. 학당으로 사용할 거처가 필요했다. 또한 학당을 운영할 방안을 마련해야 했다. 그냥 이루어지는 일은 없었다. 시간과 돈이 따르고, 정성과 노력이 필요했다.

-무엇을 가르치지요?
-유학이나 중화의 역사만 아니면 다 좋을 듯하네.
이기가 반 농담처럼 말했다.
-그러게 말입니다. 우리 것은 빼놓고 중화 것만 배우고 가르쳤음에도 지금까지 나라를 유지해 온 것만 해도 다행입니다.
-그러게. 우리의 좋은 것은 빼고 잘못된 중화의 것만 배웠으니 문제지. 유학이 좋은 듯하지만 윤리만을 가르치는 꼴이 되고 말았지. 윤리란 것이 관계의 철학 아니던가. 예의와 윤리가 나라의 근간이 되어서는 안 되는 것일세. 나라는 진취적이고 원대한 철학을 내세우고 전진하는 나라를 만들어야 하네. 윤리와 예의는 뒤에서 받쳐주는 정도여야 하는데 순서가 바뀌었지.
-정곡을 찌르십니다.
이기의 말에 나철이 움찔했다. 자신도 유학을 국시로 하는 것이 옳다고 알고 있었고, 예의와 범절이 근간이 된 성리학을 문제 삼아 본 적이 없었다. 그저 당연하다고 생각하고 있었다. 유교에 대한 비판이 곧 불경스러운 일로 여겨지는 풍토에서 지극히 당연했다.
-역사를 만든다고 자부하는 사람들은 소소한 것에 집착해서는 안 되네. 웅혼한 기상을 담은 국가이념을 전면에 걸고 백성을 발전의 토대 위에 올려놓아야 하는 것일세. 우선은 일에 대해 선비와 일반 백성의 구분이 없어야 하네.
지금까지 이기의 모습과는 다른 모습이었다. 유학을 비판하고 새로운 제안을 한 적이 없었다. 더구나 구체적으로 대안을 제시한 적이 없었다.
-일이라고 하셨습니까?

일에 대해 구분이 없어야 한다는 말의 의미를 언뜻 이해하지 못했다.
-그렇네. 지금 조선에서 일어나고 있는 것 중에서 가장 큰 폐단이 노동에 대한 생각일세.
노동에 대한 생각이 잘못되었고, 그것이 폐단이란 말을 역시 이해할 수가 없었다. 나철은 이기의 말이 무엇을 말하는지 구체적으로 이해하지 못했다.
-일은 아랫사람이 하는 것이고, 비천한 것이고, 선비는 하지 말아야 할 것으로 규정된 생각 자체가 조선을 망가뜨리는 1호 폐단이란 말이네. 나라가 이로 인해 망하고 있지.
나철은 이제야 이해가 되었다. 선비가 논일이나 밭일은 물론 집안일까지도 손 하나 까닥하지 않는 것이 조선의 법도였다.
-노동을 부끄러워하면서 밥은 왜 먹고, 옷은 왜 입고, 공부는 왜 하는가 묻고 싶네. 노동으로 쌀이 나오고, 노동으로 옷을 만들었고, 노동을 어떻게 해야 많은 물량을 생산할 수 있는가를 공부하는 것이어야 하는데 반대로 공리공론에만 치중되어 있네.
-아하. 그렇습니다. 저도 반성해야겠습니다.
-많은 문제가 있지만 핵심적인 것 하나를 바꾸면 세상이 크게 바뀔 수 있지. 사소해 보이는 것이지만 중요한 것일세. 이제 자네의 몫이야.
이기가 나철에게 짐을 넘겼다. 이제 교육자로서 나철이 감당해야 할 문제였다.
-해학께서 큰 몫을 맡아주셔야겠습니다. 저는 해학께서 맡아주시리라 믿습니다.
-말하지 않았나. 운영은 홍암이 하고, 나는 후방지원을 할 거라고.
-알았습니다. 달려보겠습니다.

나철이 큰 목소리로 다짐하듯 말했다.

나철의 말이 떨어지기 무섭게 이기가 나철에게 안으로 들 것을 주문했다. 나철이 이기를 따라 방 안으로 들어갔다. 책이 여기저기 쌓여 있었다. 책을 정리하고 있던 그대로였다.

-방향을 어떻게 잡아야 합니까?

나철은 일은 벌려놓았지만 방향 설정이나 교육내용에 대한 학당의 진로가 걱정이 되었다.

-우선은 정신이고, 둘째가 역사라고 보네. 다음으로 마음공부겠지.

-좀 구체적으로 말씀해 주실 수 있습니까?

-나라고 특별한 생각을 가지고 있을 리 없네. 조선인이 가져야 할 정신이 바로 서야 역사도 있는 것이라고 믿네. 한 나라가 바로 서려면 세상을 어떻게 다스려야 백성이 편하고, 부강한 나라가 될 것인가를 먼저 생각했겠지. 그렇게 나라의 기틀을 다지면서 이끌어온 것이 결국은 정신이라고 할 수 있네.

-다시 말하면 건국이념이겠군요?

-그렇지. 좀 전에 마당에서 이야기했지만 건국이념을 윤리나 도덕으로 세우는 것은 잘못되었다는 것이 내 기본적인 생각일세. 그렇게 하면 현상유지에 머무를 공산이 크거든. 개인이나 나라나 미래지향적이어야 하고 생산적이어야 하네.

-그렇다면 역사는 어떻게 설명해야 하나요?

역사가 과거를 가르치는 것임을 염두에 두고 나철이 물었다.

-좋은 질문일세. 역사는 과거를 가르치는 것이 아니라 과거에서 미래를 찾아내려는 학문이지.

-아하. 그렇군요.

나철이 이기의 말을 듣는 순간 정신이 번쩍 들었다. 역사는 과거를 가르치는 것이 아니라 '과거에서 미래를 찾아내려는 학문'이라는 말에서 귀가 번쩍 했다.

-그래서 우리가 가지고 있는 것은 모두 과거에서 가져온 것일세. 과거를 이해해야 현재를 알고, 현재를 제대로 파악해야 미래로 나아갈 수 있네. 역사는 지나간 것이 아니라 미래로 가는 열쇠를 저장해 놓은 보물창고지. 다시 말하면 역사의 목표는 과거가 아니라 미래여야 한단 말일세. 세상이 역사에서 배우지 않으면 어디에서 배운단 말인가. 어제도 역사인 걸.

-놀라운 말씀이십니다. 역사의 목표가 과거가 아닌 미래라는 말씀.

-과거와 현재 그리고 미래를 꿰뚫는 것이 있는데 그것이 정신일세. 정신을 바로 세우면 과거도 바로 서고, 현재도 바로 서고, 미래도 바로 서게 되네. 왜냐하면 정신은 개인에게는 인생의 나침반, 국가적으로는 나라의 나침반이라네.

나철은 이기의 새로운 면을 발견하고 있었다. 지금까지 만났던 이기와는 달랐다. 개인적으로 심도 있게 이야기를 나눈 적이 거의 없었다. 나철은 이기의 깊이를 새삼 깨달았다.

-그렇다면 우리의 정신은 무엇입니까?

-삼신三神과 오제五帝 그리고 오령五靈 사상이지.

나철은 순간 얼음이 되었다. 무슨 말인지 이해할 수가 없었다. 음양오행은 들어본 적이 있었다. 오행과 오제의 관계성은 알 수 없었다. 자신이 역사학당을 세우겠다고 선언한 것이 쑥스러웠다.

-처음부터 알고 태어난 사람이 어디 있겠나. 나는 홍암 같이 역사의식을 가지고 있는 사람이 있어 반갑고 고맙기만 하네.

-아, 예.

나철은 이기의 위로의 말에 다소 위안이 되었다.

-삼신은 세 귀신이 아닐세.

이기는 말해놓고 웃었다. 나철도 따라 웃었다.

-하느님이나 하나님이라고 하지 않나. 우리가 흔히 세상을 만든 존재를 조물주라고 하지 않나. 쉽게 말하면 조물주를 삼신이라고 명명한 것일세.

-그래도 삼신三神이라고 한 이유가 있지 않을까요?

나철은 일신一神이 아니라 굳이 삼신三神이라고 한 이유가 궁금했다.

-그렇네. 삼신이라고 한 이유가 있네. 지적이 날카롭구만.

이기의 칭찬에 나철은 아무 대답하지 않았다. 나철은 다음 말을 기다렸다.

-변화를 주관한다고 본 것일세. 1이라는 근원이 3으로 변화하는 것을 전하고자 했다고 할 수 있네. 그것이 바로 천지인天地人일세. 인본人本의 출발도 여기에서 출발하네. 본本자도 자세히 살펴보게.

-글쎄요. 열십十에 사람인人, 그리고 가운데에 점이 있습니다.

-한 번 풀어보게.

-열십十자를 세상으로 보면 세상의 가운데에 사람이 있고, 그 사람이 중심의 점 하나로 상징되는 것이 아닐까요?

-대단하구만. 제대로 보았네. 한자에서 열십十자는 세상 모든 것을 말하네. 한자에서 십백천만十百千萬은 모든 것을 말하는 글자들일세. 그러니 근본 본本자는 세상의 중심十에 사람人이 있는 것을 형상화한 글자지. 그곳의 한 가운데에 점을 찍어 세상의 근원을 표현한 글자일세. 생각하는 영적 존재인 사람이 중심인 것일세. 우리의 사상에는 항상

사람이 중심에 있네. 이참에 공부도 할 겸 글자놀이 한 번 해보세.

나철은 의아했다. 역사이야기를 하다 갑자기 글자놀이를 하자니 그랬다.

-공부工夫에 대해 생각해보세. 공부가 무엇이라고 생각하나?

-학문을 닦고, 세상의 이치를 깨우치기 위한 학문을 공부라고 합니다.

생각하고 있던 것을 말했다. 나철은 일반적인 답을 듣고자 이기가 묻지 않았음을 느끼면서도 달리 답변할 것이 없었다.

-공부工夫를 해자解字해 보게.

-글쎄요.

나철은 한참을 생각했다. 생각하다가 아하, 하며 무릎을 쳤다.

-알겠습니다. 공부工夫에서 공工은 하늘과 땅 사이에 사람이 서 있는 형상입니다.

나철은 잠시 더듬거리다가 다음 말을 이었다.

-부夫는 하늘과 땅을 사람이 꿰뚫는 형상입니다.

-그래서 어떤 의미라는 말인가?

이기가 나철의 답을 듣고 더 정확히 말할 것을 재촉했다.

-공工은 하늘과 땅의 원리를 깨우치는 원리를 말하고, 부夫는 하늘과 땅의 원리를 깨우친 존재를 말합니다.

-자네는 천잴세. 바로 알아맞히니.

-쑥스럽습니다.

이기의 칭찬에 어색해했다.

-해석하기 달렸지만 공부工夫는 천지인을 표현한 글자고, 천지인을 이해하는 존재가 인간이라는 것을 형상화한 것이라고 할 수 있네. 자네 말대로 위에 있는 ㅡ은 하늘이고, 밑에 있는 ㅡ은 땅일세. 그리고'ㅣ'

는 사람이 서 있는 형상이지. 다시 말하면 工은 하늘과 땅 그리고 사람의 원리를 말하네. 천지인의 원리일세. 그리고 부夫는 하늘과 땅, 즉 二에 사람人이 꿰뚫고 있네. 곧 천지인의 원리를 깨우친 사람을 말하네. 모두 사람에 중점을 둔 글자일세.

-참 오묘합니다.

-그래서 천지인의 원리를 아는 부夫는 최고의 사람들에게만 사용하지.

-그런가요?

-그렇다네. 으뜸 되는 사람을 대장부大丈夫라고 하지 않는가. 거기에 세상의 근원인 사람들인 농부農夫 어부漁夫 광부鑛夫할 때 모두 부夫자를 사용하지.

-오호. 정말 그렇습니다.

-난 감히 말하네. 인류 최초의 나라를 세운 조선인이 자랑스러운 것보다 인류 최초의 철학과 사상을 만들었다는 것에 방점을 찍고 싶어. 우리가 태초의 문명을 창조했으니 이를 공유해야 한다는 것이 역사의 방향이라고 할 수 있지. 싸움이 아니라 서로 돕고 서로 이로운 마음으로!

이기의 말에는 힘이 들어가 있었다.

나철과 이기와의 대화는 무르익었다.

-한데 내가 나가 볼 일이 있네. 오늘은 여기까지 하고 나가지.

이기와 나철이 대문을 나서 큰 길로 들어설 때 한 사내가 마을로 들어서고 있었다. 초췌해 보였으나 눈은 반짝이는 젊은 청년이었다. 계연수였다. 얼굴이 마주쳤지만 서로를 알아보지 못하고 지나쳤다. 계연수와 이기의 첫 만남은 어긋나고 있었다.

스승을 만난 계연수

11. 홍범도와 범잡이가 만나다

운명적인 만남은 운명에 걸맞게 특별하게 만나지 않고 평범하고 일상적이다. 인생의 어느 한 날 특별하지 않은 날이 없다고 할 수 있는 만큼 인생의 어느 한 날 특별한 날이 없다고 해도 틀리지 않다. 인생의 특별함은 특별하다고 생각하는 사람에게서만 찾을 수 있다. 정말 그렇다. 인생은 늘 그렇게 어설프고 별스럽지 않게 오고 간다.

홍범도와 김수협의 만남도 그랬다. 두 사람의 만남은 우연처럼 만나 운명이 되었다. 첫 만남에서 서로 범잡이임을 확인하고, 바로 범 잡으러 산으로 들자는 약속을 했다. 약속한 장소는 검덕산으로 들어가는 입구에서였다. 검덕산劍德山은 높았다. 차일봉 희사봉 팔봉이 있는 고산이었다. 한반도의 고산이 집결되어 있는 곳이었다. 함경남도의 해안지방과 내륙지방의 지형적 장벽을 이루고 우뚝 솟아, 북대천과 남대천의 발원지였다. 산세가 험준하여 '검劍'자를 붙였다고 전해오는 산이었다. 홍범도와 김수협이 호랑이 사냥을 약속한 날이었다.

-형님. 오셨습니까?

홍범도를 보자 김수협은 깍듯이 인사했다.

산으로 들어가는 입구에서 홍범도와 김수협이 마주쳤다.

-드세.

홍범도가 산으로 들며 김수협을 향해 말했다.

둘 다 짐이 없었다. 기본적인 물과 몇 덩이의 주먹밥이 전부였다. 먼 길을 갈 때 짐이 도리어 단출한 것과 같았다. 호랑이를 잡을 때는 무거운 것과 번거로운 것을 걸치지 않아야 했다.

두 사람이 만나 결행한 첫 범잡이였다. 사람은 느낌이 있었다. 범털과 개털은 한 번에 드러났다. 범털과 개털은 태생이 달랐다. 범상치 않은 사람은 범상치 않은 사람을 한 번에 알아봤다. 눈빛만으로도 알아보듯이 김수협이 형님이라고 한데는 이유가 있었다. 자신도 범잡이로 알려졌지만 홍범도의 눈매도, 행동도 예사롭지 않음을 알아보았다. 나이만으로 형님이라고 부를 김수협이 아니었다.

같은 태생이라도 다른 경우가 있다. 대표적인 것이 개와 늑대다. 개와 늑대는 다르다. 개는 지구상에서 가장 의존적인 동물이다. 자신의 종족에게 의존하는 것도 아니고 다른 종족에게 기생해서 산다. 개는 철저하게 인간에게 의존해서 산다. 늑대는 야성을 고집하고 있다. 야성으로 살아간다. 야생과 기생은 다르다. 독립의 야생과 의존의 기생. 태어나서 죽음을 맞을 때까지 타 종족에게 붙어서 얻어먹고 사는 것이 개다. 기생은 스스로 인생을 개척하지 못한다. 야생은 짧게 살아도 스스로의 인생을 개척한다. 그것이 늑대의 고집이었다. 홍범도는 야생을 택했다.

홍범도는 기사범에게서 나올 때 자신의 삶의 방향을 잡았다. 거친 인생이 펼쳐진다고 해도 두려움 없이 갈 것을 다짐했다. 죽음도 서서 맞는 나무의 직립처럼 당당하게 살다 갈 것을 마음으로 다졌다. 야생으로 사는 늑대의 삶을 선택했다. 홍범도와 김수협은 늑대의 피를 가진 독립 인간이었다.

호랑이는 산신이라는 이름을 얻는 만큼 호랑이는 사람을 잡아먹어 식인호랑이라는 이중성을 가지고 있었다. 사람이 범접할 수 없는 대상으로 신앙의 대상이 되기도 했지만 사람을 해치는 동물로 두려움의 대상이었다. 호랑이와의 대적은 사내의 용기였고 두둑한 배짱이 있어야 가능했다. 여름산으로 들어가는 두 사내의 손에는 화승총이 들려있었다. 허리에는 짧은 단도가 꼽혀 있었다. 호랑이 사냥으로 두려운 시기는 여름이었다. 울창한 숲에 숨어있는 호랑이에게 습격당할 가능성이 높았다. 호랑이는 영리하게 숨어 있다가 일시에 공격하는 기질을 가지고 있어 어느 동물보다도 사냥하기 어려운 존재였다.

두 사내는 말이 없이 산으로 들어가고 있었다. 사냥은 말로 하는 것이 아니라 행동으로 하는 것이었다. 무엇보다도 호랑이 사냥은 자신보다 강한 동물이어서 말을 할 수가 없었다. 길 안내는 김수협이 맡아서 했다. 김수협이 앞서서 산으로 들고 있었다. 김수협은 북청에서 오래 생활해 동물의 은거지와 산세를 읽고 있었다.

범잡이가 들고 있는 유일한 무기 화승총. 화승총은 단발이었다. 한 발을 장전해서 쏘고 나면 다음 실탄을 장전하는데 시간이 걸렸다. 급박한 상황에서 다음 실탄을 장정해서 쏠 수 있는 시간이 없었다. 단발로 승부를 해야 하는 무기였다. 초식동물의 사냥은 일방적인 승부였다. 사람이 절대강자였다. 사냥감에게 들키면 사냥감이 도망가면 그것으로 다였다. 육식동물은 달랐다. 죽이는 자와 죽임을 당하는 자의 한 판 승부였다. 죽이지 못하면 죽임을 당할 수 있는 것이 호랑이 사냥의 세계였다. 한 발의 실탄이 호랑이를 맞히지 못하는 순간 호랑이의 공격을 받아야 했다. 사람과 호랑이는 우선 덩치에서 비교가 되지 않았다. 속도와 힘에서도 비교가 되지 않았다.
호랑이는 산골에 사는 사람들에게는 영물이면서 동시에 애물이었다. 닭을 물어가고, 개를 물어가고, 집안의 재산인 소까지 물어갔다. 끝내는 사람까지 물어갔다. 호랑이로 인해 마을 몇 개가 전멸할 정도로 괴롭힘을 당하기까지 했다. 오죽하면 호환虎患이라고 해서 호랑이로 인한 피해가 컸음을 보여주었다. 호랑이를 잡는 것은 개인으로서는 영예였고, 마을에서는 잔치를 열 일이었다. 나라에서도 사냥꾼을 고용해 상금을 걸기도 했다. 홍범도와 김수협은 단신으로 호랑이를 잡기 위해 산으로 들고 있었다.
-쉬었다 가시지요.
김수협의 말에 두 사람은 바위에 걸터앉아 주먹밥을 꺼내 먹었다.
-오늘은 착호갑사가 된 기분일세.
-예. 저도 그렇습니다.
홍범도가 이야기를 하자 김수협이 받았다.
착호갑사捉虎甲士는 말 그대로 갑사甲士, 호랑이를 잡는 최고의 군사를 말했다. 조선 조정은 호환을 막기 위해 일찍부터 호랑이를 잡는 정책을 시행했다. 그 가운데 하나가 착호갑사와 착호인이었다. 착호갑사는 특수부대였다. 군사들에게 최고의 영예였다. 호랑이를 잡는 군사로 한양에서는 착호갑사, 지방에서는 착호인이라 불렸다. 호환을 방비하기 위한 특별부대였다. 호랑이는 행상行商이 지름길로 접어들었다가 만나고, 초동樵童이 나무하고 꼴을 베다가 만나기도 했다. 더구나 아낙이 나물을 캐다가 만나거나, 농부가 밭을 갈고 김을 매다가도 호랑이를 만나는 일이 수시로 일어났다. 조선 조정에서 운영하던 착호갑사와 착호인을 두고 호랑이로 인한 피해를 줄이려고 했다.

-자네는 호랑이를 왜 잡으려 하나?

-우선은 생계고, 다음으로는 모험을 즐기기 위해서입니다.

홍범도가 김수협에게 묻자 답했다.

-그렇군. 나는 반댈세.

-나를 실험하는 것이 먼저고, 생계는 다음이란 말씀이군요.

-그렇네.

-같으면서도 다른 것 같고, 다르면서도 결국은 같은 말이 아닌가요?

-그럴 수도 있지. 하지만 나는 일차 목표가 나를 도전하는 것에 있네. 나의 담대함의 정도를 확인하고 싶어서네.

-그렇군요.

호랑이 가죽은 비싼 사치품이었다. 인조 때 호랑이 가죽 한 장은 베 40~50필에 팔렸다. 연산군 때는 베 80필, 60여 년 뒤인 명종 때는 베 350~400필로 가격이 폭등했다. 영조 때에 간행한《속대전》에서 면포 1필 가격은 2냥으로 책정되었다. 큰 호랑이 가죽 한 장은 보통 100냥에서 많게는 800냥까지 했다. 한양의 초가집 한 채가 100냥 정도 했으니 호랑이 한 마리를 잡으면 인생을 펼 수 있는 돈이었다. 조정에서는 호환을 막기 위한 정책을 폈지만 성공하지 못했다. 호랑이는 끊임없이 출몰했기에 국가에서는 특단의 대책을 마련했다. 그것이 착호갑사였다. 세종 때 처음으로 편성됐는데 40명에 불과했다. 세조 때는 200명으로 크게 늘었다. 성종 때는 440명이나 되었다. 호랑이를 잡아 바치면 노비는 신분을 평민으로 올려주고, 평민들의 경우는 평생의 세금을 모두 면제해 주기도 했다. 호랑이를 잡는 것은 인생역전의 기회였다.

-나도 돈에 미쳤었지. 돈이 최고라고 생각했고, 돈을 위해 아둥바둥 살았어. 우연한 계기에 인생을 바꾸게 되었네.

홍범도가 이야기를 하다가 멈추고 허공을 바라보았다. 김수협이 다음 말을 기다렸다.

홍범도는 산 중에서 우연히 만났던 계연수가 떠올랐다. 그리고 함께 생활했던 기사범이 떠올랐다. 홍범도는 처음으로 자신이 살고 있는 조선이라는 나라에 대한 생각을 하는 계기를 마련해준 사람이 계연수였다. 그리고 삶에 대해 생각을 하게 한 사람이 기사범이었다. 계연수를 통해서 국가관을, 기사범에 의해서 인생관에 대한 생각을 하게 되었다. 홍범도를 변하게 한 사람들이었다.

계연수와 기사범을 만나기 전이었다면 홍범도도 김수협과 마찬가지로 돈이 먼저였고, 목적은 중요하지 않았을 것이다. 더 정확하게 말하면 목적도 돈이었고, 과정도 돈이었을 것이다. 살아가기 위해 필요한 것만을 얻는 것이 인생이었다. 하지만 홍범도는 달라졌다.

-사람이 변하게 하더군. 사람에 대한 믿음이 없었는데 생겼지.

-저는 아직도 사람에 대한 믿음이 가지 않습니다.

-왜지?

-사람이 사람을 속이고, 사람이 사람을 이용하는 것을 흔하게 봅니다.

-그럴 걸세.

-그렇다고요. 그러면서 사람에 대한 믿음을 가진단 말씀이신가요?

사람에 대한 믿음이 없었는데 믿음이 생겼다는 홍범도의 말에 문제를 삼았다. 홍범도는 앞뒤 말이 서로 다른 결과를 이야기하고 있었다.

-사람에 대한 문제가 당연한 것을 깨달았네. 사람은 변하는 존재고, 사람은 속이는 존재였네. 중요한 것은 그런 문제가 많은 사람이 정의롭

고자 실천하려는 의지가 있어서 세상은 조금씩 나아지고 있다는 결론에 이르렀지.

김수협은 잠시 생각했다. 같은 말 같으면서 다른 말이었다. 분명 상황은 같지만 결과는 다른 결과를 만들어내고 있었다.

-사람은 속이고 사람이 변하는 것은 맞지만, 그럼에도 정의롭고자 하고, 착하게 살고자 하는 노력을 보인다는 점에서 인간에 대한 믿음을 이야기한 것일세.

홍범도의 머릿속에는 기사범이 떠올랐다. 기사범의 영향이 컸다. 기사범은 사람은 정의로운 존재가 아니라 정의롭고자 하는 존재였고, 사람은 착한 존재가 아니라 착하고자 하는 존재라는 생각을 가지고 있었다.

-그래도 저는 사람을 믿을 수 없습니다.

-믿지 말게.

사람을 믿을 수 없다는 말에 믿지 말라는 홍범도의 말이 찬바람처럼 스쳐갔다.

홍범도가 몸을 일으키면서 다시 숲으로 들 것을 주문했다. 김수협도 따라서 일어나 다시 앞장섰다.

-믿지 말라는 말씀은 무슨 의미지요?

-아니. 믿지 않는다고 하지 않았나?

김수협의 문제 제기에 홍범도가 다시 반문했다.

-그래도 믿어야 한다는 말씀이 하고 싶은 것이 아니었나요?

-그렇지.

-그런데 왜 믿지 말라고 하신 거지요?

-믿으라고 해도 안 믿을 사람이니까.

-제가 그렇게 보입니까?

-그래도 안 믿겠다고 하지 않았나?

너무나 당연하다는 듯이 김수협의 말에 홍범도가 대답했다.

-너무 한 것 아니예요.

-너무하기는!

김수협의 불만스런 말에 다시 당연한 말을 문제 삼는다는 듯 잘라서 말했다.

-저를 못 미더워하는 듯합니다.

-그럼.

-그렇다고요?

-그럼.

김수협의 불만스런 말에 홍범도도 다시 같은 말로 대답했다.

-그러는 게 아닙니다. 저도 착한 사람이예요. 의리 있고.

-착하고 의리 있는 것하고, 사람을 못 믿는 것하고 무슨 상관이 있나?

-착하고 의리 있는 사람이 사람을 한 번 믿으면 확실하게 믿거든요.

-그래!

김수협의 변명에 가까운 말에 홍범도가 확실한 말투로 인정했다.

-그러면 그러던가.

홍범도가 아무렇지도 않은 표정으로 그러던 말던 상관없다는 어투로 말했다.

-무슨 말이 그렇습니까?

불만스런 김수협의 목소리가 퉁명스러웠다.

-믿겠다는 사람한테 믿으라고 하고, 못 믿겠다는 사람에게 믿지 말라고 한 것이 잘못인가?

-그건 아니지만 '아' 다르고 '어' 다른 것 아닙니까?

김수협의 불만스런 말에 홍범도가 소리 없이 웃었다.

-이유가 있네. 같이 산으로 들면서 같이 가는 사람을 못 믿는다고 해서 어깃장을 놓은 거야. 나는 자네를 믿거든.

부드러운 목소리로 김수협을 향해 말했다.

-아하, 알았어요. 저도 믿을 게요.

김수협의 목소리가 다시 부드러워졌다.

제법 산으로 들어섰다. 숲도 깊어졌다. 나무 그늘에 가려 숲이 어두울 정도였다. 사람이 호랑이를 무서워하듯 호랑이도 사람을 두려워했다. 사람은 키가 큰 동물이었다. 거기에 무기를 가지고 있는 것을 알고 있었다. 일대일의 대결에서 비교할 수 없이 약한 존재였지만 사람의 손에 쥔 무기의 힘은 컸다. 짐승 중에서도 호랑이는 두려운 존재였다. 호랑이는 교활한 동물이었다. 사냥꾼이 자기 뒤를 추적하는 걸 눈치 채면 흔적을 지우기 위해 일부러 바위나 낙엽을 밟고, 심지어 냇가를 타고 이동해서 발자국을 없애는 영물이었다.

사냥꾼이 눈치 못 채게 수백 보 밖에 숨어서 사냥꾼을 지켜보다 매복하기 좋은 장소에서 몸을 숨기고 있다가 기회를 봐서 달려들었다. 호랑이는 항상 사냥꾼 등 뒤에서 달려들거나 매복해서 불과 수십 보 이내에서 기습적으로 튀어나왔다. 호랑이가 다른 동물보다도 두려운 이유였다.

김수협은 호랑이 사냥을 이곳 북청에서 몇 번 한 경험이 있었다. 홍범도도 호랑이 사냥을 했지만 북청에서는 처음이었다. 홍범도에게 검덕산은 처음이었다. 경험이 있는 김수협의 몸놀림이 달라지고 있었다. 산세나 숲이 우거진 정도로 보아 호랑이가 있을 법한 지역으로 접어들고 있었다. 사위를 살피는 눈매가 매서워졌다. 홍범도도 함께 몸을 낮췄다. 호랑이는 앞에서 덤벼드는 것보다 뒤나 옆에서 허점을 노리고 덤벼드는 경우가 많아 조심해야 했다. 두 사람의 말은 사라지고 김수협의 이끌림에 따라 홍범도도 따라갔다. 손짓과 눈빛으로 마음을 전했다.

호랑이는 몸체가 건장하고, 날카로운 이빨과 위세에 보통사람들은 압도당했다. 호랑이의 이마에는 왕王자 모양이 선명하게 새겨져 있었다. 몸통은 황색의 긴 털 위에 검은색의 줄무늬가 나란하게 이어졌는데, 보기는 아름답지만 두려움을 주었다. 육식성 동물이라서 몸에서 가장 위험한 무기가 바로 날카로운 앞발과 송곳니였다. 송곳니는 사냥감을 찢는데 강력했다. 날카로운 이빨과 앞발이 있어 소와 같은 몸집이 큰 동물을 만나도 뒤쪽에서부터 소 등에 뛰어올라 목을 물고 늘어져 가죽을 찢는 위력을 가졌다. 정면에서 공격하면 목구멍을 잡고 물어뜯어서 숨통을 끊어버렸다. 어미호랑이가 새끼를 데리고 다닐 때를 제외하면 대부분의 호랑이들은 단독으로 생활했다. 호랑이는 맹수의 제왕답게 별도의 거주 지역이 없었다. 호랑이가 두려운 것은 힘에서도 강하지만 비밀스럽게 예측하지 못한 곳에서 공격하는 호랑이의 생태였다.

숲은 스산하기까지 했다. 긴장감이 팽팽하게 돌았다. 하지만 아직은 호랑이의 모습을 발견하지 못했다. 숲에서 새소리가 들리고 다른 동물의 기척이 들릴 때에는 안심해도 되지만 새소리마저 사라지고 정적이 흐를 때가 위험한 때였다. 지금이 그랬다. 동물들의 소리는 사라지고, 작은 시냇물 소리가 크게 들리고 있었다.

김수협이 먼저 화승총의 탄약 장전 상태를 살폈다. 홍범도도 화승총의 장전 상태를 살폈다. 준비가 되어 있었다. 시간이 흐르고 있었다. 긴장감은 여전했다. 호랑이가 있다는 기미를 느낀 것은 긴장감이 전부였다. 흔적을 발견한 것은 아니었다. 그럼에도 긴장의 끈이 팽팽하게 조여 왔다. 무언지 모를 감이 있었다. 감을 전부 믿을 수는 없었지만 사위를 살피는 눈동자의 움직임 소리까지 들릴 만큼 정적이 사로잡고 있었다.

단발 화승총. 단발의 총알이 호랑이의 목숨을 끊지 못하면 공격을 받아야 했다. 명중이 아니면 절박한 상황과 맞닥뜨리게 되어 있었다. 멀리서 쏘기에는 명중률이 담보하지 못해 가능한 가까운 곳까지 유도하거나 기습하는 호랑이를 맞춰야 했다. 서로의 목숨을 노리고 있었다. 호랑이와 사람 중 한 쪽은 치명상을 당하거나 죽임을 당해야 끝나는 대결의 장이었다. 내가 살기 위해서는 필연코 상대를 죽여야 하는 것이 범잡이와 호랑이의 운명이었다. 호랑이 사냥은 살아남는 자가 승자가 되고 기어코 죽어야 하는 것이 패자였다.

아주 조금씩 김수협이 앞에서 이동하고 있었다. 서로 엄호를 할 수 있는 거리를 유지하면서 안으로 들어가고 있었다. 숲과 바위가 함께 있어 어디서 기습할지 파악하기 힘들었다. 이제는 누가 앞이랄 것도 없이 숲 한가운데였다. 바람이 스쳐지나갔다. 나뭇잎이 부딪히는 소리가 정적을 깼다.

절박한 순간에 옥녀가 떠올랐다. 호랑이 사냥에서 긴박한 순간에 왜 떠올랐는지 설명할 수 없었지만 옥녀가 떠올랐다. 사실 호랑이사냥을 할 때 떠올라야 할 사람은 기사범이었다. 기사범은 조선의 호랑이 사냥꾼이었다. 세상은 결코 논리적이지 않고, 세상은 결코 정해진 대로 흘러가지 않았다. 아침에 불던 바람이 저녁에는 다른 방향에서 불어오듯 변덕스러웠다.

홍범도는 다시 자신의 마음을 다 잡았다. 상황이 예측불허의 순간이었다. 호랑이가 지금 있는 골짜기에 있을 수도 있고, 없을 수도 있었다. 하지만 느낌이 예사롭지 않았다. 움직임이 있으면 팽팽한 정적으로 바로 들릴 수 있었다. 그러나 어떤 움직임도 어떤 소리도 포착되지 않았다. 숲이 깊어 어두웠다. 스쳐 지나칠 수 없었다. 생사를 가르는 긴장이 강렬했다.

순간 바위 위에서 왕王자 모양의 문신을 한 듯한 호랑이가 보였다. 김수협 쪽을 덮치기 위해 몸을 드러냈다. 두 발로 도약을 하고 있었다. 김수협은 낌새를 못 챘다. 김수협이 막 바위 위로 올라가기 위해 머리를 숙이고 올라서는 동작을 하는 순간을 호랑이가 포착하고 공격했다. 홍범도는 순간을 놓치지 않았다. 아주 짧은 순간에 호랑이를 향해 총을 겨냥했다. 그리고 방아쇠를 당겼다. 진정한 포수는 긴박한 순간에 당황하지 않고 사냥꾼의 본분을 지킨다는 점이다. 홍범도는 차갑게 반응했다. 호랑이는 공중으로 떠오르는 순간 홍범도의 총을 맞고 방향을 잃었다. 호랑이는 이미 정통으로 한방 맞았다. 정확하게 명중시키지 못하면 바로 공격 당할 수 있었다. 총소리와 함께 호랑이는 공중으로 날아오르고, 김수협은 방향을 틀기도 전에 호랑이에게 눌렸다. 김수협에게 정통 공격을 한 것이 아니라 이미 호랑이는 한방을 먹고 공격성을 이미 잃은 상태였다. 김수협을 스치며 바로 옆으로 떨어졌다. 호랑이가 정신을 잃고 길길이 날뛰는 사이 김수협의 화승총이 불을 뿜었다. 이번에는 정확하게 호랑이의 몸을 관통시켰다. 승부는 결정되었다. 호랑이 사냥의 두려움은 호랑이의 은닉과 기습을 노리는 습성으로 인해 습격을 당할 수 있다는 점이었다.

-대단하십니다. 한 방에 결정되었습니다.

-순간 포착이 다행히 잘 되었네.
-제 목숨을 살려주셨군요.
-상황이 내게 유리하게 작용했을 뿐이야.
목숨을 걸고 사냥을 하는 두 사내의 가슴에는 각기 다른 욕망이 있었다. 홍범도에게는 자신이 살아있음을 증명하고 싶은 욕망이, 김수협에게는 돈이 필요했다. 홍범도와 김수협은 좁은 북청 바닥에서 유명인사가 되어 있었다. 호랑이 사냥꾼이라는 이름이 허세가 아니라 실제로 보여준 사람이었다.
홍범도는 옥녀의 할머니집을 거의 매일 다녔다. 자신의 부모라는 생각으로 보살폈다. 그리고 옥녀를 만나기 위해 찾아온 만큼 백방으로 알아보고 있었다. 특히 장사꾼들이나 일거리를 찾아오는 사람들에게 자신을 은근히 알렸다. 이름을 듣고 옥녀가 찾아올 수 있을 것을 염두에 둔 행동이었다.
홍범도는 옥녀의 말이 꿈처럼 머릿속을 맴돌곤 했다. 사랑이 익어갈 때였다. 사실 그것이 사랑인지도 모르고 빠져들고 있었을 때였다.
-사람이 죽은 자리에는 꽃이 피지 않을 거예요.
옥녀의 뜬금없는 말에 홍범도는 옥녀의 얼굴을 바라보았다.
-저는 사람이 죽은 허기진 그 자리에 꽃을 심을 거예요.
홍범도의 마음 안에서 옥녀의 말이 별처럼 빛났다. '사람이 죽은 자리에는 꽃이 피지 않을 거예요'는 말에도 그랬고, '사람이 죽은 허기진 그 자리에 꽃을 심을 거예요'라는 말에도 마음이 흔들렸다. 낮이었음에도 별이 몇 개 떠 있었다.
-저는 생각해요.
다시 옥녀의 말이 있었다. 다시 홍범도는 옥녀의 다음 말을 기다렸다.

-슬픔도 꽃이 될 수 있거든요. 어쩌면 모든 슬픔이 별이 되었을지도 몰라요. 별이 저리 많은 걸 보면 사는 것은 슬픔일 거라는 생각을 했어요.

옥녀의 말에는 꿈꾸게 하는 마력이 있었다. 홍범도가 옥녀의 몸을 끌어안았다. 바람에 풀이 눕듯 홍범도의 손길에 옥녀는 풀 같았다. 옥녀의 몸은 작았다. 작은 한 마리 새 같았다. 날아가지 못하도록 꼬옥, 안았다. 작은 새는 건장한 사내의 품에 안겨서 한 사내에게 날개를 접었다.

-어쩌면, 어쩌면이예요.

옥녀는 조용히 말했다. 사내의 품 안에서.

-눈물이 웃음보다 아름다울지도 몰라요.

홍범도는 정신을 차렸다. 호랑이를 잡으러 온 현장에서 또 옥녀 생각에 자신도 모르게 빠져있었음을 깨달았다.

12. 계연수, 이기를 스승으로 모시다

계연수는 평안도 삭주에서 한양까지 천리가 넘는 길을 걸어서 이기의 집을 찾았다. 이기는 한양에 머무르고 있었다. 이기는 골목길을 나와 대로로 접어들고 있었고, 계연수는 이기의 집에 도착했다. 두 사람은 서로 엇갈리며 스쳐 지나쳤다. 서로의 얼굴을 바라보았지만 알아보지 못했다.

계연수는 이기의 집에 도착해 이기가 방금 나갔다는 말을 전해 듣고는 자신의 이름을 밝히고 저녁에 다시 오겠다는 말을 전했다. 방금 전에 스쳐 지난 사람이 이기인 것을 알 리가 없었다. 이기도 계연수가 자신을 만나기 위해 한양에 온 것을 몰랐다. 계연수는 광화문으로 발길을 돌렸다. 한양은 삭주와는 판이하게 달랐다. 한양은 얼마 전에 왔을 때와는 개벽을 한 것처럼 달랐다. 세상이 변하는데 혼자 변하지 않고 있으면, 변하지 않은 것이 아니라 혼자 낙오된 것과 같았다. 나를 제외하고 다른 사람들은 나를 앞질러 가고 있다고 할 수 있었다. 계연수가 그런 생각을 했다. 역사란 것이 과거의 사실을 현재에 펼쳐 놓은 것이지만 현재의 변화를 읽지 못하면 역사와 현장이 만나는 공간에서 낙오될 수 있다는 절박함을 느꼈다. 역사의 맥을 바로 잡은 정확한 역사를 찾아내어 완성된 역사 서적을 만드는 것도 중요하지만 지금의 조선 상황을 알고 세상의 변화를 읽지 못하면 외톨이로 추락하고 말 것이란 생각이 들었다.

남대문에 도달할 즈음 전차를 보고 놀랐다. 자동차를 보고 또 놀랐다. 마차와 인력거가 아닌 기계의 힘으로 움직이는 전차와 자동차를 보았다. 두세 명이 타는 것이 아니라 전차는 수십 명이 탔다. 그리고도 빨랐다. 저녁이 되자 전등이란 것을 처음으로 보았다.

-아, 세상은 변하고 있었구나.

계연수는 나만 과거에 머물러 있었구나 싶었다.

-나의 현주소를 먼저 확인하고, 내 길을 다시 찾아보자.

계연수는 마음을 다 잡았다. 세상은 변하는데 나만 한 자리를 고집하다가는 자멸할 수 있겠다는 생각에 미치자 정신을 차리려 머리를 흔들었다. 한양은 과거와 현재가 공존하는 땅이었다. 세찬 변화의 물결에 떠밀려 가는 듯했지만 또 한쪽에서는 과거의 모습 그대로 있었고 또 한쪽에서는 눈 감으면 코를 베어간다는 속담이 어울릴 듯한 곳이었다.

저녁이 되어 계연수는 이기의 집으로 다시 찾아가고 있었다. 몇 번이나 길을 잘못 찾아 헤맸지만 드디어 이기의 집 앞에 다다랐다. 이기의 집 앞에서 계연수는 옷매무새를 다시 갖추고 안으로 들어갔다. 이기가 전갈을 받고 바로 뛰어나왔다. 이기의 발걸음이 평소와 달리 빨랐다.

-어서 오시게.

-저는 운초 계연수라고 합니다.

-해학 이기일세.

역사를 만들어내기 위한 초석이 놓이는 만남이었다. 역사를 짊어진 자가 되기를 선언한 계연수와 역사의 정통맥을 가지고 있는 이기의 만남은 역사적인 만남이었다. 서로 다른 강을 타고 내려온 물이 두물머리에서 만나 하나가 되듯 역사적 운명을 엮어낼 인물들의 만남이었다. 살고 있는 곳이나 살아온 내력이 서로 다른 두 사람의 만남이었지만 역사 의식에 있어서는 하나가 되는 두 사람의 조우였다.

이기는 계연수가 생각보다 젊은 사람인 것에 의외라고 생각했다. 이기는 계연수가 자신과 비슷하거나 중년 정도는 된 것으로 짐작하고 있었다. 역사에 해박하고, 고대 조선의 역사를 꿰차고 있다고 해서 나이가 제법 되었을 것으로 생각했었다.

안으로 들자 이기가 차대를 마련해놓고 차를 준비했다. 차대가 품격이 있었다. 물을 끓이고, 주전자와 차 그릇을 다루는 솜씨가 몸에 익어 있었다. 차를 준비하는 과정을 보는 것만으로도 즐거웠다.

-저희는 은자의 집입니다.

-아하. 그랬군요.

계연수가 자신의 집안 역사를 한 마디로 집약한 은자의 집이라는 말에 이기는 바로 계연수의 정체를 파악했다. 은자는 은자의 내력을 이해하고 있었다. 은자의 집이라는 말에는 많은 사연과 역사가 들어있었다. 몇 십 년이 아니라 몇 백 년이라는 세월을 집안에서 역사를 짐으로 지고 살아온 집안을 말했다. 더 이상의 설명이 필요 없는 말이었다. 은자라는 말은 은자들만의 일종의 암호였다. 아는 사람들만의 은어였다.

-말을 놓으셔도 됩니다. 그래야 제가 편합니다.

-그러겠네. 나이가 젊어 놀랐는데 은자 집안이라는 말에 다 이해가 되었네.

은자 집안의 아이 중 한 사람은 역사의 은자를 대물림해야 하기 때문에 특별 교육을 했다. 위험한 일이고, 끈기가 있어야만 해낼 수 있어서 자식 중에서도 별도로 교육을 시키곤 했다. 서책을 넘겨주는 것만으로 부족했다. 생활화하도록 만들었다. 지극히 조심스러운 일이었다. 자식에게 큰 짐을 내려주는 것과 같았다.
안타까운 마음으로 받아들이고, 무거운 짐으로 받아들일 수밖에 없었다. 그럼에도 은자의 대물림이 이루어지 않는 경우가 있었다. 자식에게 넘겨주지 않고 불태워버리거나, 아무 말 없이 서책만 물려줄 경우였다. 책임감이 없기 때문에 벽지로 사용하거나 불쏘시개로 사용되기도 했다. 위험한 일을 혼자의 힘으로 떠맡아야 하는 일을 대를 이어서 한다는 사명의식은 무겁고 가슴 뜨거운 일이었다. 한 민족의 역사와 정신을 잇기 위한 노력을 한 개인의 힘으로 맡기에는 벅차고 힘들었다. 그럼에도 지금까지 이어내려오고 있다는 것은 기적에 가까운 일이었다. 천 년의 역사를 나약하기 이를 데 없는 개인이 지고 있는 안타까운 현실이 이어지고 있었다. 그 힘든 역사의 은자가 또 다른 은자를 만나고 있었다.
-역사를 어떻게 보십니까?
-모든 역사는 왜곡되는 것이고, 왜곡되는 것이 자연스러운 현상으로 보네.
계연수는 자신의 귀를 의심했다. 자신이 가지고 있던 생각이었고, 얼마 전에는 홍범도를 만났을 때 똑같은 말을 했던 기억이 떠올랐다. 이기의 입에서 자신이 한 말과 자신이 생각하고 있는 말을 판박은 듯이 그대로 듣게 될 줄은 몰랐다.
-왜곡된 역사가 과연 필요합니까?
계연수는 역사에 대해서 이기를 만나면 꼭 묻고 싶었다.

-역사적인 사실은 왜곡하지만 정신은 왜곡시킬 수가 없네. 역사적인 사실은 집권자에게 유리하게 왜곡시키지만 사건 자체를 없앨 수는 없네. 그리고 나라를 세울 때의 첫 정신은 왜곡시킬 수가 없네. 그런 면에서 진정으로 역사는 필요하지.
-보다 구체적으로 설명해 주실 수 있습니까?
-건국정신은 정권이 바뀌거나 왕조가 바뀌어도 변하지 않았네. 오히려 강화된 측면이 있지. 왕통을 타고난 것, 즉 적통을 주장하는 근거로써 필요했네. 이유는 간단하지. 왕조나 나라는 바뀌었으나 백성은 바뀌지 않았기 때문일세. 하지만 역사적인 사실은 집권자에게 유리하게 가공되고, 날조될 수 있지. 그것은 다른 역사서를 참조하고, 정황을 파악해서 숨어있는 진실을 파악하는 것이 역사가들의 일일세.
-우리의 경우는 어떻습니까?
-우리 조선은 정신을 온전하게 보존하고 있는 나라로 보네. 적통을 주장할 근거를 가지고 있다는 점이 특별하다고 할 수 있네.
-저로서는 아직 단정하기가 어려운 점이 얼마간 있습니다.
-나는 다르네. 조선의 정신은 기록으로 남아있고, 우리의 풍습과 언어에 그대로 녹아있어 의심의 여지가 없네. 우리가 적통일세. 하지만 누가 적통인가의 진위를 따지는 것보다는 적통이 가진 정신을 계승하는 것이 진정한 적통일세.
-말씀에 감동입니다. 누가 적통인가보다 적통이 가진 정신을 바로 알고 계승하는 것이 진정한 적통이라는 말씀에 동의합니다.
-우리의 정신에서 어느 것이 가장 큰 정신이라고 생각하십니까?
계연수는 이기가 고수라는 걸 편지를 받는 순간 느낌으로 인정하고 있었다. 많은 것을 묻고 싶었다. 그만큼 궁금한 것이 많았는데 해결해 줄 수 있을 것이라 믿었다. 근거 없는 믿음이었지만 믿고 싶었다.

-하나만 이야기하라면 이걸세.

이기는 잠시 말을 멈추었다. 그리고 생각에 잠겼다.

-홍익인간일세. 진부한 말이겠지만 그래도 어쩔 수 없네.

뒷 설명이 없이 말을 끊었다.

계연수는 왜냐고 묻고 싶었지만 너무 일방적인 질문공세를 펼치고 있는 자신을 바라보고는 멈칫 했다.

-왜냐고 묻고 싶을 걸세.

관심법 공부라도 한듯 계연수를 향해서 말했다.

-예. 그렇습니다.

-좀 전에 이야기했듯이 누가 적통이냐보다 중요한 것이 정신을 계승하는 자가 역사를 전부 가져온 것일세. 우리의 정신은 나와 너가 하나의 공동체를 이루고, 나와 너를 구분하지 않고, 세계가 하나가 되자는 선언이니 최고의 정신이라고 할 수 있네. 나라보다 중요한 것이 사람이고, 피부 색깔보다 중요한 것이 사람이고, 지위고하地位高下보다 중요한 것이 '사람'이라는 근본정신을 한 마디로 표현한 것이 홍익인간일세.

-나 밖의 너를 인정하고, 나와 너가 만든 우리라는 공동체를 넘어 타인을 배려하는 마음이 홍익인간이라는 생각이 듭니다. 세계가 손에 손잡고 함께 할 수 있는 기초를 다지는 건국이념이라고 생각합니다.

-모든 나라가 안쪽만을 챙기는데 바깥쪽도 함께 공존해야할 공동체로 보자는 것이 홍익인간일세.

-맞습니다. 나와 남, 우리와 타 공동체 간의 경계를 허무는 위대한 건국이념입니다.

-그것을 3대 경전으로 떠받치고 있는 것이 천부경天符經, 삼일신고三一神誥, 참전계경參佺戒經일세. 우주의 원리와 인간세상을 정의내리고 있는 최초의 경전이야.

-그렇습니다. 신비스러운 경전입니다.

차를 마실 생각도 잊고 이야기에 열중하고 있었다.

-내가 결례를 했구만. 차를 따라줄 생각도 못하고 있었네.

-아닙니다. 한 말씀 더 듣는 것이 제게는 힘이 됩니다.

이기가 차를 따라주는 것을 잊고 있었던 자신을 돌아보고는 미안해하자 계연수가 도리어 이야기하는 즐거움을 말했다.

-우리의 역사는 살피면 살필수록 깊이와 넓이가 느껴지네. 그리고 그것이 바로 인생공부고 자연원리의 근원적인 물음에 대한 질문을 답하고 있는 것이 우리의 정신일세. 역사공부가 정신수련이 되는 나라가 있을까 싶네. 아마 세계에서 유일한 나라라는 생각이 드네.

-그러셨군요. 저도 그렇게 생각합니다. 공부를 하면서 깜짝깜짝 놀랍니다. 위대한 철학과 사상의 출발이 우리에게서였구나, 하는 것을 깨닫게 됩니다.

-오늘 비로소 역사가를 만났네. 더없이 고마운 날일세.

-고맙습니다.

-우리의 건국은 생각의 출발점이며, 역사의 출발점이자, 인간 정수精髓를 확신하는 출발점이라는 점이 특별하네. 무엇보다 광명으로 출발한다는 점일세. 사람은 빛의 존재로 보고, 존재의 낙관樂觀에 우리의 역사가 있음을 보네.

-어디에 그런 기록이 있습니까?

-그건 모르고 있었군.

-《표훈천사表訓天詞》에 이렇게 기록되어 있네. 〈대시大始에 상하와 동서남북 사방에는 일찍이 암흑이 보이지 않았고, 어진 한 광명뿐이었다.〉 고 했네. 여기서 대시大始는 태시太始를 말하네. 최초의 시간이 탄생한 때를 말하는 것일세.

-대시가 곧 우주탄생을 말하는 것이군요.

-그렇지는 않네. 우주 탄생은 세 단계로 보는데 준비기간이 있었네. 대시大始 이전에 두 단계가 있었다는 이야길세. 자세히 설명하면 태역太易 → 태초太初 → 대시大始의 단계를 거쳐서 우주생성이 이루어지는 시기를 태소太素라고 하네. 태소 단계에서 비로소 천지일월天地日月이 생성이 되고, 창조운동을 시작한다고 보는 것일세.

-일종의 우리가 가진 우주관이라고 보면 되는 것이지요.

-그렇네.

-방향도 그때 나왔겠군요.

-그렇다고 볼 수 있네. 우리가 방향을 이야기할 때 동서남북을 이야기하지 않는가?

-예.

-우리는 동서남북을 만들고 상하를 넣어 육합이라고 하지. 지금은 사방이라는 말을 더 많이 사용하지만 전체를 이야기할 때는 육합이라고 하거든.

-이참에 삼신三神과 오제五帝 그리고 오령五靈사상에 대해 말씀해 주시지요.

-묻는 걸 보니 알고 있구만.

-제가 생각하고 있는 것과 무엇이 다른지 알고 싶습니다.

오제五帝와 오령五靈은 나철과의 이야기 도중에도 나왔던 이야기였다.

-이런 전문적이고 깊이 있는 이야기를 하기는 오랜 만일세. 이야기하기가 주저되는 내용이지만 오늘만은 흔쾌하게 이야기해도 될 듯하네.
이기의 목소리에는 힘이 들어가 있었다. 오랜만에 자신을 이해하는 동료를 만난 듯했다.
-삼신부터 설명하면 주체는 하나이나 작용은 셋으로 되는 것은 알고 있을 걸세.
-예.
이기의 설명에 계연수가 짧게 대답했다.
-1과 3이 다른 것이 아니고, 1이 3이 되고, 3이 다시 1이 되는 원리의 핵심인 삼신을 이해하고 있을 걸세. 그래도 다시 설명하면 삼신은 첫째 창조의 원리를 설명하고 있네. 삼신에 의한 창조가 되었으면 운용하는 삼신의 작용의 원리가 있어야 하지 않겠나.
계연수는 집중해서 듣고 있었다.
-이를테면 마차를 만들었다면 마차가 굴러가도록 하는 원리가 있어야 하고, 마차가 굴러가도록 해야 하지 않겠는가. 그것이 바로 작용의 원리일세. 그것을 세 가지로 나누었는데 그것을 삼신의 작용원리라고 할 수 있네. 굳이 신神이란 명칭을 넣었지. 우리에게 신神이란 영혼 또는 정신을 말하기도 하네. 신이란 명칭에 거부반응을 보일 필요가 없네. 신神을 조화신, 교화신, 치화신으로 분리했지.
-우주의 변화원리를 집일합삼集一合三, 회삼귀일回三歸一을 말씀하시는 거지요?
-그렇네. 역사를 공부하는 것이 아니라 철학을 공부하는 듯하네.
-저도 그렇습니다.
-우리의 역사가 위대한 것은 바로 그 점일세. 역사의 출발이 문명의 출

발점이자 철학의 완성체라는 점이지.
-저도 그렇게 생각합니다.
-오묘한 우주원리를 간단하고 명료하게 정리하면서도 완성체로 만들었다는 것에 동의합니다.
-더욱 대단한 것은 영혼에 대해서도 셋으로 구분해 놨다는 점일세. 그 오랜 옛날에 이미 이론적인 완성을 보여주고 있다는 놀라움일세.
-뭐지요?
-영지의삼식靈智意三識은 영각생靈覺生으로 삼혼三魂일세. 영지의靈智意의 세 가지 앎은 영식靈識, 지식智識, 의식意識으로 나누어 볼 수 있네. 깨달음, 즉 앎은 첫째 영혼으로 아는 것과 둘째 지혜로 아는 것, 그리고 셋째는 의미로 아는 것이 따로 있다는 것이지. 놀랍지 않나?
-대단합니다.
-다시 설명하면 깨달음은 영혼, 각혼, 생혼 세 가지로 받아들인다는 것이지. 좀 더 차원을 높여 설명하면 이렇네.
계연수는 한 단계 높은 차원으로 설명한다는 말에 더욱 귀를 기울였다. 고수들의 이야기였다. 알기도 어렵고 설명하기는 더욱 어려운 것이었다. 두 사람은 깊은 경지로 들어가고 있었다.
-영지의靈智意는 영혼은 육체와 하나가 되어 함께 하며, 수행을 통하여 영대靈臺가 트이게 되지. 우주의 진리 자리에 이르렀을 때 우주의 연緣과 하나가 되는 합일의 차원에 이르게 되네. 즉 영혼이, 우주만물이 생명으로 태어나 자란 과거의 시간대를 환하고 밝게 밝혀주는 단계에 이른다고 보는 것일세.
-점점 깊어집니다.
-그렇네. 우주의 원리를, 세상의 원리를 한 번 들어서 이해한다면 신의

경지에 올라있는 것이겠지. 공자가 우주의 원리인 주역공부를 하느라 세 번이나 가죽끈이 끊어졌다고 하지 않았는가. 그럼에도 결국은 완전히 터득하지 못했다는 것일세. 그만큼 어려운 것을 깨우치기 위해서는 각고의 노력이 있어야 하겠지.

-오행원리도 그때에 나왔다고 할 수 있겠습니다.

-그렇네. 우주의 원리를 애초에 오행으로 잡았네. 오행원리가 출발한 것이 창세 원리에 있으니 최초일세. 애초에 먼저 5령으로 잡았네. 태초에 기氣가 있기 전에 수기水氣를 생하여 태수太水로 하여금 북방에 자리 잡게 하고, 천명을 맡아 흑黑색을 주관하게 했다고 했네. 어디에도 없는 우리만의 기록이고 오행을 정확하게 이해하는 근원이 될 걸세. 이렇게 해서 수화목금을 설명하고 있네.

-그러면 우리가 알고 있는 토는 어디에 있습니까?

-이렇게 적고 있네. 〈수화목금, 네 기운을 조화시킬 주체가 있기 전에 처음으로 중성의 조화의 기운인 토기土氣를 생하여 태토太土로 하여금 중앙의 방위에 자리 잡고 천명을 맡아 황색을 주관하게 하였다〉고 했네.

-그게 어느 기록에 있습니까?

-《태백일사》에 있네.

-《태백일사》라고 하셨습니까?

-그렇네.

-아하. 그런 책이 있었군요. 처음 듣습니다.

-거기에 우리가 알고 있는 천하대장군과 지하여장군에 대해서도 나오네.

-뜻밖입니다.

-그렇지. 지금 설명한 오방 또는 오행을 주관하는 존재가 천하대장군

과 지하여장군이었네. 우리가 알고 있는 것과는 좀 다르지. 이것이 근원일세. 하늘을 주관하는 존재로 천하대장군이며 하늘, 즉 오제五帝를 다스리는 존재였네. 그리고 지하여장군은 지하를 다스리는 존재였지. 오령五靈을 다스리는 존재였네.

-오늘 공부가 깊습니다.

-이런 설명을 할 기회가 거의 없네. 하나만 더해 보세.

-예. 좋습니다.

-우리는 오제에 대해서는 그래도 기본은 알고 있네. 오행을 색으로 표현하고 있는 것은 알고 있지 않나?

-예. 그렇습니다. 동쪽은 청색, 서쪽은 흰색으로 좌청룡우백호라고 할 때 많이 써서 쉽습니다. 그리고 북쪽은 흑색, 남쪽은 적색입니다.

-하지만 오령에 대해서는 모르지. 수화목금토를 순서로 하면 수는 영윤榮潤, 화는 용전鎔煎, 목은 영축營築, 금은 재단裁斷 마지막으로 토는 가종稼種을 주관하네.

-잘 모르겠습니다.

계연수는 이기가 무엇을 말하는지 잡히지 않았다. 어려웠다.

-모르는 것이 이상할 것이 없네. 하늘의 뜻이 있다면 땅에도 뜻이 있다고 할 수 있지 않겠나?

-네. 그렇습니다.

-하늘의 원리를 땅에도 그대로 적용한 것일세. 굳이 설명하면 이렇네. 물의 영윤榮潤은 번영과 윤택, 불로 용전鎔煎은 녹이고 달이는 것을 말하고, 나무는 영축營築으로 건축을 쌓고 짓는 것을 말하며, 쇠금은 재단裁斷으로 마름질과 재단 또는 옳고 그름은 가리는 것을 말하네. 마지막으로 흙토는 가종稼種으로 씨를 뿌리는 것을 말하지.

-이제 이해가 됩니다. 기존의 것과는 다른 우리만의 철학이 있었군요.

-그렇게 볼 수도 있고, 근본을 잃어버리고 지금은 방편만을 가지게 된 것일 수도 있네.

-우리의 사생관死生觀도 있나요.

-우리의 사생관은 아주 독특하네. 북두칠성에 대한 이야기는 하지 않겠네. 이미 잘 알고 있을 것으로 아네.

-예. 좋습니다.

-어느 민족이나 어느 나라에서도 찾아보기 힘든 것일 수 있네.

계연수는 이기가 이야기하고 싶은 내용을 듣고 싶었다. 우리의 고향을 북두칠성에 두고 있다는 것이나 칠성판에 대한 이야기가 아닌 것을 직감적으로 알 수 있었다. 차원이 높은 이야기임을 직감했다.

-〈세상에 머무름이 생명이요, 하늘로 돌아감이 죽음이다〉 라는 명제가 핵심일세. 놀라운 것은 〈죽음이란 영원한 생명의 근본〉이라는 부분일세. 다시 말하면 우리의 우주관이'광명'이라고 한 것과 상통하는 것이 있네. 우리의 사상과 철학은 긍정의 미덕을 온몸으로 끌어안은 철학을 가진 광명민족일세. 다시 말하면 환하고 밝은 것을 숭상하는 태양족일세.

이기의 말에 계연수는 놀라웠다. 감동이었다. '우리의 사상과 철학은 긍정의 미덕을 온몸으로 끌어안은 철학을 가진 광명민족'이라는 말에 전율이 왔다. 죽음이란 영원한 생명의 근본이라는 말로 뒷받침해주고 있었다. 죽음이 어둠이 아니라 빛으로의 승화를 시키는 것이 놀라웠다.

계연수의 반응에는 상관없이 이기는 말을 계속 했다.

-원문을 그대로 알려주겠네.

〈주세위생 귀천위사 사야자 영구생명지근본야

住世爲生 歸天爲死 死也者 永久生命之根本也
세상에 머무름이 삶이며, 하늘로 돌아감이 죽음이다. 죽음은 영원한 생명의 근본이다〉

-저는 왜 아직 그런 글을 만나지 못했을까요?

-자책하지 말게. 내가 모르는 것을 자네가 가지고 있을 수 있네. 서로 합해야 비로소 완성될 걸세. 기대하네. 내가 좋아하는 부분을 말해주겠네. 너무나 당연하지만 그래서 좋네.

유생 필유명 有生 必有名

유명 필유언 有名 必有言

유언 필유행야 有言 必有行也

삶이 있으면 반드시 이름이 있고, 이름이 있으면 반드시 말이 있고, 말이 있으면 반드시 행함이 있다

-저도 좋습니다.

한 생명이 태어날 때는 반드시 태어난 이유가 있어 이름이 지어지고, 이름이 있으면 이름에 따르는 말이 생겨나며, 말이 있으면 반드시 행함이 뒤따르게 되어있다는 원리를 설명하고 있었다. 그냥 태어날 리 없고, 그냥 이름이 지어질 리 없고, 그냥 말이 생겨날 리 없고, 그냥 행함이 있을 리 없다는 말과 같았다. 필시 한 생명이 태어날 때는 이유가 있었다. 인과 없이 그냥 일어나는 일은 없다는 원리를 말하고 있었다. 이기와 계연수는 차를 마시는 것도 잊은 채 이야기에 열중하고 있었다. 이기는 알려주는 즐거움에, 계연수는 배우는 즐거움에 젖어 시간 가는 줄도 모르고 있었다. 계연수가 지금까지 본 것에는 우리 전통의 우주의 원리와 세상의 원리에 대한 내용이 이처럼 깊이 있게 언급한 내용을 만나 본 적이 없었다.

-스승으로 모시겠습니다. 받아주십시요.

계연수가 처음으로 고수를 만났음을 인정했다.

계연수는 몸을 일으켜 세웠다. 그리고는 바로 이기에게 큰절을 했다. 이기도 말이 없이 앉아서 맞절로 받았다. 사제가 맺어지는 순간이었다. 구천 년 역사학의 태동을 준비하는 역사적인 만남이었다. 세상은 변함이 없었지만 환민족의 역사가 비로소 웅비를 준비하고 있었다.

13. 홍범도, 옥녀를 만나다

홍범도의 이름이 북청 일대에서 사냥꾼들에 의해 알려지기 시작했다. 시장 바닥에서는 홍범도가 지나가면 범사냥꾼이라며 알아보는 사람이 있을 정도였다. 홍범도는 옥녀를 찾기 위한 노력을 보이지 않게 하고 있었다. 옥녀와의 이별은 아무런 준비도 되어 있지 않은 상황에서 헤어져 더욱 가슴 조렸다. 모르는 여인이 혼자 아이를 기르고 있다는 이야기를 들으면 혹시나 하고 달려가곤 했다. 벌써 몇 번이나 옥녀를 닮았다는 이야기를 듣고 찾아갔으나 허탕이었다. 살아있다면 고향을 찾아올 것이라는 확신을 가지고 있었다. 산으로 들어 비구니가 된 사람이 아이를 가져 파계한 몸으로 집으로 돌아갈 수 없게 되었을 것이라고 생각했다. 아주 고향에서 먼 한양이나 부산 같이 남의 눈을 의식하지 않고 살 수 있는 곳이나 그렇지 않다면 북청에서 가까운 곳에서 살고 있을 것이란 추측을 했다.

홍범도와 김수협은 독립적인 사냥을 하기도 했고, 서로 협력해서 하기도 했다. 경제가 피기 시작했다. 여유가 생길수록 옥녀에 대한 그리움은 컸다. 홍범도는 자신의 집에서 모처럼 비를 피해 쉬고 있었다. 부지런하게 살았다. 혼자 있으면 잡념이 끼어들어 바쁜 것보다 못했다. 특히 옥녀에 대한 그리움으로 힘들었다. 홍범도는 옥녀와의 일이 떠올랐다. 잿빛 옷에 가려진 두 젊은 남녀는 잿빛 속에 가려진 몸을 탐했다. 서로가 탐했고, 서로가 탐하기를 갈구하고 있었다. 잿빛 승복은 흑과 백의 중간색이었다. 이미 물들어서 더 물들지 말라는 빛깔 같기만 했다. 뜨거워지지 말라는 빛깔로만 보였다. 서로를 원하고 있었지만 서로 조심스러웠다. 승려의 신분이었다. 승려는 남과 여가 아니라 완성되고 독립된 사람으로서 일어서고자 하는 사람들의 집단이었다. 깨닫는 데에 방해가 되는 이성을 탐하는 것이 우선 금해야 할 계율이었다. 절벽 같은 계율이 감정을 막고 있었다.

-보고 싶었어요.
-나도요.
옥녀의 말에 홍범도가 짧게 대답했다.
-사람이 그리우면 세상도 그리움을 배우나 봐요.
-어떻게요?
-산을 봐도 그립고, 숲을 봐도 그리워요. 바람에 흔들리는 나뭇잎도 그립다고 흔들리던걸요.
-그랬어요?
옥녀의 말에 홍범도는 기분이 좋았다. 사랑을 확인할 때마다 기쁨이 샘솟았다.
-참 신기해요. 세상이 달라지는 걸 알았어요.
-어떻게요?
옥녀의 말에 홍범도가 다시 물었다.

-세상의 모든 것들에 한 사람이 함께 하는 걸 보았어요.
-그건 나도 그래요. 무엇을 봐도, 무엇을 해도 한 사람이 거기에 있었어요.
옥녀의 말에 홍범도가 대답했다.
-참 신기하지요. 이런 걸 사랑이라고 하나 봐요.
옥녀가 다시 혼잣말처럼 말했다.
홍범도는 옥녀의 사랑이라는 말에 얼굴이 달아올랐다. 옥녀도 이미 얼굴에 홍조를 띄고 있었다. 홍범도가 옥녀의 손을 잡았다. 옥녀는 공중부양하듯 몽환상태로 옮겨가고 있었다. 초록빛 초식동물로 꽃밭에서 만나고 있었다. 순한 짐승이 되어 꿈을 꾸듯 서로를 안았다. 잿빛 승복은 이미 구겨지고 옥녀의 승복 속으로 홍범도의 손이 들어갔다. 매끄러운 살이 기다리고 있었다. 살과 살이 만날 때 누구도 거부하지 않았다. 서로를 탐하고 있었다. 이미 제동장치가 풀린 상태로 늪으로 빠져 들어갔다. 새들은 노래했고, 꽃들은 피어나고 있었다. 하늘은 높았고, 바람은 부드러웠다. 세상의 어느 것도 방해하지 않았다. 산속에 사는 짐승으로 만나 거친 짐승의 숨으로 몰아쉬며 처음으로 사람임을 자축했다. 사람으로 태어난 것에 감사하는 마음으로 자발적인 짐승이 되었다.
신계사에서 옥녀가 아이를 가져 결국은 파계하고 산을 내려오면서 옥녀가 말했다.
-저는 좋아요.
-나도 좋아요.
옥녀의 말에 홍범도가 대답했다.
승복으로 하산하는 것을 허락받고 산을 내려오고 있었다. 승복을 벗고

평복으로 갈아입어야 했지만 지담 스님은 승복으로 내려가라고 했다. 마지막 배려였다. 홍범도와 옥녀는 슬프지 않았다. 사랑을 얻었기 때문이었다. 솔직한 마음이었다. 파계했다고 하지만 세상으로의 입문이라고 생각했다. 미련도 없었다. 변하는 세상에 다시 한 번 변하고 있는 인생이었을 뿐이었다. 오히려 가벼웠다. 빈손으로 산에 들어와 사람 하나를 얻어서 산을 내려가는 기분이었다.

-당신이어서 고마워요.

-나도요.

옥녀의 말에 홍범도가 다시 대답했다. 홍범도가 가만히 옥녀의 입술에 입술을 겹쳤다. 꽃잎 두 장이 살포시 포개졌다.

홍범도는 머리를 흔들었다. 자신도 모르게 옥녀와 있었던 과거로 들어갔다 나왔다. 밖에는 비가 내리고 있었다. 하늘은 구름을 허물어 지상에 비로 뿌려주고는 잦아들고 있었다. 거칠게 내리던 비가 멈추고 처마 끝으로 낙숫물이 느리게 떨어지고 있었다. 처마 끝에서 매듭을 지으며 떨어지는 투명한 낙숫물을 바라보았다. 한 방울 한 방울 허리를 베어 물고 떨어지는 물방울을 바라보다 먼 곳을 바라보았다. 멀리서부터 하늘이 투명한 문을 활짝 열고 개어오고 있었다. 듬성듬성 보이던 파란 하늘이 개벽하듯 하늘을 점령하며 쳐들어오는 풍광이 한 폭의 그림 같았다.

하도 답답해서 파계를 한 신계사를 찾았던 적도 있었다. 아무리 다급해도 가서는 안 될 곳이었다. 잘 알고 있었지만 견딜 수 없어서 찾아갔다. 지담 스님이 차를 내어주었다. 지담 스님은 차대를 앞에 두고 이야기하곤 했다. 차 주전자를 화로에 얹어 끓였다.

-잘 지내는가?

-예.

-어쩐 일인가?

파계하고 절을 떠난 사람은 다시 그 절을 찾지 않아야 하는 것이 불문율처럼 있었다. 홍범도는 이를 어기고 있었다.

-아무 이유도 없습니다. 그냥 찾아오고 싶었습니다.

사실 옥녀에 대해 묻고 싶었지만 입이 떨어지지 않았다.

-잘 살고 있는가?

-예.

그랬구나 싶었다. 옥녀와 잘 살고 있느냐를 물은 것이었다. 옥녀가 이곳에 오지 않았음을 지담 스님의 물음에서 확인할 수 있었다. 다른 말이 필요 없었다. 당연히 잘 살고 있다고 대답해야 했다.

-돌아보지 마라. 인생은 돌아보는 순간 후회가 생긴다.

-예. 알았습니다.

홍범도는 신계사를 찾았던 기억을 떠올리며 집 밖으로 나왔다. 멀리서 김수협이 걸어오고 있었다. 홍범도의 집은 외딴 곳이어서 마음먹고 찾아와야 했다.

-형님. 저하고 놀러나 가시지요.

-그러세.

김수협의 제안에 홍범도는 흔쾌하게 응락했다.

-멧돼지를 잡아놨다고 들러서 가시라네요.

-누가?

-김포수요. 먹골 지나서 안으로 들어가면 가마골이 있고 거기에 김 포수가 삽니다. 그 친구에게서 연락이 왔습니다.

홍범도는 비가 와서 아무 것도 하지 않고 무료하던 차에 잘되었다 싶었다.

얼굴은 본 적이 있던 포수였다. 시원시원한 성격에 붙임성이 있어 누구에게나 친절했다. 그리고 김포수는 함께 어울리는 것을 좋아해 사람과 종종 어울리곤 했다. 붙임성이 덜한 홍범도에게도 싹싹하게 잘하는 포수였다. 하지만 한 번도 집은 방문하지 않았다. 이번이 기회다 싶었다.

유월의 오후는 상쾌했다. 어디를 둘러봐도 푸르고 푸르렀다. 산도 푸르고, 숲도 푸르고, 나무와 풀도 푸르렀다. 하늘도 푸르렀다. 푸르고 푸른 세상을 반항이라도 하듯 보리밭에는 누렇게 익은 보리가 벨 때를 기다리고 있었다. 햇볕은 따가워도 바람은 시원했다. 양지는 뜨거워도 음지는 시원했다.

산모퉁이를 접어들자 가마소가 있었다. 질그릇을 굽는 가마가 멀리 보였다. 푸른 풀밭을 가로질러 홍범도와 김수협은 김포수집으로 가고 있었다. 아이들이 뛰어 놀고 있었다. 작대기를 가지고 아이들이 뛰어 놀고 있었다. 칼싸움놀이라고 하기에는 어설픈 장난을 하고 있었다. 그 순간 한 아이가 두 사람이 있는 곳으로 달려오자 다른 아이들도 달려왔다. 뒤에 처져서 따라오는 꼬마아이가 있었다. 아직 어렸다. 아이들 무리 중 막내로 보였다. 아이들이 두 사람을 지나쳐서 지나가고 나서야 꼬마 아이가 달려오고 있었다. 홍범도는 순간 생각했다. 아이가 태어났으면 딱 저 나이 정도 되었을 텐데. 옥녀 생각으로 가슴이 철렁했다.

-무심한 사람.

혼자서 중얼거렸다.

사실 옥녀로서는 어찌할 수가 없었다. 홍범도에게 연락을 취할 방법이 없었다. 집도 절도 없는 사람이 홍범도였다. 고아처럼 떠돌던 사람이었다. 그냥 옥녀가 그리운 것이 막막해서 해 본 말이었다.

김포수 집에 들어서자 고기 냄새가 가득 했다. 된장에 대파를 통째로 넣고 멧돼지를 삶고 있었다. 가마솥에서 펄펄 끓고 있었다. 대파와 된장이 듬뿍 들어가 냄새가 구수했다. 김 포수 부인의 일처리가 시원시원했다. 많이 해 본 솜씨였다. 펄펄 끓고 있는 가마솥에서 고깃덩이를 꺼내 칼로 먹기 좋게 썰었다. 김이 모락모락 났다. 김치는 꽁지만 잘라서 통째로 대접에 담아내놓았다. 일품이었다. 포수들과 주위 사람들이 모여서 시끌벅적했다. 탁주가 오고갔다. 홍범도도 몇 잔 했다. 취기가 느껴져 밖으로 나왔다.

밖은 조용했다. 걸어 들어온 길을 따라서 천천히 걸었다. 질그릇 가마가 있는 곳을 지날 때였다. 가마 옆에 지어진 집에서 좀 전에 놀던 아이들이 다시 몰려나오고 있었다. 아이들이 다시 홍범도를 지나서 달려갔다. 그리고 아까 막내인 듯한 꼬마가 역시 마지막으로 홍범도 방향으로 오고 있었다. 빠르지는 않았지만 제법 잘 뛰었다. 아이가 홍범도를 피해서 지나치다 그만 넘어졌다. 홍범도가 일으키려 아이를 잡았을 때, 여인이 집에서 나오며 이름을 불렀다.

-양순아!

여인의 몸매와 낯이 익었다. 거리가 멀었지만 직감적으로 낯익은 얼굴이었다. 옥녀였다. 홍범도가 넘어진 아이를 세워주자 아이는 다시 먼저 달려간 아이들을 향해 달려갔다. 홍범도는 당황해서 그냥 돌부처처럼 옥녀를 바라보았다. 옥녀도 홍범도를 보고는 멈칫 하다가 그대로 서 있었다. 옥녀도 홍범도인 것을 알아챘다. 아주 잠시, 잠시였지만 머릿속이 텅 빈 듯했고, 오래 서 있었다는 생각이 들었다. 서로 바라보다가 홍범도가 힘을 내 옥녀에게로 걸어갔다. 몇 발자국 옮기다가 달려갔다. 옥녀도 달려왔다. 서로를 끌어안았다. 만남은 언제나 준비되지 않은 곳에서 이루어졌다. 인생은 하루하루가, 순간순간이 사건이었다. 절에서 내려 온 후로 많은 시간이 지나갔다. 정말로 많은 사건이 지나갔다. 세상 속으로 들어서자마자 고난이 두 사람을 갈라놓았다. 먼 길을, 아주 먼 길을 돌아서 다시 만나고 있었다. 옥녀의 고왔던 얼굴은 검게 탔고, 고왔던 손은 거칠어졌다. 세상이 힘들게 했다. 세상은 수행처럼 하나만을 집중할 수가 있는 곳이 아니었다. 쉽지 않았다. 살아내는 것이 깨닫는 것보다 힘들었다. 한참을 끌어안고 있었다. 눈에서 눈물이 흘렀다. 홍범도는 울어 본 적이 거의 없는 사람이었다. 사내의 눈물이 흐르는 동안 여인의 얼굴에서도 눈물이 흘렀다. 흐르는 것이 강물뿐이랴, 흐르는 것이 세월뿐이랴. 사람의 마음 안에도 강물이 있었다. 강물의 발원지인 눈물샘에 고여 있던 눈물이 흘렀다. 인생의 깊은 안쪽을 적시고 있었다. 힘들게 했던 고난의 자리마다 눈물로 적시고 있었다. 강물은 그렇게 사람의 중심을 적시며 흘렀다.

-고마워요.

옥녀가 처음으로 한 말이었다.

-미안해요.

홍범도가 처음으로 대답한 말이었다.

고맙고 미안한 것이 사랑하는 사람들의 말이었음을 두 사람이 증명하고 있었다. 왜 사랑은 고마우면서도 미안한 것인지 두 사람은 알고 있었다. 짧은 말에 모든 것이 담겨 있었다. 고맙다는 말과 미안하다는 말이 동의어임을 두 사람은 누구보다도 잘 알았다. 한 사람을 선택했다는 것은 그 사람의 고난까지도 받아들이겠다는 선언이었다. 그것이 사랑이었다. 내가 사랑하는 사람의 고난까지도 함께 받아들이지 않고 사랑은 완성되지 않았다. 두 사람은 할 말이 많았지만 할 말이 많을 때 의외로 말은 단순하고 평범했다.'고마워요'라는 말과 '미안해요'라는 말이 전부였다.

홍범도와 옥녀가 정신을 차리고 손을 잡고 있었다. 아이들이 다시 몰려왔다. 꼬마 아이는 역시 뒤에 처져서 따라오고 있었다. 아이들이 다시 집 안으로 몰려 들어갔다. 막내 꼬마가 달려와서 옥녀의 품에 안겼다.

-엄마.

-그래. 우리 아들.

옥녀가 꼬마를 안아주었다.

-누구야?

꼬마가 옥녀에게 물었다.

-그래. 우리 양순이 아버지.

옥녀가 대답했다.

아버지라는 말을 듣는 순간 속이 아릿했다. 꿈결 속에서 듣는 말 같았다.

-아버지?

-그래. 아버지.

옥녀가 다시 한 번 아버지라고 확인해주자 꼬마가 고개를 갸우뚱 했다. 아버지라는 말을 이해하지 못하고 있었다.

-너를 낳아준 아버지.

-아니야. 나를 낳은 건 엄마야.

-그래. 네 말이 맞아. 하지만 아버지도 너를 낳은 거야.

-그래?

의구심이 남아있었다.

-아버지에게 가 봐.

옥녀가 안고 있던 아이를 홍범도에게 안겨 주었다.

홍범도는 엉거주춤한 모습으로 아이를 안았다. 아이는 반항하지는 않았으나 어색한 표정이었다.

-양순이라고 했나요?

-예. 홍양순이예요.

-왜 집에 들어가지 않았어요?

-갈 때가 아니라고 생각했어요. 속세를 버리고 산에 들어가 비구니가 된 사람이 아이를 안고 들어갈 수가 없었어요.

-그래도 의지할 곳이잖아요.

-그렇지요. 할머니를 실망시키고 싶지 않았어요. 다 버리고 떠난 사람이 다시 돌아와 짐이 된다는 것을 용납할 수가 없었어요.

아이가 내려달라고 몸을 비틀었다.

-그래. 가서 놀아라.

홍범도가 아들을 놓아 주자 아이들이 몰려 들어간 집으로 뛰어 들어갔다.

-그래도 당신을 만나게 될 것을 믿었어요.

옥녀가 홍범도에게 말했다.

홍범도는 귀를 의심했다. 제대로 들은 말인가 싶었다. '당신'이라는 말에 담긴 어감 때문이었다. 당신이라는 말에서 운명의 냄새가 났다. 자신을 받아준다는 말로 들렸다. 다 용서되고, 다 받아들인다는 말로 들렸다. 당신이라는 말이 꽃으로 피어났다. 옥녀는 한 사람을 운명으로 만나게 해주는 것은 하늘이 허락해주어야 가능하다고 생각했다. 인연을 믿었다.

-하늘이 당신을 제게 선물했다면 당신을 만나게 해 줄 것이라 믿었어요. 당신이라는 사람이 그리움이 되게 해서는 안 되거든요.

-그럼. 현실이 될 것으로 믿었군요.

-예. 맞아요. 별과 같은 그리움이 되기에는 이르다고 생각했어요.

-당신은 아직도 산사에 있는 그 때의 여승 같아요.

홍범도의 눈에는 첫 만남 그리고 둘이 처음 하나가 된 날, 모두 옥녀가 자신을 꿈꾸게 하는 사람이라고 생각했다. 옥녀의 말에는 신비가 들어있었다. 옥녀는 아름다웠고, 맑았다. 그리고 옥녀에게는 소녀가 있었다.

-여승이 되기에는 마음속에 별이 많아요.

-별이 많다고요?

-그럼요. 저의 욕망은 언제나 별이 되거든요. 그리고 이미 여인네가 되어 여인네의 마음 안에 사내도 있고요.

홍범도가 옥녀를 다시 힘을 주어 안아주었다.

14. 계연수, 역사학당에서 강론하다

조선에는 이미 뒤집어질 반란의 조짐이 보였다. 폭풍우가 지나가더니 더 큰 태풍이 들이닥치고 있었다. 태풍의 눈처럼 주위에는 비와 바람이 거칠게 불고 있었지만 조선은 안으로, 안으로 뜨거워지고 있었다. 비등점에 도달하기 전의 물과 같았다. 조그만 자극만 있어도 끓어 넘칠 것 같은 분위기였다. 발화 직전의 기름 같았다. 안으로의 불만과 밖으로부터의 외압에 의해 결국은 터지고 말 상황으로 다가서고 있었다.

계연수는 이기의 집에서 하루를 묵고 바로 아침이 되자 이기와 함께 역사학당으로 갔다. 나철이 먼저 학당에 나와 있었다.

-두 사람, 인사하게.

이기가 두 사람을 만나게 했다.

-홍암 나철입니다.

-예. 저는 운초 계연수입니다.

-홍암은 얼마 전에 과거에 급제했네. 그리고 운초는 우리 고대사에 재목이 될 사람일세. 역량이 대단하네.

이기가 나철과 계연수를 교차로 소개 했다.

-아, 아닙니다. 많이 배우겠습니다.

우리 고대사에 재목이 될 사람이라는 이기의 소개에 계연수는 어쩔 줄 몰랐다.

-같은 나이거나 비슷한 연배일 걸세. 웬만하면 서로 친구처럼 지내게. 그래야 편할 걸세.

-예. 알았습니다.

두 사람은 한 살 차이였다. 나철이 계연수보다 한 살이 많았다.

-우리 친구로 지내세.

-좋소.

나철의 제의에 계연수가 응락했다.

역사학당이 개설되자 의외의 반응이 왔다. 처음에는 알음알음으로 찾아왔다. 꼬리에 꼬리를 물고 학도가 늘어났다. 배우고자 하는 사람들이 넘쳤다. 유교에 결박되고 중화에 길들여진 선비들이 의외로 우리 것에 대한 관심이 많았다.

계연수는 편지를 써서 이관집에게 함께 동참할 것을 제안했다. 사람이 필요했다. 몇 사람이 강의를 담당하기에는 벅찬 양이었다. 우리의 고대사에 대해 알고 있는 사람이 거의 없었다. 찾기도 힘들었다. 나철은 과거에 급제한 후 관리로 임명되었으나 바로 사직하고 역사학당에 매달렸다. 이기의 지휘 아래 나철과 계연수가 주동이 되어 가르쳤다. 학도들이 늘어나 반도 세 반으로 나누어 가르쳤다. 계연수와 나철 그리고 새로 투입된 이관집과 이태집이 가르쳤다. 고급반은 이름 지어지지 않았으나 이기에게 다시 계연수와 이관집, 이태집 그리고 나철이 공부했다.

-선교仙敎를 우리의 종교로 보아야 합니까?

-당연하지. 선교가 도교고, 도교가 선교일세.

-우리 것인 근거가 있나요?

-우리는 산악민족일세. 내가 이야기 해 줄 수 있는 건 일부야. 왜냐하면 아전인수격이 될 수 있네. 예를 들면 선도에서 가장 중요한 것이 무엇인가?

세 사람은 한참을 생각했다. 언뜻 답이 나오지 않았다.

-유교가 인을 실천해서 군자가 되는 것이 목표라면, 불교는 깨달아서 각자가 되는 것이 목표 아니던가?

이기의 물음에 이태집이 아하, 하며 답했다.

-도통하는 것 아닙니까?

-그렇지. 선도에서는 도통이 목표지. 우리의 애초 정신에 도통이 있거든.

이기의 말에 세 사람은 답을 기다렸다. 어디서도 만난 적이 없는 이야기였다. 우리 전통정신에 도통이 들어있다는 말이었다.

-도통의 관문으로 성명정性命精을 말하지. 우리의 역사를 공부하면서 만나는 특별한 점이 무엇이냐면 정신을 만나게 된다는 것일세. 역사 자체에 정신이 들어있지. 어디에서도 찾아볼 수 없는 우리만의 독특함이야.

성명정性命精에 대해 말하다 다른 길로 접어든 것을 눈치 챈 이기는 다시 도통에 대한 이야기로 돌아왔다.

-성명정性命精은 성품과 목숨 그리고 정기를 말하는 것으로 성명정性命精은 삼신과 만나야 하는데, 다시 삼신에 대해 설명하겠네. 삼신은 그냥 정신으로 해석해도 전혀 무리가 없어. 다시 말하면 성명정性命精

은 성품과 목숨 그리고 정기를 말하는 것이니 정신과 만나야 하잖나.
이해가 되느냐는 표정으로 이기가 세 사람을 바라보았다.
-역사가 이렇게 어려운 나라가 있을까요?
이태집이 역사공부가 아니라 정신수양이나 득도 공부 같은 것을 비유해 말했다.
-그러기에 우리의 역사가 대단하고, 인류문화의 원류라고 하는 것이야.
-다른 나라와 다른 점이 무엇입니까?
-건국하면서 우주의 원리와 인간의 정신, 즉 본질을 파고들었고, 만들어냈다는 점이지. 건국이 곧 위대한 철학을 완성하는 계기로 만들었네. 결국 인류의 근원을 만나게 되는 것이 우리의 역사라는 점에서 다른 나라의 역사와 변별성을 갖는 거야.
다시 이태집이 물었고 이기가 자세하게 설명해 주었다.
-저는 우리의 역사에 대해서 공부하면서 우리가 위대한 민족, 위대한 문화의 집산지라는 생각을 했습니다. 정말 깊고, 넓어서 범접할 수 없는 경지를 오랜 옛날에 완성해 놓았다는 점에서 경이롭습니다.
계연수가 자신의 역사관을 말했다.
이번에는 이기가 조용히 이야기를 시작했다.
-나도 그렇게 생각하네. 우리의 건국은 당대 최고의 선각자들의 집합이었고, 문화인들의 결집이었으며, 사상가들의 모임이었네. 위대한 나라를 만들고자 선각자들의 모임이 있었고, 그들의 동의와 합의에 의해 최초의 나라가 만들어진 걸세. 그러니 다시 한 번 역사를 복원해서 세계에 전하고, 알려서 다시 한 번 평화의 연대인 위대한 나라로 복원시켜야 하네.

이기의 말은 흡사 웅변하듯 목소리가 커졌다. 이기의 역사관이었고, 세계의 나라들이 하나의 나라로 연합해서 싸움이 없는 나라를 만들고자 하는 바람을 말했다.

-어느 것이 진정한 역사인가에 대한 논의는 있어야 하지 않겠습니까?

-지금까지 가지고 있는 역사의식이나 정신이 중화에 경도되어 있어 갑작스레 우리 것만을 이야기하면 이해가 되지 않고, 반감이 생길 수 있네. 그래서 본인들이 직접 공부하고, 찾아내야 믿음이 가네. 먼저 의심하고 들어가야 중화의 기록이 맞는지 우리의 기록이 맞는지를 판단할 수 있네. 우리의 전통사관에는 민족주의가 없어.

이태집의 물음에 대한 이기의 답이었다

-아, 우리 사관에 민족주의가 없다고요?

말이 거의 없는 이관집이 모처럼 물었다.

-그렇지. 다민족 국가의 출발이 우리의 건국이었네.

-그렇더라도 민족주의는 필요한 것 아닙니까?

이번에는 이태집이 이해가 가지 않는다는 말이었다.

-환12국이란 것에서도 다민족연합체인 것을 알 수 있네. 9부족에 12국가가 연합해서 만들었으니 다 동등하게 대접을 해야 했고, 통합을 위해서도 민족주의는 한계에 부딪힐 수밖에 없었지. 달리 홍익인간이 나온 것이 아니야. 지구촌에 사는 모든 민족이 다함께 같이 살자는 것에 어울리는 건국이념이었고, 나만 이로우면 안 되고 다함께 이로운 것을 향해 가야한다는 당위當爲가 있었지.

-아하. 그렇군요.

-나는 우리 역사가 세계화시킬만한 역사가 아니었다면 목숨 걸고 지키지 않았을 거야. 모든 사람, 모든 국가가 다 같이 평화롭게 이 세상

에서 함께 살 수 있는 역사관이어서 지켜온 것이지. 지상에서 최후의 나라는 통일된 연합국가가 될 것을 바라는 마음으로 역사를 지켜왔네. 인본이 최고의 원리인 나라건설을 꿈꾸고 있네.

이기의 말에 세 사람은 숙연해졌다.

바로 그때에 밖에서 인기척이 났다.

-계십니까?

문을 조심스럽게 열고 머리를 집어넣고 바라보는 사람이 있었다.

-어떻게 오셨습니까?

이태집이 일어나서 응대를 하기 위해 나갔다.

-역사학당 맞습니까?

-예. 그렇습니다.

-전라도 고부에서 온 전봉준이란 사람입니다. 역사공부를 하고자 왔습니다.

작은 키에 작은 체구였다. 작은 체구였지만 어깨가 떡 벌어져 다부졌다. 날카로운 눈매를 가지고 있었다. 사람을 꿰뚫어보듯이 바라보았다.

이태집이 잠시 기다리라고 자리를 권하고는 공부하던 방으로 들어왔다.

-먼데서 오신 분인 듯한데 들어오시라고 하게.

-예. 알겠습니다.

이기가 격의 없이 모시라고 하자 이태집이 말을 받고는 나가 안으로 안내했다.

전봉준이 방으로 들자 이기가 먼저 일어났다. 앉아있던 계연수와 이관집도 함께 일어났다.

-전남 고부에서 온 전봉준이라고 합니다.

전봉준이 이태집에 소개했던 그대로 다시 자신을 소개했다.

-예. 저는 학당을 맡고 있는 이기라고 합니다.

전봉준이 이름으로 자신을 소개하자, 이기도 호로 자신을 소개하지 않고 이름으로 소개했다. 평소에는 자신을 호와 이름을 붙여서 소개하는 것이 일반적이었다.

-어떻게 오셨습니까?

-역사공부를 하러 왔습니다.

-저희는 조금 다른 역사를 가르치고 있습니다. 우리의 역사만을 가르칩니다.

-예. 이야기를 듣고 왔습니다. 저는 동학에 관심이 조금 있습니다.

-아하. 그러시군요. 그렇다면 잘 오셨습니다.

동학이 바로 우리의 정신과 역사를 함께 가르치는 곳이었다. 특히 역사와 함께 우리의 우주관, 인간관에 대한 공부를 하는 사람들의 모임이 동학도들이었다.

-지금은 저희들끼리 공부하는 모임이고 시간입니다. 강론시간을 알려드리겠습니다.

평소와 달리 네 사람이 모여서 공부하고 있는 공간으로 외부인을 들이는 경우가 없었다. 특별하게 일이 엮였다. 이기의 즉흥적인 판단 때문이었다. 원칙을 지키는 이기가 오늘은 달랐다. 이태집이 다시 전봉준을 밖으로 안내해서 강론 일정표와 학당 수칙을 알려주었다.

-계속 할까?

이기가 말했다.

-예. 좋습니다.

계연수와 이관집, 두 사람이 함께 말했다.

-도통에 대해서 이야기하다가 다른 길로 접어들었지.

-맞습니다.

-역사를 공부하면서 도통이 나오고 인간의 정신세계가 어떤 것인가를 이야기하는 나라가 있을까 싶네. 그것이 우리의 힘이고, 지금까지 이어지게 한 힘이라고 할 수 있네. 또 다른 이야기로 옮겨가려고 하는구만.

이기가 쑥스럽게 웃었다. 좀 전에 했던 말을 반복하고 있는 자신을 확인한 후 한 말이었다.

밖에서 전봉준과 용무를 마치고 이태집이 들어와 자리를 잡았다.

-아무래도 이러한 부분은 혼자서 공부하도록 하세. 개인적으로 막히는 부분이 있으면 묻도록 하고 넘어가겠네. 군사부君師父의 도道에 대해서는 언급하고 넘어가겠네.

-군사부라면 왕과 스승과 아버지를 말씀하시는 겁니까?

-그렇지. 군사부일체君師父一體라는 말, 많이 들어보지 않았는가. 원형이 우리에게 있네. 군사부君師父는 임금과 스승과 아버지를 통틀어 이르는 말이기도 하고, 임금과 스승과 아버지의 은혜가 같다는 의미이기도 하지. 군사부에 대해서 구체적으로 명시하고 있네. 〈부도父道는 하늘의 도를 본받아 참됨으로 하나가 되니 거짓이 없고, 사도師道는 땅의 덕을 받아 부지런함으로 하나가 되니 태만함이 없으며, 군도君道는 사람의 도덕을 근본에 두고 화합하여 하나가 되니 어긋남이 없다〉고 했네. 우리가 일상적으로 말하고 있는 군사부일체와 무엇이 다른지 생각해 보게.

이기의 질문에 잠시 침묵이 흘렀다.

-말씀하신 대로 임금과 스승과 아버지의 은혜가 같다는 의미로 사용

해 구분이 없는데 지금 말씀하신 것에서는 군사부君師父를 천지인으로 설명하고 있습니다.

-그렇네. 또 다른 점이 있네. 생각해 보게.

계연수가 답하자 이기가 다시 하나 더 찾아낼 것을 주문했다.

정적이 흘렀다. 답이 나오지 않았다.

-순서를 생각해 보게.

이기가 답에 가까운 언질을 던졌다.

-아하. 우리가 통용하고 있는 것은 군사부君師父인데 말씀하신 것에서는 부사군父師君으로 아버지의 도, 스승의 도, 그리고 임금의 도 순서로 말씀하셨습니다.

-대단하네. 이야기를 한 순서까지 기억하고 있으니.

계연수의 설명에 이기가 힘을 실어주었다.

-다시 설명하겠네. 우리가 사용하고 있는 군사부일체라는 말의 의미는 우리의 전통사상인 천지인의 원리에 맞춰 설명했지. 그리고 분명하게 나를 낳아주고 길러준 아버지의 도가 먼저인 것이 당연한 이치지. 스승과 임금을 만나기 전에 나를 낳아주고 길러주고 보살펴준 부모가 먼저 아니겠나?

-그렇습니다.

이태집의 대답에는 항상 힘이 들어가 있었다. 너무 힘이 들어가 있어 모두 따라 웃었다.

-유학자들이 순서를 바꾸어 놓았네. 분명히 부사군夫師君이 순서에 맞는 것일세.

-그러면 왜 순서가 바뀌었을까요?

이태집이 큰 소리로 물었다.

-유학자들의 소행이지. 왕조국가에서 왕을 위한 절대적인 철학이 필요했지. 유교가 강자의 철학이라고 비판 받는 것도 여기에 있어. 약자가 강자의 자리로 올라갈 수 있는 길을 차단한 것이 유교지. 왕은 영원히 왕이고, 주인은 항상 주인일세. 군신軍神이 바뀔 수 없고, 주종主從이 뒤집어질 수 없는 것이 유교라는 점에서 비판을 받게 되거든.

상당히 위험한 말을 이기가 하고 있었다. 이기도 알고 있었고, 이를 듣는 세 사람도 잘 알고 있었다. 왕조국가에서 용납되지 않는 말이었다.

-오늘은 여기까지 하세.

역사학당은 위험한 공간이었다. 모두 알고 있었다.

15. 행복한 홍범도, 홍범도 역사의 길에 들다

따뜻한 밥상을 받고서는 행복했다. 어찌할 바를 모르는 행복함이었다. 따뜻하고 아늑했다. 김이 모락모락 나는 밥과 된장찌개가 차려있는 밥상은 천상의 밥상이었다.

-아버지가 숟가락을 들어야 따라서 먹는 거란다.

아들 홍양순이 먼저 숟가락을 들고 밥상에 손을 대자 옥녀가 바로 알려주었다.

-괜찮아요.

아들의 행동을 바라보는 홍범도의 얼굴이 따뜻했다.

홍범도는 옥녀가 처음으로 자신을 위해 차려준 밥상 앞에서 어색했다. 사실 옥녀에게서 뿐만이 아니라 지금까지 살아온 날 중에 자신만을 위해 차려준 밥상을 받은 기억이 거의 없었다. 더구나 옥녀와 아들이 있는 방에서 따뜻한 밥상을 받고 보니 이렇게 행복해도 되는가 싶었다. 부랑아처럼 살았던 홍범도였다. 마음의 정착을 해 본 적이 거의 없었다. 정착민으로 살아보지 못했다. 늘 유목민으로 살았다. 내가 머무르고 살 곳이라는 생각을 가져본 적이 없었다. 그래서 홍범도에게는 고향의식이 거의 없었다. 고향의 슬픈 추억만을 가지고 있었고, 고향에 부모가 없었다. 가난했고 힘들었던 기억밖에 없었다.

-왜 안 드세요.

-너무 행복해서.

홍범도는 진정으로 행복했다. 마음 안에서 밀고 올라오는 가슴 뿌듯한 뜨거운 것이 있었다.

-저도 그래요.

옥녀가 말했다.

옥녀도 마찬가지였다. 수도하던 스님이 파계해서 아이를 낳았다는 말을 듣기 싫어 신분을 숨긴 채 조용히 살고 있었다. 가마소에서 흙을 나르고, 흙을 다지는 일을 했다. 질그릇을 만드는 일이었다. 처음으로 사랑한 사람을 잃어버리고 살 길이 막막했다. 무엇이라도 해야겠기에 찾다가 가마일을 하는 곳까지 찾아들었다. 가능하면 부모가 계신 곳에서 멀지 않은 곳에서 살고 싶었다. 그나마 북청 인근에 사는 것만으로도 언덕이라는 마음을 가지고 살았다. 어려서 절에 들어가 성인이 된 자신을 알아보는 사람이 없었다. 뜻하지 않게 엄마가 되어 남편 없이 사는 것이 얼마나 힘든 것인가를 알고 있었다. 힘들고 지쳐있을 때 문득 첫사랑이었던 사람이 찾아왔다.

-당신 한 사람이 천하를 따뜻하게 하네요.

정말 그랬다. 옥녀가 있어서 세상이 따뜻해졌다. 한 사람의 존재가 세상을 살리고 죽였다. 스산하고 쓸쓸했던 세상이 따뜻하고 평화로웠다. 홍범도는 기분이 야릇했다. 홍범도는 처음으로 당신이라는 말을 하면서 마음 안에서 봄이 샘물처럼 샘솟는 기분이었다. 옥녀에게서 당신이라는 말을 들을 때의 기분과는 조금 다른 또 다른 봄이었다.

-우리 장구경 갈까요?
-좋아요.
산골마을에서 동네잔치를 하거나 경조사를 제외하면 구경거리가 없었다. 장을 가는 것이 즐거움이었다. 하지만 옥녀는 장구경을 가 본 기억이 거의 없었다. 일과 아이를 돌보는 것으로도 벅찼다.
북청장은 활력이 넘쳤다. 산골 오지지만 북청장은 중간지대 역할을 했다. 삼수, 갑산지방과 혜산, 풍산 등지에서 나는 물산들과 동해안에서 넘어오는 어패류가 북청을 거쳐야 서로 교통이 되었다. 그래서 북청장은 오지임에도 활력이 넘쳤다. 북청 일대에는 북청평야가 펼쳐져 있었다. 주요 작물로는 쌀, 보리, 기장, 조, 옥수수 등이 있다. 토질이 과실재배에 알맞기 때문에 배, 밤, 자두, 살구 등을 예전부터 재배해 왔다. 또한 조선에서는 드물게 목축업이 활발하고, 양돈과 양잠업은 농촌의 부업으로 일반화 되어있었다.
홍범도와 옥녀 그리고 아들은 장을 가는 것만으로도 마음이 들떠 있었다. 장을 가는데 산을 넘고 내를 건너고, 밭고랑을 지났다. 힘이 들지 않았다. 산길을 내려서서 다시 산자락을 끼고 돌았다. 뽕나무에 오디가 실하게 열렸다. 검정 빨강 노랑 초록으로 오디기 익은 순으로 진했다. 검정 오디는 완전히 익었고, 빨강 오디는 익어가고 있었다. 노랑빛은 아직 덜 익었다. 그리고 초록빛을 띈 것은 익지 않고 탱글탱글했다. 홍범도가 두툼한 손으로 검게 익은 오디를 골라 따서 옥녀에게 건네주었다. 옥녀는 다시 아들의 손에 담아주었다. 홍범도의 얼굴에도, 옥녀의 얼굴에도 흐뭇함이 가득했다.
-소녀 같아요.
홍범도가 행복한 표정으로 옥녀에게 말했다.

-소년이 옆에 있어주면 저는 항상 소녀지요.
오디를 따먹어 입과 입술이 까매진 모양을 보고 서로 웃었다.
-오디를 먹었으니 우리는 견우직녀가 된 거예요.
홍범도가 말했다.
오디는 뽕나무 열매인 것을 빗대서 말했다. 뽕나무로 누에를 키우고, 비단을 짜기 위해 길쌈을 하는 직녀로 생각하고는 말했다.
-맞아요. 아들까지 얻었으니 우리에게는 오작교는 필요 없어졌어요.
-왜지요?
-견우와 직녀가 이미 자식을 낳았으니 헤어지지 말고 함께 살아야지요.
옥녀의 말에 홍범도의 얼굴이 환해졌다.
-맞아요. 우리에겐 오작교가 필요가 없어요.
소를 키우는 견우와 비단을 짜는 직녀가 이제는 헤어지지 않고 살 수 있었다. 오작교가 없는 정주민으로 살게 된 것이 행복했다.
오디를 따먹고 조금 걸어가자 산딸기가 익어서 빨갛게 얼굴을 내밀고 있었다. 오디를 따먹고, 산딸기를 따먹고, 마을을 지나며 앵두를 따먹었다. 보리수도 익어서 맛이 들었다. 개복숭아는 아직 파래서 자세히 보아야 열매임을 알 수 있었다. 유월의 산하는 넉넉했다.
북청장에 이르자 관원놀이 행사 연습이 있었다. 원래 관원놀이는 북청에서 팔월대보름에 하는 행사였다. 물품을 정비하고, 연습 삼아 하는 듯했다. 관원놀이는 관원들의 행차의식을 모방하고 새로 부임한 신임 사또가 백성들의 죄를 판단하는 것을 주 내용으로 하고 있는데 감영놀이라고도 했다. 행정을 맡은 관원과 피지배층인 일반 백성 사이에서 벌어질 수 있는 가상적 사건을 원만히 해결하여, 관원과 백성이 화합하는 것으로 마무리하는 놀이였다.

장바닥은 사람들이 모여 있어 떠들썩했다. 즐거운 것은 아들 양순이었다. 홍범도와 옥녀도 처음으로 즐거운 시간이었다. 홍범도와 옥녀는 절을 떠나서 밀월을 즐길 틈도 없이 헤어져 행복한 시간을 가진 기억이 없었다. 풍물장수와 엿장수의 한판놀이를 구경하고, 길바닥에 놓고 파는 행상 그리고 소를 끌고나와 농사 도구를 파는 사람 등으로 넘쳐났다.

-형님. 장 나오셨군요.

김수협이었다.

홍범도 가족이 김수협의 인사에 돌아보았다.

-안녕하세요. 형수님. 김수협입니다.

홍범도와 옥녀가 가마소에서 만난 날 옥녀는 김수협도 만났다. 멧돼지 잔치를 하던 사람들이 모두가 홍범도와 옥녀의 만남을 축하해주었다. 마치 혼례식 같은 분위기로 두 사람을 축하해 주었다. 김수협이 아니었다면 홍범도와 옥녀가 만나지 못했을 것이다. 김수협은 홍범도에게나 옥녀에게 모두 고마운 사람이었다.

-세 분, 참 행복해 보입니다.

홍범도가 빙긋이 웃었다.

김수협도 홍범도 가족의 장 나들이 풍경에 흡족한 표정이었다.

-형님. 이번에 북청 포수들이 형님을 회장으로 모시기로 했습니다.

-무슨 소리야. 나는 나 혼자 몸 건사하기도 힘이 드네. 더구나 행복할 권리를 누리기로 했네.

진심어린 홍범도의 생각이었다. 한 번도 가족이라는 따뜻한 공동체를 가져 본 적이 없었다. 가족은 사람으로 만들 수 있는 최고의 이타적 운명공동체였고, 상생공동체였다. 홍범도는 하늘과 사람이 협력해 만들어낸 가족이라는 따뜻한 연대를 누리고 싶었다. 태어나자마자 어머니가 돌아가시고, 아버지가 젖동냥으로 아이를 보살피다 아버지마저 어린 나이에 돌아가셨다. 친척집을 옮겨 다니면서 살았지만 결국은 어디에서도 마음의 안정을 가져보지 못했다. 하늘 아래 챙겨줄 사람 없는 고아였다. 홍범도는 진정 처음으로 사람이 온혈동물임을 알았다. 따뜻한 피가 따뜻한 정을 만들어내는 것을 알았다. 어색하고 낯설던 사랑이라는 단어가 자신에게 가까이 있음을 알았다. 짧은 순간 홍범도의 머릿속에서는 많은 생각이 지나갔다.

-형님. 마음 잘 압니다. 그냥 좌장 역할만 해 달라는 겁니다. 형님의 행복을 빼앗지 않습니다.

김수협이 웃으며 옥녀를 바라보았다. 동의를 바라는 얼굴이었다.

옥녀는 말없이 웃었다.

홍범도가 대답을 않자 김수협이 앞질러 말했다.

-형님. 응낙하신 것으로 알겠습니다. 그렇게 선포하겠습니다.

김수협이 홍범도의 의사와 상관없이 혼자 답하고는 사라졌다.

-우리 양순이. 뭐 먹고 싶어.

-응. 엿이요.

-그럼. 우리 아들의 명령대로 사 드려야지.

홍범도가 아들에게 엿을 사 주자 아들이 잘 익은 토마토처럼 웃었다.

-우리 맛있는 것 먹어요.

-저는 칼국수 먹을래요.

-좋아요. 우리 공주님. 분부대로 거행하겠습니다.

이번에는 옥녀의 말에 평소의 홍범도답지 않게 밝고 경쾌하게 대답했다.

목이 기다란 초식동물의 그리움에서 이제는 따뜻하고 흐뭇한 토착의 아늑함을 누리고 있었다. 인생에서 이런 날도 찾아오는구나 싶었다. 진정으로 행복했고, 넉넉한 안식이었다.

옥녀도 마찬가지였다. 절에서도 무언가 채워지지 않고 가슴 밖에서 안으로 불어가는 스산한 바람이 있었다. 득도를 위해 절에 들어왔지만 깨달음은 아득하고, 막막한 그리움이 있었다. 그리움의 틈을 비집고 들어온 사람이 홍범도였다. 홍범도를 만나서 초록색 식물이 꿈꾸는 욕망의 푸른 밭을 만났다. 진정으로 파계를 하고 내려오면서 아쉽지 않았다. 자신에게는 깨달음보다 온혈인간이 필요했음을 깨달았다. 옥녀는 지금 행복했다.

사람 안으로 들어가면 눈물샘이 있었다. 세상을 바라보는 눈에서 가장 가까운 곳에 눈물샘이 있었다. 인생길이 슬픔임을 예고하지 않고서야 눈물샘이 마련되어 있을 리가 없었다. 홍범도의 인생길에 슬픔보다 더 슬픈, 아픔보다 더 아픈 인생길이 있었다. 옥녀의 마음 안에 설명 못할 그리움이 있었고, 감당 못할 외로움이 있었다. 하지만 지금 홍범도와 옥녀는 행복했다.

칼국수 집에서 세 사람이 들마루에 앉았다.

-한 사람의 힘이 커요.

옥녀가 칼국수를 기다리며 말했다.

홍범도는 옥녀가 생뚱맞게 던진 말의 의도를 몰라 옥녀를 바라보았다.

-처음 만났을 때는 저를 꿈꾸게 하는 분이라고 생각했어요. 만나고 나서 제 거처로 돌아오고 나서도 한 사람이 마음 안에 있었어요.

-아하.

홍범도는 이제야 옥녀가 말한 의도를 알았다.

-절에서 내려와 한 사람이 갑자기 사라졌을 때는 막막했어요. 세상이 캄캄해졌어요.

-나도 그랬어요.

옥녀의 말에 홍범도가 말했다.

-그리고 가마소에서 한 사람을 만났을 때는 세상을 꿈꾸게 했어요. 한 사람이 있고 없음으로 세상이 천국과 지옥으로 변하는 걸 느꼈어요. 한 사람의 힘은 천국과 지옥을 오가게 했어요.

-나도 그랬어요.

홍범도가 마음을 담아 대답했다.

-고마워요.

-미안해요.

고마워요, 미안해요. 두 사람이 가마소에서 만났을 때 했던 말을 다시 주고받았다.

마음에 담고 있었던 말이었다. 사랑은 온냉전선이 마주하고 있는 기압골처럼 고마움과 미안함이 함께하는 그리움의 기압골 같았다. 서로 다른 미안함과 고마움이란 감정의 기단이 두 사람의 마음을 사로잡고 있었다. 다시 만나게 해준 고마움과 그동안에 챙겨줄 수 없었던 것에 대한 미안함이 만나는 감정의 기압골에서 두 사람은 행복했다.

칼국수가 배달되자 반기는 사람은 아들 홍양순이었다. 뜨거운 입을 후후 불어가며 먹으려는 노력만큼 잘 먹을 수가 없자 홍범도가 젓가락으로 말아서 먹여주었다. 아버지와 아들을 바라보는 엄마인 옥녀의 마음 안에서도 꽃이 피고 있었다. 서로가 서로를 찾아 헤맨 세월이 있기에 만날 수 있음을 깨달았다. 옥녀는 홍범도를 만나고 나서 인생이 가득

충만해지는 것을 느꼈다.

-고생했어요.

헤어져서 세상 물정 모르는 사람이 아이를 혼자 낳고, 혼자 기른 것에 대해 진정어린 홍범도의 미안한 마음이 있었다.

-저는 믿었어요. 아이가 있어 결국은 다시 만나게 될 것을. 인연의 끈을 이어줄 아이라고 믿었어요.

-나는 아이 생각은 못했어요. 현실적으로 다가오는 것도 없었어요. 인생을 깨닫는다고 하지만 정작 인생살이로부터 멀어지는 것이 절 생활이잖아요. 절생활을 하던 사람이 어떻게 살아갈 수 있을까 걱정했지요.

-저도 잘 살아요. 화두를 잡고 몰입하는 것만큼이나 세상살이도 온몸을 던지지 않으면 안 되는 것을 배웠어요. 저는 화두를 잡는 것이 마음의 일이라면, 세상을 살아내는 것은 몸의 일이라고 생각했어요. 그래서 이번에는 몸으로 살아보자고 다짐했어요. 힘들다는 생각보다 몸으로 도를 닦는다는 생각을 했는걸요.

-역시 대단해요.

옥녀의 말을 듣는 홍범도의 표정이 밝아졌다. 옥녀의 이야기를 듣는 것만으로도 행복했다. 정신적인 면에서는 홍범도 자신보다 옥녀가 한 수 위라는 생각을 했다.

-그래도 두렵지 않았어요?

-호랑이를 잡는 포수의 아내인걸요.

홍범도의 물음에 농담을 반 담아 옥녀가 말했다. 홍범도가 크게 웃자 옥녀와 아들도 함께 웃었다.

세상은 빠르게 변하고 있었고, 세상은 험악하게 다투고 있었지만 홍범도와 옥녀를 둘러 싼 평화는 태풍이 불어오기 전의 고요처럼 평화로웠다. 세상의 계절은 정해진 순서대로 왔지만 인생의 계절은 저마다 달라 엇갈렸다. 같은 공간에서 살면서도 인생의 계절이 달랐다. 남의 불행이 나의 행복일 때가 있었고, 나의 행복이 상대에게는 불행일 때도 있었다. 꽃이 피는 시기가 다르듯이 행불행은 저마다 가슴의 계절로 피고 졌다. 홍범도와 옥녀 그리고 어린 아들은 전쟁 같은 세상에서 비무장지대의 평화를 즐겼다.

전봉준, 혁명의 횃불을 들다

16. 전봉준, 동학도로서 우리역사에 발을 딛다

송시열 선생의 만동묘는 부끄러운 우리의 자화상을 보여주는 것입니다.

이기의 목소리에는 힘이 들어 있었다.

강론을 계연수와 이관집, 이태집이 주로 하고 나철이 채워주는 역할을 했다. 신입생이 많아지자 첫 신입생들의 강론에는 축사처럼 이기가 자발적으로 나섰다.

-우리는 부끄러움을 알아야 합니다. 우리의 위대한 것을 잊고, 명나라에 사대해야 한다는 송시열 선생이 주동해 건립한 만동묘는 철폐되어야 합니다. 임진왜란 때 조선을 도와준 명나라 만력제와 명나라의 마지막 황제인 숭정제를 기리기 위해 세운 사당이 만동묘입니다. 이미 망한 나라의 공덕까지 챙겨서 사당을 세우고 기리는 사대의 현장입니다. 저는 감히 묻습니다. 정작 우리 조선의 국조인 환인 환웅 단군을 버린 분입니다. 우리 것은 버리고, 남의 것을 가져다 숭상하는 어리석은 모습을 보이고 있습니다.

이기의 강론은 웅변처럼 목소리가 커졌다.

-우리의 형제국인 청나라는 오랑캐라고 하면서 이미 망해버린 중화의 명나라에 대해서는 아직도 사대를 하고 있습니다. 사당까지 세워 머리를 조아리는 부끄러운 사람들이 있는 것이 안타깝습니다.

이기의 웅변 같은 강론이 이어질 때 학생 중에서 한 사람이 이기의 강론을 끊었다.

-청나라가 우리의 형제국이라고 하셨습니까?

갓을 쓴 것으로 보아 양반이었다. 도포까지 잘 차려입은 유학자임이 틀림없었다. 만동묘까지는 참을성 있게 들었으나 청나라가 형제국이라는 말에 부아가 나서 강론 중간에 말을 끊고 자신의 목소리를 높였다.

-그렇습니다.

이기는 강론의 분위기와는 달리 차분하게 청나라가 형제국이라는 것을 다시 한 번 인정했다.

-청나라는 우리의 형제국이고, 명나라는 이웃국입니다.

이기가 차분하게 말했다.

-어떤 근거로 그리 말씀하십니까?

선비의 기세가 만만치 않았다.

-엄연한 역사가 증명하고 있습니다.

-근거를 대 보시지요.

강론시간이 논쟁의 공간으로 변하고 있었다.

-그러면 제가 물어보겠습니다.

이기의 말에 반론을 제기했던 선비는 말이 없었다. 물어봐도 무방하다는 의사표현이었다.

-우리나라의 이름이 조선입니다. 조선의 뜻을 아십니까?

-신선한 아침의 나라라는 뜻입니다.

대답을 해 놓고는 당황하는 빛이 역력했다. 자신의 답에 자신감이 없었다.

-처음'조朝'자가 생길 때의 의미를 물어본 것입니다.

선비는 대답을 하지 못했다.

-그러면 다른 것을 묻겠습니다. 우리를 일러 배달의 후손이라고 하는데 배달은 단국이라고도 합니다. 배달은 무슨 뜻입니까?

선비는 역시 대답을 하지 못했다.

-하나만 더 묻겠습니다. 저도 그렇고, 여기 오신 분들도 거의 흰옷을 입으셨습니다. 왜 우리는 모두 흰옷을 입고 있을까요?

선비는 아무 말도 하지 못했다. 선비는 밖으로 뛰쳐나가고 싶었다. 망신을 당하는 것 같아서였다.

-물론 모르는 것이 선비께서 잘못하신 것이 아닙니다. 배우지 않고, 들은 적이 없으니 모르는 것이 당연합니다.

선비의 얼굴이 조금 펴졌다.

-다른 것은 개인적인 관심이 있으시다면 강론이 끝나고 말씀드리도록 하겠습니다. 조朝자에 대해서만 이 자리에서 말씀드리겠습니다. 조朝의 의미는 조朝자가 처음 만들어질 때와 고대의 고조선이 개국할 때의 의미가 일부 달라졌습니다. 조朝자가 처음 만들어졌을 때의 의미를 말씀드리겠습니다.

어수선했던 분위기가 다시 정리되고, 이기에게로 집중되었다.

-적어도 나라 이름의 의미는 알아야 하기 때문입니다.

강론을 시작할 때보다 더 집중이 되었다.

-근원적인 것으로 말하면 조朝의 의미는 신선한, 맑은, 고운 아침이라

는 의미가 아닙니다. 금석문의 의미를 살펴보면 조朝자는 하늘과 땅 그리고 별과 해와 달이 모두 들어있는 우주 원리를 담은 글자입니다. 조선은 세상의 중심이고 세상의 근원이라는 의미를 담고 있습니다. 좀 어렵습니다.

어렵다는 말에 선비는 마음이 편치 않았다. 한자라면 누구 못지않게 공부한 사람이라고 자부했던 선비였다.

-조朝자는 세 분을 상징하는 말입니다.

조朝자가 세 분을 상징한다는 말에 정신이 번쩍 들었다. 어떻게 생각해도 이해가 되지 않는 말이었다. 선비는 기본적인 한자뿐만이 아니라, 선비들 중에서도 자신이 더 많이 알고 있다고 자부하고 있었다. 다른 사람들도 마찬가지였다. 자신의 나라 이름의 의미도 모르면서 공자 맹자를 공부하고, 천자문을 배우고, 사자소학을 넘어 대학과 중용을 배워 무엇 하겠는가, 라는 자괴심이 들었다.

-어려워도 이 기회에 아시는 것이 중요하지 않겠습니까?

-예. 좋습니다.

목소리가 힘이 찼다.

-어려워도 알고 싶습니다.

그 중 한 사람이 크게 소리쳤다. 모두가 웃었다. 분위기가 한결 부드러워졌다.

이기는 적극적이었다.

-처음부터 너무 많은 것을 배우면 정신이 혼란스러워집니다. 그래도 나라 이름의 의미는 알아야겠습니다.

이기는 잠시 말을 멈추고 앉아 생각하다가 말을 이었다.

-우선 조朝에서 왼쪽 윗변의 십十자에서 ㅣ는 별이 내려오는 모습을

말합니다. 별이 떨어질 때 사선으로 떨어지는 것을 형상화한 것입니다. 一는 땅을 표현합니다. 다시 말하면 하늘에서 지상으로 내려오신 분과 지상에 있던 분이 만나 낳은 분을 상형화한 글자입니다. 남자와 여자를 상징하기도 합니다.

-예?

선비는 이기의 설명이 의심스러웠다.

-여러 분의 표정을 보니 제가 즐겁습니다. 그 의심의 눈초리에 행복해집니다.

이기의 말에 사람들이 웃었다.

-놀라는 것이 당연합니다. 글자는 그냥 만들어지는 것이 아닙니다. 글자는 글자가 만들어진 의미를 그대로 담고 있어야 합니다. 하늘에서 내려오신 분과 지상에 있는 분의 교합을 통해서 낳은 자식이 '해日'입니다. 아래의 十은 원래는 '亠'자 모양이었습니다. 받들어 제사를 올리는 모양입니다. 곧 세 분에게 제사를 올리는 모습이라고 할 수 있습니다. 그리고 오른쪽 변의 달月은 달 그대로 보아도 좋지만 처음 한자를 만들어졌을 당시에는 배舟로 적었습니다. 진정한 의미는 차를 올리는'배盃'였는데 발음대로 적었습니다. 하늘에 제사를 올리는 모양이라고 생각하면 됩니다. 제천의식을 올리는 글자로 보면 됩니다. 이것은 고대 한자를 연구해보면 그 의미를 알 수 있습니다.

-어렵습니다.

청중 중에서 한 사람이 말했다.

-들을수록 궁금해지는 게 더 많습니다.

다른 사람이 소리 질러 말했다.

-어렵지요. 이것이 천지인의 원리를 풀어낸 것이고, 제천의식을 표현

한 글자입니다. 보다 정확하게 말씀드리면 우리문화의 원류인 숫자'3'을 이해해야 조朝자가 만들어진 이유를 알게 됩니다. 어렵지요?

-예.

청중들의 대답이 힘찼다. 쉽지 않았다.

-조朝의 의미를 조朝자가 처음 만들어질 때와 고대의 고조선이 개국할 때의 의미가 일부 달라졌다고 하셨는데 달라진 것을 말씀해 주셨으면 합니다.

-예. 오늘 개강 인사말을 하려다 토론하는 자리가 된 듯합니다. 이 부분까지만 말씀드리고 나머지는 사적인 자리에서 이야기하고 마무리 하겠습니다.

이기가 분위기를 다시 원점으로 바로 잡았다.

-우리를 일러 조선이라고 하지만 한韓이라고도 합니다. 둘 다를 한 번에 말씀드리겠습니다.

-처음 출발은 단군의 조선을 말합니까?

-예. 그렇습니다. 조선의 조朝와 한韓의 뜻이 같습니다. 칭기즈칸이라고 할 때의 '칸'과도 같은 말입니다. 조朝와 한韓, 왼 쪽의 변이 十日十으로 된 것을 생각해 보시기 바랍니다.

이기가 조朝와 한韓을 붓으로 그렸다.

-十日十로 구성되어 있으니 十은 세상 모든 것을 말하는 것이고, 日은 해를 말합니다.

-그렇다면 十日十로 구성되어 있으니 十은 세상 모든 것을 말하는 것이고, 日은 해라고 하면, 세상 한 복판에 해日가 들어있으니 조선과 대한이 모두 밝음을 말하는 것입니까?

의심 많던 선비가 정확하게 조朝와 한韓의 의미를 맞추었다. 선비의 분석은 예리했다. 역시 한학을 공부하는 학자다웠다.
-그렇습니다. 대단합니다. 박수를 쳐주시지요. 정확하게 맞추었습니다.
선비가 박수를 받으며 얼굴에 웃음으로 가득 채웠다.
-예사롭지 않으십니다. 저처럼 공부한 것도 아닌데 한자의 모양을 보고 직관으로 맞추시네요. 우리는 고대로부터 지금까지 한 가지를 받아들이고 사는 민족입니다. 해를 숭상하고, 북극성이 있는 하늘에 제사를 지내는 민족입니다.
이기의 목소리가 차분해졌다. 그리고 계속해서 설명했다.
-十은 세상 전체를 말하는 것이라고 말씀드렸습니다. 백천만百千萬이 모두 十과 같은 뜻으로 세상 또는 전부라는 의미입니다. 일日이 핵심입니다. 해가 세상에 가득하니 당연히 밝겠지요. 바로 이 밝음이 조朝와 한韓입니다. 한韓과 조朝가 모두 밝음을 말합니다. 그래서 한韓을 왕, 즉 임금을 뜻하는 말이 되었습니다. 칭기즈칸을 일러 대칸이라고 합니다. 대칸은 '대한大韓'과 같은 말입니다. 대한의 한韓이 바로 밝음을 말합니다. 대한이라 했으니 큰 밝음이고 큰 밝음을 태일泰日이라고 합니다.
의심 많은 선비와 달리 말없이 그러나 깨어있는 정신으로 전체를 관망하고, 듣고 있는 사람이 있었다. 전봉준이었다. 전봉준은 눈매만큼이나 세상을 바라보는 눈이 날카로웠다. 입은 무거웠으나 세상을 판단하고 분석하는 능력이 있었다. 전라북도 고부군의 잔반 출신으로 서당을 운영하고 있었다. 집안은 몰락해가는 과정에 있었으나 정신이 빛나는 인물이었다. 전봉준은 이미 우리 전통의 사상과 정신에 대한 기본 무장이 되어있었다. 전라도 고부군 궁동면 양교리에서 전창혁의 아들로 태어났다. 아버지가 고부군 향교의 장의를 지낸 바 있는 향반이었다.

아버지 밑에서 한학을 공부했다. 태어날 때부터 재기 넘치고 활달한 기상을 가졌으나 유난히 키가 작아 5척에 불과했다. 녹두알처럼 키가 작아'녹두'라는 별명을 들었다. 전봉준은 양반집 아들로 태어났으나 가정생활은 상당히 곤궁했다. 그나마 땅이 있었으나 논밭 합쳐 3마지기밖에 되지 않았다. 전봉준은 의협심이 있었으나 때를 기다리고 있었다. 세상에 불만이 있었으나 침묵하고 있었다.

동학을 창시한 교조 최제우가 처형되어 군문 효수되었다. 이후 동학도들은 매년 교조의 무죄를 주장하는 상소를 올리는 등의 교조 신원 운동을 벌이고 있었다. 동학도들은 동학도들 대로 매년 한성으로 상경하여 교조 신원과 포교 허용을 청원하는 상소를 올렸다. 전봉준도 청원하기 위해 상경했다. 전봉준은 정확하게는 동학교도가 아니었다. 친구의 영향으로 동학에 대해 몇 번 들은 지식이 전부였다. 전봉준은 역사학당이 조선 전통의 역사를 가르친다는 소식을 듣고 정신무장을 위해 찾아왔다. 동학에는 우두머리인 법포에 최시형, 다음 단계로 지역 책임자인 접이 있었다. 손병희가 직계인 북접과 다시 김개남을 지도자로 하는 남접으로 나뉘었다. 남접은 김개남과 손화중이 지도자로 있었다. 전봉준은 역사학당에 참가하고 있었지만 일체 말이 없었다. 그러나 자리를 끝까지 지켰다.

의심 많은 선비의 지적 호기심은 끝이 없었다. 또한 조선의 선비들로서는 알 듯 모를 듯한 이야기였고, 호기심을 유발하는 내용이었다. 명나라에 대하여 사대만 했지 환민족의 정신과 역사에 대하여는 문외한이었다. 중국의 역사에는 정통하고, 중국의 역사는 꿰뚫고 있었지만 우리의 고대 역사에 대하여는 어두웠다. 의심 많은 선비도 마찬가지였다.

-여러분은 우리가 얼마나 위대한가를 알면 놀라게 될 겁니다. 오늘 첫 강론의 자리에서 인사말보다 의미있는 나라이름을 설명하는 자리가 되었습니다. 의심해 주신 덕에 보다 강론내용이 깊어졌습니다. 궁금한 것은 다음 술자리에서 만들기로 하고, 첫 강론은 여기에서 마치겠습니다.

의심 많은 선비를 바라보며 이기가 말을 맺었다. 모두 이기와 의심 많은 선비에게 박수를 쳤다.

바로 술자리로 이어졌다. 편안하게 사적인 이야기는 물론 궁금한 것에 대하여 물어볼 수 있는 자리였다. 의심 많은 선비가 이기 옆으로 다가와 앉았다. 전봉준은 말석에 앉아 있었다. 전봉준이 앉아있는 자리는 정적이 흘렀고 흡사 어둠이 도사리고 있는 듯했다.

의심 많은 선비가 다시 이기에게 물었다.

-배달의 후손이라는 말에 대한 설명을 하지 않고 넘어가셨습니다. 배달은 무엇인가요?

-배달은 우리의 고대 국가인 단국檀國의 우리말 표현입니다. 우리는 동이족인데 동이족이 세운 최초의 국가가 단국입니다. 단국을 배달이라고 하는데 배달의 배는'밝'을 말하고 '달'은 땅이라는 말입니다. 연결하면 밝은 땅의 나라를 이야기합니다. 강론할 때 잠깐 이야기 했습니다.

선비의 물음에 이기가 짧게 답했다.

-다시 설명해 주시지요.

-우리 민족은 밝은 기운을 몸으로 마음으로 받아들이는 것이 한韓의 정신이고, 배달도 같은 뜻이고, 조선의 조朝도 같은 뜻입니다.

다시 선비가 물었고 이기가 대답했다.

-그러면 단국 이전에도 나라가 있었습니까?
-예. 그렇습니다. 우리의 최초 국가는 환국이었고, 다음을 이은 단국 그리고 우리가 단군의 자손이라고 하는 고조선이 있습니다.
-놀랍군요. 너무 몰라 부끄럽기도 하고. 한데 우리는 왜 이런 사실을 모르는 걸까요?
-모르는 게 당연합니다.
모르는 게 당연하다는 말에 전봉준도 귀가 번쩍했다.
-당연하다고요?
의심 많은 선비는 여전히 궁금한 것이 많았다. 그리고 궁금한 것을 그대로 물었다. 이기는 모르는 게 당연하다는 말을 입에 달고 살았다.
-그렇습니다. 조선은 건국하면서 자신의 조상 역사를 버립니다. 버려도 혹독하게 버리고, 사대를 하게 됩니다. 우리의 혼과 얼이 담겨있는 책들을 거둬들이고, 완전히 무시해 버립니다. 이런 말 하는 내가 지금 당장 잡혀갈 수도 있습니다. 상당히 위험한 말을 하고 있는 것입니다. 지금은 국가기강이 느슨해졌고, 새로운 문물이 들어와 혼란스러운 상태라 그나마 이런 말을 할 수 있지만 지금도 국법에 위반한 말을 하고 있다고 보시면 됩니다.
여러 번 반복한 말이었지만 처음으로 만난 사람에게는 필요한 말이었다.
-그렇다면 저뿐만이 아니라 불과 얼마 전까지만 해도 잡혀가 고초를 겪었을 것이란 말씀이시지요?
-당연합니다. 지금 이야기하고 있는 내용들이 알려지게 되면 역적으로 몰려 죽음을 당할 수 있는 무서운 세상이 불과 얼마 전까지만 해도 있었습니다. 하지만 지금은 명나라도 무너지고, 청나라도 종이호랑이에 불과하다는 것이 밝혀지고 있고 단속의 명분이 줄어든 것뿐입니다.

-조선이 어찌하였기에 우리 조선인이 조선의 역사를 모르게 되었다는 말씀이십니까?

-조선 왕조는 태조가 즉위하면서 우리 전통 역사를 버리고 사대를 시작하게 됩니다. 우리를 소중화小中化라고 합니다. 명의 한 부속국임을 자랑으로 알았습니다. 모든 사상과 교육은 철저하게 중화화됩니다. 다시 말하면 명나라화 되었습니다.

의심 많은 선비는 조용히 대꾸하지 않고 들었다.

-우리 조선에 조선의 인물은 어디에도 없고, 중국 쪽의 인물들이 차지하고 공부 내용도 모두 중국의 역사요, 문화요, 일화로 가득 찼습니다. 선비들이 시를 지을 때도 모두 중국의 문인들을 예로 들고, 모든 학문은 공자의 유교가 집어 삼켰습니다. 종교도 남의 나라 종교인 유교와 불교를 받아들였습니다. 사상도 중화의 사상을 가져다 사용하고 있습니다. 인물도 우리 환민족의 인물은 알지도 못하고 인용하지도 않습니다.

-정말 그랬군요. 문인은 도연명이나 이백이요, 정치가는 삼국지에 나오는 관우 장비 제갈량 같은 인물이나 초한지의 인물입니다. 병법은 손자가 차지하고. 심지어 글씨까지도 중국의 것을 모범으로 살고 있습니다. 정말로 우리 것은 없군요.

이기의 말을 받아 의심 많은 선비가 말했다. 스스로 인정하고 있었다. 이기가 말을 하기 전에 학생들이 조선이 얼마나 자신의 것을 버리고 중화의 것을 가지고 살고 있는가를 깨달았다.

-이순신 장군은 어디 가고, 을지문덕 연개소문은 어디로 가고 없습니다. 우리의 진정한 영웅, 치우천황 같은 분의 이름은 아예 모르고 삽니다.

술자리의 이야기는 이어졌다. 전봉준은 술자리가 끝날 때까지 함께 했으나 한 마디 말도 않고 자리를 지켰다.

17. 홍범도, 포수들의 대장이 되다

우리가 배달겨레고 동이東夷라는 걸 알기나 합니까?
김수협이 대화 중에 좌중을 향해 던진 말이었다.
북청 일대의 포수들의 모임 발족식 자리에서였다. 김수협이 주동이 되어 홍범도를 포수회의 회장으로 임명하고 뒤풀이하는 자리였다. 북청에서 산포수山砲手 생활을 하는 전문직업인들의 모임이었다. 차도선 태양욱 송상봉 허근 등과 함께 북청 후치령에서 만남을 가졌다. 지나갈 수 있는 말이었지만 홍범도의 귀에서 감지되었다. 홍범도는 가만히 있었다. 갑자기 계연수가 떠올랐다. 산에서 우연히 만나 강한 인상을 주었던 인물이었다. 홍범도에게는 나라라는 의미를 처음으로 깨닫게 해주었던 하나의 사건이었다. 그동안 잊고 살았던 것이 신기할 정도로 '배달겨레와 동이東夷'라는 단어에 강한 느낌을 받았다.
-우리가 배달의 후손인 걸 모르는 사람이 어디 있습니까. 동이라는 말을 들어보기는 했지만…
범골 사는 태양욱이 말을 받았으나 잇지 못했다.
홍범도는 계연수에게 들었던 내용이었다. '배달겨레와 동이東夷'에 대하여 분명 들었으나 어렴풋했다. 설명할 수가 없었다. 홍범도는 그동안 잊고 살았던 기억이 강렬하게 떠올랐다. 사실 홍범도에게는 국가관이 없었다. 나라가 나를 먹여 살려주는 것도 아니고 어떻게 하면 뜯어갈까만 고민하는 집단 정도로 생각하고 살았다. 문득 내가 조선인이라는 것을 깨닫게 해준 인물이 계연수였다. 우연이라고 할 수 있었다. 산중에서 계연수를 만나 역사를 화제로 올렸던 기억이 났다.

-자네는 아나?

홍범도가 김수협에게 물었다.

-알지요.

-설명 좀 해주게.

-배달은 밝은 땅이라는 말이랍니다. 동이는 동쪽에 사는 오랑캐라고 알고 있는데 이夷자가 큰대大에 활궁弓으로 큰 활을 쏘는 민족이랍니다. 쇠를 처음으로 만든 민족이기도 하답니다.

김수협이 조금은 자신감이 떨어진 목소리로 말했다.

-우리가 큰 활을 쐈다는 의미는 무엇이지요?

-오랑캐라는 말이 나쁜 말 아닙니까? 우리를 오랑캐라고 했다는 것 아닙니까?

-그렇네. 오랑캐라는 말은 나쁜 말이지.

모여 있던 포수들이 한 가지씩 의문점을 말하자 오랑캐가 나쁜 뜻이라는 것은 알겠는데 김수협은 그 이상의 설명을 하지 못했다. 가진 지식의 전부를 이야기하고 나서 질문에 답할 수가 없었다. 홍범도도 산에서 들은 것이 있었으나 어렴풋해서 설명할 수가 없었다.

-그 말 어디서 들었나?

-한양에 올라갔다가 온 친구한테 들었습니다. 역사학당이라고 하던

데요.

-친구에게 물어서 내게 알려주게.

-역사공부하시게요?

-공부까지는 아니더라도 알아볼 일이 있네.

홍범도는 계연수를 만나고 싶었다. 어디에 사는 것 정도만 나누었을 뿐이었다. 다음 약조를 한 것도 아니어서 만나기가 쉽지 않았다. 혹시나 하는 마음이 있었다. 역사학당이 계연수와 관련이 있을 지도 모른다는 생각을 했다.

-이번에 한양에 가실 분들 없으신가요?

-나도 가네.

김수협이 참여했다.

범골의 태양욱이 나서서 한양 올라갈 사람을 물색하자 김수협도 참가 신청을 했다. 이번에는 높은 가격의 호랑이 가죽이 있어서 직접 한양으로 팔려갈 예정이었다. 홍범도는 당연히 회장으로 가야했다. 세 사람의 한양행이 결정되었다.

홍범도는 집으로 돌아와 옥녀에게 말했다.

-뭐, 필요한 것 있어요?

한양을 가면 무언가 옥녀와 아들이 원하는 것을 사다주고 싶었다.

-당신만 있으면 돼요.

-그래도 이야기해 봐요.

옥녀가 괜찮다고 했지만 다시 홍범도의 재촉에 옥녀는 한참을 생각했다.

-비녀요.

순간 홍범도는 깨달았다. 혼례식을 올리지 못한 것을 깨달았다. 혼례를 하면 머리를 말아 쪽을 져서 올려주는 것이 관례였다. 쪽을 하려면 비녀가 필요했다. 여성이 결혼을 했다는 증표였다. 여자가 한 남자의 아내가 되었다는 증표로 비녀가 필요했다. 옥녀는 나무로 쉽게 만든 비녀를 하고 있었다. 옥녀에게 혼례는커녕 옷 한 벌 사주지 못했음을 깨달았다. 내가 무심했구나, 하는 마음이 밀려왔다.

-한양 갔다 와서 우리 혼례를 올려요.

-아니예요. 아이까지 있는 사람이 무슨 혼례식을 새삼스럽게 해요.

-뭐 어때요. 우리 양순이도 있으니 더 좋지요. 아버지와 어머니가 결혼하는 것 본 애들 있으면 나와 보라고 해요.

홍범도가 호기 있게 큰 소리로 말했다. 옥녀의 얼굴에 웃음이 가득했다.

북청에서 한양은 그리 먼 거리는 아니었지만 험로였다. 짐이 많아 한 사람을 더 보충했다. 냉골에 사는 차도선이었다. 재치가 있고 농담을 잘 해 좌중을 즐겁게 해주는 재주가 있었다.

-우리나라가 이미 망했다는 이야기가 들리던데 어떻게 된 거지요?

-그러기야 하겠어.

냉골 사는 차도선의 말에 범골 사는 태양욱이 받았다.

-그러게. 5백년을 버텨온 나라인데 쉽게 무너질까?

이번에는 김수협이 말했다.

홍범도를 제외한 세 사람은 비슷한 연배여서 친하게 말을 트고 지냈다.

-회장님은 어떻게 생각하세요?

형님으로 대우하다 이번에 포수회에서 회장으로 추대된 홍범도에게 깍듯하게 회장으로 호칭했다.

-글쎄. 내가 아는 게 있어야지. 산 속에 묻혀 사는 사람이.

홍범도는 쑥스러웠다.

시국에 대하여, 역사에 대하여 현재의 상황을 아는 것이 별로 없었다. 계연수를 만나 나라라는 것에 대하여 들었던 것이 처음이었고, 거의 전부였다. 역사라는 것은 자신과는 아무 상관이 없는 것처럼 살아왔다. 역사라는 생경한 세계가 자신에게 다가온 것이 오히려 어색하고 낯설었다. 처음으로 눈을 떴던 것이 계연수와의 조우였다. 어릴 적에는 살아남기 위해 살아온 인생이었다. 의지할 곳 없이 살았고, 누구도 바람막이가 되어주지 않았으며, 인생에 대하여 깨달을 기회가 없었다. 생존이 먼저였다.

처음으로 15세가 되어서 조직체로서 군인의 길을 들었다. 그것도 두 살이나 올려서 입대했고, 군에서 도망쳐 나왔다. 군에서 배운 총 쏘는 것으로 포수생활에 들어갔다. 그리고 나이가 들어 신계사에서 중 생활을 했다. 옥녀와의 짧은 사랑과 이별. 다시 포수생활. 그리고 만난 것이 호랑이 사냥꾼 기사범이었다. 기사범에 의해서 인생을 사실 배웠다. 권법과 무술, 그리고 인생을 배웠다. 가르쳐줘서 배운 것이 아니라 같이 생활하면서 터득했다. 역사나 국가관이 끼어 들 시간이 없었다.

일행은 육로를 피해서 해로를 이용했다. 가능한 한 배를 타고 이동해서 남쪽으로 내려와 한양까지 가기로 했다. 속초에서 내륙으로 들어가다 미시령을 넘을 예정이었다. 화암사禾岩寺에서 하루를 묵었다. 사실 화암사는 홍범도가 스님의 신분으로 와 본 적이 있는 절이었다. 하지만 지금은 어느 누구도 알 수가 없을 것을 잘 알고 있었다. 세월이 흘렀고, 외모도 전혀 다른 사람이었다. 스님이었을 때와 지금은 복색과 말투도 달랐다. 절에서 하루 자고 싶어 절로 안내했다. 하산한 지가 오래 되었다.

-절이 좋으신가 봐요?

-그냥. 절밥을 먹고 싶어서.

절로 안내한 홍범도를 두고 김수협의 물음에 홍범도가 대답했다.

-저는 절밥이 한두 끼는 괜찮은데 질리던데요. 풀밭이라서.

-그런가.

경내로 들어가 짐을 풀고 경내를 한 바퀴 돌았다.

-대웅전이 의젓한데요.

김수협이 말했다.

-제가 잘 모르긴 하지만 절에 가면 궁금한 게 있었어요. 한자를 조금 배웠는데 저 웅雄자가 사내웅雄자거든요. 대웅이면 큰 사내라는 뜻 아닌가요?

-그러네. 사내 웅雄자 맞아. 부처님이 사내긴 사내지.

범골 사는 태양욱의 말에 김수협이 말했다.

계연수와 백운사에서 나누었던 이야기가 떠올랐다. 충격적인 내용이었다. 단군이 한 사람인 줄 알았는데 단군은 왕이라는 뜻을 가지고 있으며, 더구나 놀란 것은 단군 이전에 나라가 있었다는 사실이었다. 계연수가 한 말이 떠올랐다.

-환국의 왕을 환인이라고 하고, 단국의 왕을 환웅이라고 했네. 그리고 고조선의 왕을 단군이라고 했다고 하네.

-단군이 한 분이 아니라는 말씀이시네요.

-그렇지. 동이족 최초의 왕인 환웅을 모신 곳이 대웅전이야. 부처에게 대웅大雄이라는 말은 안 어울리지. 불교를 믿는 나라 중에서도 대웅전은 우리에게만 있고. 중국에 일부 있지만 우리의 영향을 받은 것이라

고 보면 되네.

홍범도가 계연수의 말을 떠올리고는 대웅전에 대한 설명을 해주었다.

-와. 대단하십니다.

이번에는 태양욱이 물었다.

-근거가 있나요.

홍범도는 순간 웃음이 나왔다. 자신도 똑같이 계연수에게 물었던 말이었다.

홍범도가 계연수에게 물었던 기억이 떠올랐다.

-기록이나 근거가 있나요?

-우리의 큰 산에도 그 이름의 흔적이 남아 있어.

-어떻게요?

-큰 산마다 천황봉이 있는 것을 보았을 걸세.

-예. 그렇지요.

-환웅천황에서 유래한 이름이야. 속리산, 지리산, 월출산, 두류산 등 큰 산 주봉들의 이름이 천황봉이지. 천황봉은 환웅천황의 이름을 붙인 것이고.

-놀랍습니다. 흔적이 여러 군데 그대로 살아있군요?

-그렇지.

-또 다른 것들도 있습니까?

-있지.

-그래요?

-그래. 산신각도 그렇고, 삼성각도 마찬 가지야. 그대로 사용하고 있는 것이지. 우리의 토착신앙과 불교의 만남이 되었지.

계연수가 산신각과 삼성각 그리고 칠성각에 대해서 설명했던 기억을 떠올렸다.

홍범도가 계연수와 만났던 기억을 더듬어서 다시 일행에게 설명을 했다. 이 부분에 대해서 워낙 강한 인상을 받아서 기억하고 있었다.

-부처와 산신과는 아무런 연관성이 없네. 마찬 가지로 절과 산신각이 관계가 없네. 신선사상이 우리의 전통사상이지. 지금도 산신제를 지내기도 하고. 그리고 삼성각은 우리의 삼성을 모신 장소였네. 환인, 환웅, 단군을 모신 곳이었다가 불교가 들어오면서 선조를 모셨던 토착신앙은 사라지고 흔적만 뒷전에 작게 남게 되었지.

-대단하십니다. 역사공부를 하신 거예요. 아니면 절 공부를 하신 거예요.

-둘 다 아니야. 우연히 한 사람을 만나 들었던 기억을 떠올린 거야.

냉골 사는 차도선이 홍범도의 지식에 대해 물었다.

-그럼 저건 뭘 상징하는 거예요?

이번에는 태양욱이 대웅전의 지붕 합각 부분에 그려져 있는 동그란 원 세 개를 가리켰다.

그때도 홍범도가 계연수에게 합각 부분에 그려져 있는 동그란 원 세 개를 물었던 기억이 떠올랐다. 그 때 홍범도가 계연수에게 물었던 기억을 떠올렸다.

-그러면 저기 보이는 원이 세 개 있는 것도 우리의 토착신앙과 관계가 있나요?

-그렇지. 원이삼점圓伊三點을 묻는 건가?

-이름은 모르지만 지붕 옆에 원 세 개가 그려져 있는 것이요?

태양욱이 대웅전 지붕의 합각 부분에 그려져 있는 원 세 개에 대해 물어보았다.

-우리 민족에게 3은 아주 중요한 의미를 가지고 있어. 삼신할머니부터 설명이 시작되어야지. 불교에서는 다르게 의미를 부여하고 있는 것으로 알고 있어.

-원이삼점은 사찰의 지붕 합각에 그리는데, 큰 원에 점 세 개를 그리지. 불가에서는 불.법.승 삼보, 계.정.혜 삼학을 의미한다고 가르쳐. 또 법신.보신.화신의 삼신불의 삼위일체를 상징하기도 하지.

홍범도는 계연수와 천부 스님의 지난번 사는 차도선에게 기억을 더듬어 설명했다. 일목요연하지는 않았지만 그래도 제법 설명을 할 수 있었다. 홍범도가 설명을 하자 모두의 시선이 집중되었다. 놀라는 눈치였다.

-회장님. 대단하십니다. 언제 공부를 하셨어요?

-전혀 아닐세. 한 사람을 만나서 이야기를 우연히 들은 것이 전부일세.

-예사롭지 않으신데요.

이번에는 냉골 사는 차도선이 말했다.

-사냥을 나갔다가 한 사람을 만났는데 역사에 대하여 이야기를 했어. 한데 처음 듣는 내용이었는데 신기했거든.

홍범도가 계연수를 만났을 때를 생각하며 말했다.

-뭔 내용인데요. 같이 알자고요.

-설명이 잘 안 돼. 지금 이야기한 것이 대부분이야.

-그래도 해보세요.

김수협의 재촉에 계연수가 했던 말을 떠올려 보았다.

-단군 이전에 나라가 있었다고 했네.

-고조선 말고요?

-그렇지. 환국과 단국이 있었는데, 단국은 우리가 말하는 배달국이라

고 했지. 아참. 역사학당에 대해 알아봤나?

홍범도가 역사학당에 대해서 김수협에 알아 볼 것을 주문한 것을 떠올렸다.

-예. 알아봤습니다.

-한양 도착하면 찾아가보세.

-우리도 같이 가도 될까요?

-같이 가면 좋지.

범골 태양욱의 물음에 홍범도가 시원하게 대답했다.

역사학당에서 강론을 마치고 네 사람이 모여 앉았다. 이관집과 이태집은 한양에서의 생활에 활기차고 의욕이 넘쳤다. 이관집과 이태집 형제와 이상룡, 계연수 네 사람은 뜻이 맞았다. 네 사람이 자주 만나게 되면서 역사를 공유하는 시간이 되었고, 시대를 걱정하며 울분을 토하기도 했다. 고담준론과 잡담 그리고 농담을 넘나들며 우의를 다졌다. 나이로는 이상룡이 많았고, 계연수와 이관집이 같았다. 그리고 이태집이 막내였다. 호칭에 예의를 갖추었을 뿐 나머지는 친구 같았다.

-배울수록 깨우치는 것이 아니라 배울수록 깊어져서 더 어려워지는 것 같다.

-저도 그래요. 예사롭지 않은 학문이 우리의 전통학문입니다.

이상룡의 말을 이태집이 받았다.

-저는 오행五行에서, 사람에게서 중심을 찾는 것이 특별하다고 생각합니다.

이태집이 다시 계연수를 바라보며 말했다.

-우리 전통의 철학에서 가장 핵심적이고 특별한 점은 근원이 사람이

라는 것이야. 모든 것의 중심이 사람이고, 사람으로 인해 출발하고, 사람에게로 다시 돌아오는 것이지.
-오행 안에 음양이 있는 것이지요?
이태집이 계연수에게 물었다.
-그렇지. 출발은 사람일세. 천지인을 삼재지리三才之理라고 하네. 세상이치의 기본 재료라는 말이야. 천지인이 자연 속에서 변화하는 원리를 오행五行이라고 하지. 오행은 잘 알고 있듯이 금목수화토金木水火土로 우리 전통의 철학이며 자연관이지.
-음양오행이 왜 중국의 것이 되었지요. 우리는 중국에서 배워온 것으로 알고 있고요.
-단군왕검 때 부루태자가 후에 하나라의 시조가 되는 하우씨에게 9년 홍수를 다스리도록 오행치수법을 가르쳐 주었지. 중화문명에 전수해 주었어. 그런데 나중에 은나라가 망할 무렵 은나라의 성인 기자가 오행원리를 요약한 것을 주나라에 전해지게 되지. 그 책이 《서경》의 〈홍범구주〉거든.
-그렇군요. 놀랍네요. 구체적으로 단군왕검 때 부루태자가 하나라에 전해주었다는 설명을 하시니 그렇습니다. 음양오행의 철학원리가 바로 우리의 다른 철학과 맞아 떨어지지 않나요?
-말하나 마나지. 우리의 일반생활이나 철학과 자연스럽게 하나가 되지. 우리 것이니 우리 몸에 맞거든. 공부해 보면 너무나 당연히 우리 것이구나, 하게 되지. 우리 전통철학을 공부하고 한자공부를 하면 한자가 우리 것이구나, 라는 것을 한 번에 알게 되듯이. 한자가 우리 토속에 착착 달라붙는 것을 알게 되지.
-우리의 모든 철학의 핵심에 사람이 중심인 거지요?

-그렇지. 오행을 음양으로 나누는데 음陰은 금수金水, 양陽은 목화木火가 운동을 시작하면 모체인 태극을 따라서 움직이게 되지. 여기에서 중심은 다시 토土로 사람이야. 사람이 사람을 중심에 놓는 것처럼 인간중심인 사상이 있을까. 계절로는 봄여름이 양陽이고, 가을겨울이 음陰이지.

-어려운데 빠져들어요. 저만 그런가요?

계연수의 설명에 이태집이 말꼬리를 올리며 물었다.

-나도 그래. 알수록 빠져들게 되지. 신묘하다는 말이 적당하다고 봐.

듣고만 있던 이상룡이 말했다.

-우주의 원리를 수로 설명한 것이 특별하고, 오묘한 것을 쉽게 풀 수 있도록 했지. 일이 근원이면서 출발이지만 음양을 거쳐, 삼태극으로 이어지고, 삼태극에 의한 운행은 다시 하나로 귀결되는 삼신일체의 사상이 오묘하거든. 또한 오행의 오五의 전단계로 사극四極이 있지.

-형님. 더 어려워요.

-총정리 단계야. 삼신일체가 우리 문화의 근간이고, 설명하는 핵심이야. 삼신일체의 원리를 알면 상당 부분을 알았다고 자부해도 되지. 우리 한민족의 신관, 인간관, 우주관을 알 수 있는 근원이라고 할 수 있어.

계연수가 차분하게 설명했다.

-근원이 작용하는 원리는 셋이라는 말씀이시지요. 예를 들면 물이 물로도 있지만 증기와 얼음으로도 변화하는 것과 비슷하지 않나요?

-햐. 이제 나보다 더 쉽게 설명하는 능력이 있네. 그렇지. 물이 물, 얼음, 증기로 변화하나 다시 근원은 물인 것과 같다고 할 수 있지. 어린 아이도 이제 이해할 수 있겠다.

이태집의 설명에 계연수가 응원을 해주었다.

18. 전봉준, 세상이 횃불을 들게 하다

느낌이 달랐다. 전봉준이 집에 도착하자 분위기가 예전 같지 않았다. 전봉준의 아내가 남편을 기다리고 있었다. 아버지를 관아에서 잡아갔다고 했다. 당황스러운 일이 벌어졌는데 믿을 사람이라곤 남편이 전부였다.

-언제 잡혀가셨나?

-아침나절에요.

-아니 지금이 저녁인데 아직까지 안 오셨다면 문제가 있나보군.

전봉준이 혼잣말로 말하고는 뛰쳐나가는데 밖에서 인기척이 났다. 마을에서 함께 지내던 김개남이었다. 정봉준과 김개남은 친구였다. 김개남은 중농의 자식으로 태어났다. 어릴 적부터 괄괄하고 호기로운 성격으로 사내다웠다. 사람을 이끄는 지도력이 강했으며 호기로웠고 강경했다.

-집에 있었구나.

-지금 막 들어왔어. 우리 아버지는?

-여기 오셔.

마을사람들이 들것에 실어 오고 있었다. 초죽음이 되어있었다. 걷지를 못해 들것에 눕혀 왔다. 방에 이불을 깔고 아버지를 눕혔다. 눕자 앓는 소리를 하며 돌아 누으려 했으나 아파서 포기하고 그대로 있었다. 마을 사람들이 주욱 둘러앉았다.

-군수놈이 문제야. 생사람을 잡네.

-악랄하기가 이를 데 없는 놈이지.

-어떻게 돌아간 놈이 다시 부임해서 오남.

저마다 한 마디씩 했다.

-잠깐 보자.

전봉준이 아버지를 방에 눕혀두고 김개남을 끌고 밖으로 나왔다.

-자세한 것은 나도 모르겠다. 별러서 다시 온 것이니 준비했어야 하는데 가볍게 대처한 것이 문제야.

김개남이 전봉준에게 말했다.

문제의 발단인 고부군수 조병갑은 탐학의 기질이 있었지만 직접적인 문제의 발단은 조병갑 군수의 모친상에서 비롯되었다. 조병갑은 고부로 부임 받은 고을 원님들이 그랬듯 모진 수탈을 일삼았다. 조세를 핑계 삼아 빼앗는 일 말고도 불효를 했다거나, 양반에게 대들었다는 굴레를 씌워 백성들을 갈취하기 일쑤였다. 수탈의 대상은 주로 재산가였다. 빈민보다도 토호나 중간층의 고통이 가중되었고 불만도 높았다.

조병갑은 동진강 상류 만석보 밑에 필요도 없는 보를 쌓으며 재산가들에게서는 경비를 거두어들이고 빈민들에게는 보수도 없이 일을 시켰다. 보를 쌓는 데 필요한 재목은 주변의 주민들 선산에서 마구 베어 왔다. 새로운 보를 쌓으면 오는 가을걷이 때 수세水稅를 물리지 않겠다고 약속했다. 하지만 지키지 않고 수세를 거뒀다. 고부의 농민들이 대대적인 집회를 갖고 군수에게 공동으로 건의하기로 했다.

장두狀頭, 즉 대표로 전창혁, 김도삼, 정일서 등 세 사람을 뽑고 수장두로 전창혁을 내세웠다. 전창혁이 전봉준의 아버지였다. 건의를 받은 조병갑은 세 사람을 잡아가두고 다른 농민들은 몽둥이질을 해 쫓아 보냈다. 세 사람은 전주감영의 감옥에 갇혔다가 다시 고부 감옥으로 돌아와 모진 난장질을 당했고, 그러다 전봉준의 아버지 전창혁은 감옥에서 풀려났으나 장독으로 고생을 했다.

또 다른 악연이 기다리고 있었다. 조병갑 군수가 어머니 상을 당했다. 상을 당하자 당시 관례대로 사직하고 고부를 떠났다. 이때에 조병갑의 하수인으로 아부를 일삼던 일부 사람들이 돈 2천 냥을 거두어 부의금을 내기로 했다. 부의금을 걷는 책임을 고부 향교의 장의를 맡고 있던 김성천과 그에 앞서 장의를 지냈던 전창혁에게 맡겼다. 일단 돈을 거두었다. 거둔 부의금을 장의로 있는 김성천이 다 써버렸다. 김성천은 "조병갑은 고부 고을 군수로 있으면서 추호도 좋은 정치를 한 적이 없으며 기생 어머니의 죽음에 무슨 놈의 부의냐"며 큰소리를 쳤다.

조병갑은 마음에 앙심을 품고 손을 써서 다시 고부 군수로 왔다. 앙심도 있었지만 고부는 물산이 풍부한 고장이었다. 동진강을 끼고 넓은 평야가 펼쳐져 있고, 서쪽으로는 바다에 닿아 어항이 발달한 전라도 고부는 인근 고을 가운데서도 농업생산품과 해산물이 풍부한 곳이었다. 따라서 같은 수령이라 해도 고부 군수 자리는 탐을 내는 자리였다. 조병갑은 고부로 내려오자마자 향교의 장의를 하며 자신의 부의금을 거두어 써버린 전창혁과 김성천을 잡아들이게 했다. 그러나 김성천은 이미 죽은 뒤였다. 홀로 잡혀 들어간 전봉준의 아버지 전창혁은 모진 매를 맞은 끝에 거의 죽음 직전에 이르러 내쫓겨났다. 전봉준이 집을 비운 사이에 일어난 일이었다.
-내가 지난번 나가 있는 동안에 일이 벌어졌군.
-네가 있었어도 어찌 할 도리가 없어. 너 혼자 힘으로 어찌하겠다는 것이냐?
김개남이 자책하지 말라는 말로 위로했다.
-참을 수 없어.
-참을 수 없으면 어떻게 하게.
-혼자라도 가서 따져야지.
전봉준은 강경했다.
-혼자서는 안 될 일이야. 너도 아버지처럼 곤장 맞고 쫓겨나면 그만이야.
-그렇다고 참을 수 없는데 어떻게 하냐?
-정 그렇다면 내가 마을사람들을 모아서 함께 가도록 할게. 혼자서는 어림도 없는 일이야.
-알았다. 그만 너도 들어가 봐라.
전봉준이 김개남의 등을 밀어 집으로 돌아가라고 떠밀었다.
전봉준이 방으로 들어가자 마을 사람들이 자리를 비켜 주었다.
-걱정해주셔서 감사합니다. 고생들 하셨습니다. 이제 그만 돌아가세요. 제가 돌보겠습니다.
마을사람들을 돌려보내고 생각해 보니 미칠 것 같았다. 정도로 살아왔는데 그리고 아버지 잘못도 아니고, 당시 부의금을 걷어서 쓴 김성천이 저지른 일인데 아버지를 다 죽도록 때리다니.
다음날 김개남이 왔다.
-정오에 모이기로 했다. 정오에 모여 관아로 쳐들어가기로 했다. 이따

보자.

전에 조병갑 군수가 저질렀던 일들을 마을사람들은 기억하고 있었다. 착취하고 대들면 강한 징벌로 되갚았던 조병갑 군수의 만행을 알고 있었다. 마을사람들이 모여 관아로 행진했다. 관아 입구에서 진입을 막았다. 대표자만 들어오라고 했다. 마을 사람들이 밖에서 대기하고 있었다.

-너희가 여기가 감히 어디라고 따지러 왔단 말이냐. 너희도 죽고 싶으냐?

전봉준이 지나친 처사라며 강압적인 것을 지적했다.

-네가 나를 가르치려 하는 것이냐. 시골 것들이 무엇을 안다고 감히 따지려 드느냐. 이번은 용서하지만 한 번만 더 이런 짓을 하면 가만 두지 않을 것이다.

결과는 예측한 대로였다. 제대로 따져 보지도 못했다. 낙망한 모습으로 전봉준과 김개남이 관아에서 나왔다. 벽에 대고 소리치는 기분이었다. 어떤 말도 먹히지 않았다. 관아에 대들었다가는 살아남기 어려운 것을 누구도 알고 있었다. 개인으로서는 덤빌 수 없는 초법적인 관아였다. 지쳐서 마을 사람들과 함께 돌아왔다. 싸우러 갔다가 훈계만 듣고 온 격이었다. 전봉준뿐 만이 아니라 김개남을 비롯해 마을 사람들이 분개했다. 하지만 어쩔 수 없었다.

집에 돌아와서 생각하면 생각할수록 분했다. 아버지의 신음소리가 밖에까지 들렸다. 전봉준은 자신의 처지가 한심스러웠다. 당하고도 아무것도 할 수 없는 처지가 안타깝고 견디기 힘들었다. 여러 가지 생각을 해 보았으나 어떤 것도 좋은 해결책이 아니었다.

조병갑의 비리와 뇌물수수는 변하지 않았고, 마을사람들의 원성은 높아갔다. 농민들에게서 과중한 세금과 재물을 빼앗는 탐학과 비행을 계속했다. 한재旱災가 들어도 면세해 주지 않고 도리어 국세의 3배나 징수했다. 부농을 잡아다가 불효한다고 잡아가고, 음행한다고 잡아가고, 잡기에 손을 댄다고 잡아가두고는 죄명을 씌워 재물을 약탈했다. 특히 만석보萬石洑를 개보수한다는 명목으로 탐학의 절정을 달렸다.

결국 전봉준의 아버지는 앓다가 장독으로 죽었다. 전봉준은 이를 악물고 장례를 치르고 거사를 준비했다. 마을사람들에게 일어설 것을 주문했다. 김개남이 적극적으로 도와주었다. 일이 커지고 있었다. 전봉준은 김개남에게 말했다.

-우리가 일어서지 않으면 누가 일어나겠냐?

-나도 그렇게 생각한다.

-사내가 태어나서 집안일만을 겨우겨우 꾸리다가 가서야 되겠냐. 불의를 보고 일어서지 않으면 사내가 아니다.

-그래. 일어나자.

전봉준의 말을 받아 김개남이 말했다.

전봉준은 젊어서부터 크게 되지 않으면 차라리 멸족滅族되는 것만 못하다고 생각했다. 김개남은 전봉준을 누구보다도 잘 알고 있었다. 전봉준은 언젠가는 일을 저지르고야 말 사람임을 알았다.

전봉준이 태인 산외리 동곡東谷 마을로 옮겨 자리 잡았을 때에는 다섯 명의 가솔을 거느린 가장이었다. 마을 아이들을 가르치는 선비로 자처하면서 세 마지기의 전답을 경작하는 소농이었다. 하지만 마을 아이들에게 글을 가르쳐 주는 훈장 일로 생계를 유지했다. 하지만 꿈을 꾸고 있었다. 때가 오면 남아로서 크게 일어날 것을 준비하고 있었다.

전봉준이 세상으로 나가는 첫 발이 동학에 입교하는 일이었다. 입교는 김개남의 역할이 컸다. 일을 성사시키려면 동학교도로 실행하는 것이 유리하다고 했다. 전봉준은 동의했다. 동학의 제2세 교주 최시형으로부터 고부 지방의 동학접주接主로 임명되었다. 경천수심敬天守心의 도道로, 충효를 근본으로 삼고 있기 때문에 보국안민輔國安民을 내세운 동학에 깊은 관심을 가지고 있었다. 전봉준은 이번 일을 계기로 뒤엎을 것을 결심했다. 동학을 사회 개혁의 지도 원리로 인식하고 농민의 입장에서 동학교도와 농민의 결합을 생각했다.

-내 기어이 세상을 바꾸리라.

전봉준은 다짐했다.

-아버지의 죽음을 계기로 내 개인의 일이나 농민을 위해 일어섬은 하늘의 일을 하는 것이다.

마음으로 굳게 결심을 했다.

전봉준은 준비했다. 그냥 쉽게 시작할 일이 아니었다. 잘못했다가는 가볍게 제압당할 수 있음을 알고 있었다. 일단은 분노로 시작할 일이 아니었다. 출발은 분해서였지만 목적 완성을 위해서는 치밀해야 했다. 동학접주인 전봉준은 이웃마을까지 협조체계를 만들었다. 사람들을 모으고 치밀하게 준비했다. 그리고 행동을 개시하기 시작했다.

-어떻게 오셨소?

전봉준은 다시 김개남과 함께 하겠다고 한 일행과 함께 관아로 갔다. 문에서 막았다. 백성을 위해 있어야 할 관아가 자신들의 위세를 자랑하고, 허세를 부리기 위한 기관으로 전락한 지 오래였다.

-진정서를 제출하기 위해 왔소.

-저번에 왔던 사람 아니요?

-그렇소.

영 못마땅한 얼굴로 안내했다.

조병갑을 만날 수 없었다. 진정서만 접수했다. 형식적인 접수였다. 진정서를 올리게 된 경위도 묻지 않았다. 관아에 제출하는 것으로 임무를 완수했다. 예상했던 대로 받아들여지지 않고 쫓겨난 셈이었다. 명분을 쌓아야 거사가 가능했다. 김개남을 비롯한 동지 20명을 규합했다. 사발통문沙鉢通文을 작성하고 거사할 것을 맹약했다. 거사에 동참할 핵심인물들이었다.

-그 양반 예사롭지 않았나요?

전봉준이 역사학당에서 강론을 듣던 것을 떠올리며 이태집이 말을 꺼냈다. 전봉준에 대한 이야기가 무르익고 있었다.

-맞아. 그랬어. 눈매가 예사롭지 않고, 무언가 일을 저지를 것만 같아 보였는데.

-나도 그렇게 보았지.

이태집의 말에 이상룡이 말했다.

-사람 보는 눈은 다 비슷하지.

옆에 있던 이관집이 거들었다.

밖에서 사람들의 소리가 들렸다.

-나가 봐라.

이관집이 이태집에게 말했다.

네 사람이 조심스럽게 안을 살피며 열려있는 사립문으로 들어오고 있었다. 건장한 사내들이었다. 한양의 일반 사람들과는 다른 모습이었다. 거칠고 당당해보였다. 북청의 산포수들이었다. 홍범도가 앞장서고 있었다. 산에서는 호랑이도 잡던 사내들의 행동이 조심스러웠다. 역사학당이라는 이름이 주는 무게 때문이었다.

안에서 밖을 보고 있던 계연수가 체구는 작지만 당당한 모습의 홍범도를 알아보았다. 계연수가 반가움에 뛰어나갔다. 평소의 계연수답지 않은 행동이었다.

-안녕하십니까. 어쩐 일이십니까?

계연수가 홍범도를 향해 달려가 손을 잡았다.

홍범도는 얼떨결에 손을 잡고서야 계연수를 알아보았다. 뜻밖의 방문에 반가웠다. 산에서 우연히 만나 절까지 동행하며 이야기를 나누었던 기억이 새로웠다. 몇 번 만나지 않고도 마음이 끌리는 사람이 있었다. 홍범도가 그랬다. 계연수는 직감적으로 홍범도가 달라진 것을 느꼈다. 더 맑고 말쑥해져 있었다.

-혹시나 했는데. 여기에 계셨군요.

-반갑기는 한데 여기에는 어쩐 일이십니까?

-왜 갑자기 존칭을 쓰십니까?

-아하. 그렇구나. 동생하기로 했지.

-그랬지요. 호형호제하기로 약조를 했습니다.

-그렇네. 정말 반갑네.

-역사와는 관계없는 제 인생인데 언뜻 역사학당이라는 이야기를 들었습니다. 문득 떠오르는 것이 있어서 방문을 했습니다.

-일단 들게.

홍범도 일행을 계연수가 안내했다.

계연수가 이관집 형제와 이상룡에게 홍범도 일행을 소개했다. 홍범도 일행은 다부진 체격에 예사롭지 않은 복장이었다. 가죽옷이 주는 느낌이 강렬했다. 무언가 느낌이 다른 것을 느꼈다. 범상치 않은 사람들임을 느끼게 했다. 역사학당 사람들과 북청 산포수들의 복식은 달랐다.

-온 김에 역사학당에서 하는 사업을 소개 받았으면 합니다. 산에서 만난 이후 저도 생각이 달라졌습니다. 역사를 알아야 저 자신도 알 수 있다는 생각을 했습니다.

-나도 그렇게 생각하네. 그러면 잠시 후에 강론이 열리는데 참석하게.

-고맙습니다.

계연수의 설명에 홍범도가 답했다.

-어떻게 생각하십니까?

이번에는 계연수가 홍범도 일행에게 강론에 참여할지 여부를 물었다.

-예. 좋습니다.

홍범도 일행 모두가 동의했다.

-참석하도록 하겠습니다.

모두의 동의가 떨어지자 홍범도가 계연수에게 참석하겠다는 생각을 다시 전했다.

계연수와 홍범도의 만남이 주는 느낌이 강렬했다. 역사학당을 안내받았고, 역사학당에서 하고 있는 일을 계연수가 나서서 홍범도 일행에게 친절하게 소개했다. 홍범도는 역사에 대해 특별히 공부하겠다는 생각을 가지지 않았다. 하지만 역사는 나만의 일이 아니라 자식에게도 중요하며 조선의 한 사람으로서 조선인의 역할을 생각하게 되었다. 약초꾼과 사냥꾼의 첫 만남이었다. 산에서 살아가는 사람으로서 동지애를 가졌다. 계연수와 홍범도는 마치 오래 된 동지 같았다.

홍범도 일행은 강론에 참가했다. 강론을 진행하는 사람은 전혀 예기치 않은 인물이었다. 조선학을 연구하고 있는 신명이었다. 신명은 계연수와 친구였다. 나철이 역사학당을 세우면서 만난 사람으로 조선의 역사보다는 조선인의 정신세계를 연구하는 사람이었다. 계연수와는 친해져 친구하기로 한 사람이었다. 강론은 신명이 했다. 일방적인 강의가 아니라 주고 받는 문답식으로 진행했다. 주제는 정해놓고 주제에 대해 이야기를 진행하다 참가자들이 질의할 것이 있으면 격의 없이 질문할 수 있는 형식이었다.

-오늘은 쉽고 재미있는 것으로 하겠습니다. 우리만이 가진 특별함에 대한 내용입니다. 세상을 보는 중심원리에 대한 내용입니다. 우리는 세상을 우주의 원리와 자연의 원리로 파악합니다. 우주원리나 자연원리를 적용해서 정확하게 중심을 논리적으로 증명하지 못하면 중심으로 인정을 하지 않습니다. 무엇을 말씀드리려는 것인지 이해가 되세요?

-안됩니다.

신명이 설명을 하고 묻자 수강생들이 대답했다.

-먼저 사람의 중심에 대해 묻겠습니다. 한국인의 인식 속에서 몸의 중심이 어디일까요?

-당연히 배꼽이지요.

홍범도와 함께 온 범골 태양욱이 말했다.

-그것도 맞습니다. 배꼽이 중심이 될 수 있습니다. 하지만 한국인의 중심원리로 본 중심을 말씀하셔야 합니다.

-단전입니다.

-단전이라고 생각하는 이유가 있습니까?

중년의 선비의 답에 신명이 단전이 몸의 중심인 이유를 물었다.

-단전丹田에서 '단丹'은 약藥을 의미합니다. 단전은 인체에서 가장 귀중한 약을 만들어내는 의미를 가진 밭田입니다. 그래서 단전은 생명

력·활동력의 원천이며, 생식력·성장력의 기본이 되는 곳입니다.
-제가 하나 더 묻겠습니다. 단전이 하나입니까?
중년선비의 답변에 신명이 다시 물었다.
-그렇지 않습니다. 단전의 위치에 대해서는 여러 가지 설이 있습니다. 또한 단전은 상단전 중단전 하단전으로 나눕니다. 상단전은 뇌 부분, 중단전은 심장에서 명치 부분, 하단전은 배꼽 아래 부분입니다. 보통 단전이라고 할 때는 약간의 차이는 있지만 아랫배 부근을 가리키며, 기해氣海라고도 합니다. 기의 바다라는 뜻입니다. 특히 하단전은 모든 경락이 모이는 곳으로서 원기를 저장하는 곳으로 기 흐름의 요체로 봅니다. 또한 생명력을 배양하는 곳이자 복식호흡의 기본력이기도 합니다.
-전문가가 아니면 말할 수 없는 단계까지 말씀해주셨습니다. 우리가 인체를 보는 깊이와 혜안을 짐작할 수 있는 것을 증명해 주셨습니다. 말씀해 주신 것에서 단전이 몸의 중심이 아니라는 것을 그대로 증명해 주셨습니다. 한 곳이 아니라 여러 곳에 있는 것에서부터, 장소를 정확하게 짚을 수 없다는 것에서도 밝혀집니다. 정답이 아닙니다.
신명이 정답이 아님을 말하고 다시 물었다.
-정답을 모르신다면 그냥 짐작으로 짚어보시지요?
사람의 중심이 어느 곳이냐는 질문에 가슴, 심장, 명치 등 다양한 답이 나왔다. 머리라고 말하는 사람도 있었다.
-정답은 인중입니다.
신명의 말에 사람들의 표정에서 뜻밖이라는 것이 역력했다.
-답은 말 그대로 인중人中으로 '사람의 가운데'라는 뜻을 그대로 보여주고 있습니다. 코의 밑과 윗입술 사이의 우묵하게 골이 파인 부분이

사람의 한 가운데로 본 것입니다. 우리의 중심을 보는 원리, 세상을 파악하는 원리를 그대로 보여주는 예라고 할 수 있습니다.

신명은 차분하면서도 신중하게 설명했다.

-우리의 전통적인 철학에는 근원적이고 자연적인 원리를 파악해서 정의를 내립니다. 인중도 마찬가지입니다.

-인중이 인체의 중심이라는 말씀에 언뜻 이해가 가지 않습니다.

범골 태양욱이 다시 말했다.

-그렇게 생각하시는 것이 당연하다고 생각됩니다. 물리적인 중심은 배꼽이나 명치로 볼 수 있습니다. 이들의 약점은 나눌 수 있는 것이 그냥 가운데라는 것 외에는 명백한 원리가 없습니다. 하지만 인중은 정확한 자연의 원리가 들어있습니다. 중심이 몸에서 윗부분으로 상당히 이동해 있습니다. 그렇지만 중심입니다.

신명은 잠시 숨을 깊이 들이마셨다가 이야기를 시작했다.

-살펴보겠습니다. 인중은 형이상학과 형이하학의 경계선에 있습니다.

신명이 손을 인중에 갖다 댔다. 그리고 설명을 했다.

-인중 위로는 감각기관입니다. 보고, 듣고, 냄새를 맡는 중요한 감각기관에 생각하는 두뇌까지 있습니다. 인중 밑으로는 생식기관과 소화기관으로 몸을 유지시키는 기관이 모여 있습니다. 먹고 소화하고, 몸을 유지하는데 필요한 배설기관입니다. 다시 말씀드리면 인중 위로는 마음을 관장하고 인중 밑으로는 몸을 관장하는 경계 지점에 있습니다. 우리의 중심원리를 이해할 수 있는 부분입니다. 인중에서 기가 출발하고 모입니다.

-아하. 그렇구나.

사람들은 이제야 이해된다는 표정이었다.

-잠시 쉬었다 우리의 또 다른 중심 원리와 한옥에 대해서 알아보겠습니다.

사람들은 아쉬워하는 표정이었다. 이제 막 중요한 것이 나올 것 같은데 하는 표정이었다.

-우리가 살고 있는 한옥에 대해서 공부하는 시간을 가지도록 하겠습니다. 우리가 살고 있고, 늘 곁에 있어 특별함을 모르고 삽니다. 하지만 특별한 건축물입니다.

19. 전봉준, 큰바위얼굴을 찾다

전봉준은 고민했다. 결정해야 할 순간이 다가오고 있었다. 부패를 넘어서 백성을 기만하고 백성을 무시하는 처사를 그대로 두고 볼 수가 없었다. 다함께 들고 일어날 것인가, 멈추어서 원망만 할 것인가. 거사를 두고 전봉준은 보따리 짐을 메고 남쪽으로 내려갔다.

전봉준이 향하는 곳은 혈기왕성하던 약관의 나이 때 인생의 방향을 정했던 곳이었다. 평화로운 삶을 살 것인가, 세상으로 나아가 장부로서 고난을 선택할 것인가 고민했다. 전봉준은 세상으로 나아가 한 역할을 하는 삶을 살 것을 결정했었다. 큰일을 할 것이란 마음의 다짐을 했던 곳이었다.

전봉준이 찾아가는 곳은 영암의 월출산이었다. 고대부터 하늘에 제사를 지낸 천황봉과 구정봉, 향로봉, 장군봉, 매봉 등이 연이어 있었다. 전봉준이 찾아가는 곳은 영암의 큰바위얼굴이었다. 거대한 암석이 사람의 형상을 하고 있었다. 묵직하면서도 근엄하나 인자한 사람의 얼굴이었다. 인간으로 인간의 경지를 넘어서서 세상을 관망하고 있는 듯한

의연한 바위였다. 사람 얼굴을 가진 거대한 바위 얼굴에 위압감보다는 경외심과 넉넉한 마음의 평화를 가지게 했다.

영암 월출산의 구정봉 아래에는 베틀굴이 있었다. 베틀굴은 임진왜란 당시 근처에 살던 여인들이 난을 피해 이곳에 와서 베를 짰다는 전설이 있었다. 이곳에서 약관의 젊은 날에 전봉준이 큰 뜻을 품게 된 굴이 있었다. 굴의 깊이가 약 사람 키의 5배 정도되는 굴이었다. 굴의 끝에는 물이 고여 있어 음굴陰窟이라하고 여성의 국부와 같다고 하여 음혈音穴이라고도 했다. 베를 짤 만큼 길기도 하고 생활하며 묵을 수 있는 물이 가득 고여 있어 신비스럽기도 했다. 이곳에서 젊은 날 한때 마음의 갈피를 잡기 위해 찾았던 곳이었다.

월출산은 저마다 다른 모습을 가진 암봉으로 거대한 암석전시장을 이루고 있었다. 남도는 육산肉山으로 암산巖山이 적었다. 월출산은 보기에도 확연히 다른 암산이었다. 우리나라에서 월출산은 설악산, 주왕산과 더불어 우리나라 3대 암산으로 인정받았다. 사찰로는 천년고찰 도갑사와 무위사가 있었다. 왕인 박사가 탄생한 곳이기도 했다.

구정봉 정상은 오르기가 쉽지 않았다. 구정봉은 산 정상에 구정九井, 아홉 개의 우물이 있다는 의미를 가지고 있었다. 아홉 구덩이, 구정九井 모양의 구멍이 있다고 해서 구정봉이라고 불렀다. 구덩이에 있는 물은 가물어도 마르지 않아 아홉 마리의 용이 살았다는 전설과 선녀와 마을 총각에 관한 전설, 조선 세조 때 수미 선사가 온 나라에 가뭄이 들자 구정봉의 물을 가져다 도갑사 법당에서 기우제를 지낸 후에 가뭄을 극복했다는 전설도 전해지고 있었다.

전봉준은 전설과 무관하게 구정의 베틀굴을 찾아 오르고 있었다. 베틀굴은 전설은 전설이고, 실제로는 오랜 세월 풍화작용으로 형성된 풍화

혈風化穴이었다. 가장 쉽게 큰 바위 얼굴을 만날 수 있는 경포대 방향을 택했다. 맑고 깨끗한 물이 흘러내렸다. 산의 숲에는 나무와 풀들이 우거져 걷기도 힘이 들었다. 월출산 여러 계곡 중 금릉 경포대 계곡은 가장 아름다운 계곡이었다.

전봉준의 목표물은 월출산에서도, 구정봉에서도 큰바위얼굴이었다. 마음의 결단을 내리기 위해서 큰바위얼굴을 찾아가고 있었다. 멀리서부터 큰바위얼굴이 보이기 시작했다. 구정봉을 중심으로 암봉 위에 위태롭게 서 있는 바위들이 마치 비석처럼 보였다. 원방각圓方角 중에서 각의 모양의 천황봉과 사자봉, 달구봉, 양자봉으로 이어지는 능선이 병풍처럼 보였다. 화강암으로 이루어진 거대한 바위였다. 큰바위얼굴은 구정봉의 기운을 받아 세상을 다스릴 큰 지도자가 나온다는 전설이 있었다. 한눈에 봐도 사람 얼굴 모습인 구정봉에 모두들 신기한 듯 바라보았다. 영암 사람들과 일부 아는 사람들에게만 전해져온 큰바위얼굴이었다. 머리부터 이마와 눈, 코, 입까지 그리고 수염까지 달린 모습이다. 턱 아래에서 머리끝까지 무려 삼백 척이 넘는 어마어마한 규모였다.

전봉준은 구정봉을 향해 가면서 젊은 날에 머물렀던 기억이 떠올랐다. 마음은 뜬 구름 같이 정착하지 못하고 살아갈 날이 막막했다. 목적도 없이 시간이란 강물에 떠내려가는 것만 같았다. 세상은 나를 외면하고 돌아앉은 것 같았다.

젊은 전봉준은 남도 일대를 여행하고 있었다. 뜻하지 않게 영암에 들렀다. 다른 산과 현저하게 다른 월출산을 보고는 산으로 접어들었다. 암반으로 이루어진 바위들이 마음을 사로잡았다. 여름 햇빛에 바위들이 하얗게 빛났다. 마음이 시커멓게 타들어가는 듯한 젊음의 메마른 사막을 젊어진 사내로써 자신이 초라해 보이기만 했다. 산수국이 곱게 피었고, 밤꽃이 코끝을 스쳐갔지만 눈에 들어오지 않았고 코에 다다르지 못했다. 몰골이 슬픔으로 움푹 파인 자신이 싫었다. 그때 만난 것이 큰바위얼굴이었다. 천황봉에서 흘러내린 은천계곡과 향로봉에서 내려가는 큰골 사이로 난 길을 걷고 있었다. 마을을 지나 산 능선으로 접어들 때에 신기루처럼 나타난 존재가 큰바위얼굴이었다. 멀리서였지만 윤곽이 뚜렷한 사람얼굴이었다.

-나는 왜 흔들리는가. 저 큰바위얼굴은 한 자리에서 마치 산처럼 굳건하게 자신을 끌어안고 있는데. 내가 나를 끌어안지 못하면 누가 나를 끌어안는단 말인가. 나를 안아 줄 사람은 나여야 한다. 그래. 큰바위얼굴을 만나보자.

전봉준은 능선을 타고 오르기 시작했다. 가까워올수록 신비롭고, 경외감이 느껴지는 큰바위얼굴이 터를 잡고 있었다. 다가갈수록 드러내는 정체, 세상을 깨달은 한 사람이었다. 당당하면서도 침묵을 받아들이고 있는 모습에 몸과 마음이 동시에 멈췄다. 세상을 다 이해할 것 같은 얼굴. 나의 아픔을 받아줄 것만 같은 표정이었다. 풍상을 다 겪고 난 초연해진 얼굴을 가지고 있었다. 전봉준은 한참을 바라보았다.

그리고 큰바위얼굴을 바라보면서 산을 올랐다. 구정봉 방향으로 올라갔다. 능선은 편안하게 이어져 있었다. 큰바위얼굴을 우측으로 바라보면서 걸었다. 마음이 편해졌다. 나도 큰 사람이 되어야겠다는 다짐을 했다.

큰바위얼굴이 새겨진 구정봉을 오르자 왜 구정봉인지를 알게 되었다. 아홉 개의 샘물이 있었다. 정확하게는 바위가 움푹 파여 샘처럼 물이 고여 있었다. 아홉 개의 샘물처럼 보였다. 한참을 서서 내려 보았다.

-나는 저 큰바위얼굴처럼 큰 사람이 되자.

전봉준은 자신의 마음에게 말했다. 작은 것에 얽매이지 말고 큰 사람이 되자고 마음먹었다.
-신은 왜 내가 이 세상에 태어나게 했을까.
자신에게 물었다.
-분명 신은 내게 태어난 목적을 주었을 거야. 한 사람을 이 세상에 무모하게 던져 놓지는 않았을 것이다.
스스로 묻고 스스로 답했다. 내가 삶의 목적을 찾지 못한 것은 내가 게을러서라고 생각했다. 스스로 찾아서 스스로 실행하라는 의미였을 것이라고 결정을 보았다. 누가 뭐라고 해도 세상의 길을 찾아가는 것은 철저하게 자기 자신이었다. 또한 세상을 살아가는 것은 철저하게 자기 자신의 몫이었다. 전봉준은 자신이 자신의 물음에 답하고 있었다. 전봉준은 큰바위얼굴을 만나서 안정되었다. 마음 밖에 부는 바람은 어찌할 수 없지만 마음 안에 부는 바람은 내가 다스려야 할 바람이었다.
전봉준은 약관의 나이에 우연히 만났던 큰바위얼굴을 다시 찾아왔다. 그때 느꼈던 생각들이 다시 떠올랐다. 능선으로 커다랗게 큰바위얼굴이 드러나기 시작했다. 감동이었다. 다시 만난 큰바위얼굴. 가슴이 벅찼다. 다가갈수록 마음이 훈훈해졌다. 속이 터져야 피는 꽃이 있다. 석류였다. 석류꽃은 토마토처럼 생긴 꽃몽오리가 터진다. 터지면 그 안에서 꽃이 핀다. 동그란 토마토 안에 숨어있던 꽃이 토마토가 터지면서 피는 것 같다. 참 신비하다. 전봉준이 그랬다. 큰바위얼굴을 보는 순간 안에서 잠자고 있었던 뜨거움이 터져 나오는 듯했다. 속이 터져야 꽃이 피는 석류처럼 뜨거운 것이 분출되었다.
-아. 내가 그동안 겁을 먹고 살았구나.
뜨거운 것을 비로소 터뜨려 세상으로 나가는 길을 열 수 있는 용기를 주었다. 나를 터뜨려야 하는 것을 웅크리고만 있었음을 자각했다. 전봉준은 한 자리에 서서 한참동안 큰바위얼굴을 바라보았다. 세상이 열리는 듯했다. 석류꽃처럼 자신을 터뜨릴 수 있도록 도와준 것이 큰바위얼굴이었다. 감개가 무량했다. 전봉준은 젊은 날 그랬던 것처럼 다시 구정봉으로 오르기 시작했다. 큰바위얼굴을 바라보면서 능선을 오르는 기분은 안정되었다. 떠돌던 마음으로 살아왔던 자신을 돌아보았다. 먹구름이 걷히고 안개가 걷혀가고 있었다.

전봉준은 구정봉 정상에 올라 젊은 날 그랬던 것처럼 아래를 바라보았다. 세상은 보는 위치에 따라 이렇게 다르구나 했다. 발 아래에 펼쳐진 세상이 평화로웠다. 자신감이 솟았다.

-그래. 큰바위얼굴처럼 큰 사람으로 살자.

젊은 날 다짐했던 것처럼 다시 마음 안에서 소리치고 있었다.

전봉준은 다시 지난번에 잠시 머물렀던 베틀굴을 찾아들어갔다. 굴은 여전했다. 월출산은 어느 것 하나 변한 것이 없었다. 조심스럽게 굴 안으로 들어갔다. 어두웠다. 들어온 곳을 바라보니 밖은 환했다. 빛과 어둠이 서로 마주하고 있었다. 등을 돌리면 빛이고, 안을 바라보면 어둠이었다. 전봉준은 빛을 향해 앉았다. 눈을 감았다. 순간 정적이 찾아왔다. 눈을 감으면 빛과 어둠이 정지된 상태로 있었다. 마음의 상태에 따라 빛이었다, 어둠이 되었다 했다.

전봉준은 지금 자신이 결정을 할 때인 것을 알고 있었다. 아버지의 죽음으로 촉발된 상황에 결정을 내려야 하는 결단의 순간이 지금이었다. 백성들을 신다버린 짚신 취급하는 탐관과 오리들을 척결하는 것이 옳은 일이냐, 참고 견디는 것이 옳은 일이냐를 선택해야 하는 분수령에서 있었다. 결정을 하기 위해서 다시 큰바위얼굴을 찾아왔다. 그리고 베틀굴을 찾았다. 결정해야 했다.

나 한 사람 편히 사는 것이 옳은 것이냐. 주민들의 아픔을 넘어, 백성들의 아픔을 걷어내기 위해 일어나야 하는가. 나 자신의 안위를 위해서라면 이곳에 오지도 않았다. 하지만 일어선다는 것은 봉기를 의미했다. 봉기는 반란이었다. 관에서 진정한 내용을 받아주지 않았을 때 할 수 있는 것이란 들고 일어나 세상을 뒤집는 것 외에 없었다. 봉기하는 순간 관과의 마찰은 당연했다. 유혈충돌이 불가피했다. 많은 사람의 피를 볼 수 있는 상황으로 전개될 것이었다. 개인의 저항이 아닌 집단 저항일 때 일어날 일은 예측하기 어려웠다. 관은 언제나 무력으로 진압했다. 가차 없이 주동자는 목을 베었고, 가족은 몰살시켰다. 반란의 제압이라는 명분이었다.

전봉준은 빛과 어둠 사이에 오랫동안 앉아 있었다. 몸의 앞은 밖에서 들어온 빛으로 밝았고, 몸의 뒤는 동굴의 어둠이 그대로 있었다. 빛과 어둠 사이에 전봉준은 앉아 있었다. 두 경계에서 하나를 선택해야 할 때가 왔다. 전봉준은 자신이 살아온 인생과 자신이 살아가야 할 인생을 생각했다. 그리고 자신의 정체성을 정해야 할 때가 임박하고 있음을 알았다. 자신의 한 생을 살아 큰바위얼굴처럼 되어야 한다는 당위성에 도달했다. 소아小我가 아닌 대아大我가 되어야 한다는 결론에 이르렀다. 백성들의 고충을 생각해서 일어나야 한다는 결론에 도달했다. 상황이 되면'큰 나'를 위하여 자신의 한 몸을 던질 수 있어야 한다고 결정했다.

전봉준의 복잡한 마음만큼이나 월출산은 제각기 다른 형상을 한 거대한 바위 조각산이었다. 다른 형상들이 모여 월출산을 만들고 있었다. 많은 봉우리와 암괴들을 지휘하는 듯한 것이 큰바위얼굴이었다. 말없이 월출산을 통치하고 있는 것이 큰바위얼굴이었다. 수천 개의 암봉들이 예술 작품일 정도로 명산이었다. 명산에서 산봉우리와 암봉들을 통틀어 침묵의 통치를 하고 있는 큰바위얼굴처럼 백성들을 마음으로 품어 안아 아픔을 해결해줄 것을 다짐했다.

전봉준은 내려올 때는 도갑사 방향으로 내려왔다. 보는 각도에 따라 수시로 변하는 월출산의 모습처럼 지금 시국은 예측할 수 없이 변하고 있었다. 그냥 돌아가기가 섭섭해 도갑사에서 금릉 경포대로 천천히 발을 옮겨 월출산을 완상했다. 다시 한 번 결정한 것의 실행방법에 대해 생각하기 위해서였다.

역사학당에서는 신명의 강론이 한창이었다. 한옥에 대한 강론이 본격 시작되었다. 계연수를 비롯해 이관집과 이태집 그리고 홍범도 일행도 참여하고 있었다. 나철은 역사학당 운영을 책임지고 있어 시간 날 때마다 들어와 듣고는 자신의 업무를 보곤 했다.

-사람의 중심이 어디라고 했지요?

-인중이요.

-가만히 살펴보세요. 인중 위쪽으로는 구멍이 두 개씩입니다. 맞습니까?

-예…, 예.

사람들이 생각해 보더니 순서 없이 대답했다.

눈 둘, 귀 둘, 콧구멍 둘로 모두 두 개씩입니다.

-인중 밑으로는 구멍이 한 개씩입니다.

-예…, 예.

역시 생각하다가 대답했다.

-맞지요?

-예. 맞습니다.

인중 밑으로는 정말 한 개씩이었다.

-정확하게 인중을 중심으로 위로는 중요한 보고 듣고 냄새를 맡는 감각기관, 아래로는 소화기관과 배설기관으로 만들어져 있습니다.

모두 머리를 끄덕이며 인정했다.

-우리에게 있어서 중심은 자연원리, 순환원리를 정확하게 파악해서 정합니다. 지금까지 우리 한국인의 중심원리를 말씀드렸습니다. 한옥에서도 중심은 다른 나라와는 다른 면을 가지고 있습니다. 우리의 중심을 살펴보면 우리의 자연관을 읽을 수 있습니다.

-역사학당에서 한옥에 대해 말씀하시는 이유가 있을 듯합니다.

역사학당과 한옥은 별개의 세계라는 인식을 가진 것이 극히 자연스러운 일이었다. 역사를 공부하고자 온 사람들에게 한옥에 대한 이야기를 전하는 것이 적절하지 못한 것이 아닌가 점잖게 지적하고 있었다. 역사학당에서 한옥을 강론하는 이유에 대해 수강자가 물었다.

-그렇게 생각하실 수 있습니다. 역사를 시대별 일어난 사건으로 공부하는 것이 사건 중심의 역사입니다. 또 하나의 역사는 백성들의 일상생활과 동시대 사람들의 사고체계를 공부하는 문화중심의 역사입니다. 사건은 왜곡되지만 문화는 삶 자체입니다. 어쩌면 사건보다 왜곡시킬 수 없는 문화가 더 역사의 진실일 수 있습니다.

-문화 중심의 역사에는 어떤 것들이 대표적이라고 할 수 있습니까?

-문화 중심의 역사에서는 먹는 음식과 자는 집과 입는 복식이 핵심입니다. 의식주가 문화의 중심에 있습니다. 그런 의미에서 한옥은 문화의 핵심 중 하나입니다. 한옥을 인문학적 관점에서 바라본 것을 말씀

드리는 것입니다.

-먹고 사는 일이 바로 문화군요.

-예. 그렇습니다. 의식주가 바로 문화고, 문화의 핵심입니다. 문화가 또한 역사의 한 축이기도 합니다.

말이 없던 냉골 사는 차도선의 물음에 신명이 답했다.

-사건의 중심의 역사와 생활 중심의 역사를 말씀하시는 것이지요?

또 다른 선비가 물었다.

-그렇습니다. 좀 전에 우리가 바라보는 중심에 대해 말씀드렸는데 마을의 중심을 바라보는 것도 우리만의 우주관과 자연관이 그대로 드러납니다. 우리 한옥에서의 중심은 안쪽, 깊은 쪽입니다. 한옥에서 가장 깊은 곳이 안채인데 안채가 한옥에서 중심입니다. 위치로는 사랑채가 중심에 있지만 심정적인 중심은 안채입니다. 그래서 안채라는 말을 사용합니다. 마을에서도 사당이나 종가는 마을 안쪽에 위치해 있습니다.

-중심이 안쪽, 깊은 곳에 위치한 이유가 무엇이지요?

-우리는 배산임수를 기본으로 집을 짓습니다. 산과 물도 집의 일부이고, 마을도 집의 일부입니다. 자연과 인간이 함께 어우러진 것이 우리의 세계관입니다. 자연과 인간이 분리된 것으로 보는 것과 우리처럼 일체로 보는 사유체계가 있습니다. 물리적인 중심이, 중심이 아니라 자연과 인간이 만나는 안쪽, 깊은 쪽이 중심이 되는 원리입니다.

-아하. 그렇군요. 우리 한옥이 작다는 말을 하는데 배짱이 작아서일까요?

신명의 설명에 처음 질문을 했던 선비가 다시 물었다.

-자금성이나 만리장성에 비해 우리 건축은 작습니다. 어떤 사람은 자금성의 뒷간만한 것이 우리의 창덕궁이라고 합니다. 하지만 내용을 살펴보면 작은 것이 위대한 것임을 알게 됩니다.

-작은 것에 위대함이 있다고요?

잔뜩 의구심을 가지고 선비가 물었다.

-그렇습니다. 작은 것이 진정 위대한 것입니다. 정신의 건축물이기 때문입니다. 좀 길지만 설명하겠습니다.

신명은 잠시 쉬었다 다시 설명을 시작했다.

-우리 조선과 이웃나라인 중화 그리고 일본의 문화를 비교해 보겠습니다. 문화를 상징적인 인물로 비교해 보겠습니다. 세 나라는 비슷한 듯 크게 다릅니다. 우선 세 나라는 한자문화권에 유교문화권 그리고 유색인종으로 동북아에 함께 위치하고 있다는 동질성을 기본으로 하고 있습니다. 하지만 안으로 들어가면 확연하게 다릅니다.

강의장이 조용했다.

-내용이 어려운가요?

-괜찮습니다. 심도 있는 강론이라 더 좋습니다.

함께 듣고 있던 계연수가 응원을 해 주었다. 계연수는 신명에게 든든한 후원자였다. 사건 중심의 역사에서는 계연수가, 문화중심의 역사에서는 신명이 나름의 식견을 가지고 있었다. 서로 상호보완이 되는 면을 가지고 있어 서로에게 힘이 되었다.

-그래서 우리의 문화를 한 마디로 이야기하면'비대칭문화'를 만들어내고 있습니다. 아주 독특하고 유래를 찾아볼 수 없는 문화입니다. 좌우와 상하를 같게 만드는 것은 일차적인 미감을 주지만 좌우를 다르게 만들고 상하를 비례를 깨면서 아름다움을 추구하는 것은 고도의 미학을 가져야 가능합니다. 고도의 정신세계를 가지고 있지 않으면 만들어낼 수 없는 문화가 비대칭문화입니다. 한데 우리의 문화가 바로 좌우와 상하가 서로 다른 비대칭문화를 만들어내고 있습니다. 우리는 위대

한 민족입니다.

조선인의 위대함에 대해 설명하면서 신명의 목소리가 커지고 힘을 내자 박수가 쏟아졌다.

-지금까지는 한옥을 설명하기 위해 우리와 이웃나라의 문화를 비교해 보았습니다.

-우리 문화에 대해 새삼 생각하게 되었습니다. 한옥이 기대됩니다.

-예. 관심 고맙습니다. 잠시 쉬었다 하겠습니다. 나가서 기지개를 펴고 오시지요.

신명이 강론을 잠시 쉬었다 할 것을 선언했다.

-재밌는데요.

계연수가 다가서면서 신명에게 말했다.

-고맙습니다.

-조선인에 대해서 공부를 많이 하셨네요. 그리고 대화를 하면서 들었던 것과는 또 다른데요. 이렇게 강론으로 하니 더 느낌이 강합니다. 나도 한옥에 대한 강론이 기대됩니다.

계연수가 신명의 강론을 들은 소감과 한옥에 대한 강론에 대한 기대감을 전했다.

-오늘 어떠셨어요?

-다시 한 번 조선을 생각하는 계기가 되었습니다. 계속 듣고 싶습니다.

계연수가 홍범도에게 한 강론에 대한 물음에 홍범도가 답했다.

-적극 환영하네. 오늘 강론을 한 신명 선생과도 인사하게.

신명은 홍범도 일행과 일일이 악수를 하고 첫인사를 했다. 계연수는 친절하게 나철에게도 홍범도 일행을 소개해주었다.

20. 이견창, 세상을 예언하다

이건창은 폭동이 일어나거나 민란이 일어날 것으로 봤다. 이미 기미는 여러 군데서 보이고 있었다. 이건창은 나철이 연 역사학당에도 나오지 않았다. 계연수의 역사강론에 관심이 많았음에도 역사학당에 나올 마음이 아니었다. 유배에서 돌아와 칩거하고 있었다. 몸의 해배는 되었지만 마음의 해배는 되지 않았다. 이건창은 마음이 아팠다. 나라의 녹을 먹었던 사람으로서 나라가 기울어 가는 것을 보고 발만 동동 구르고 있는 자신이 안타까웠다. 무너져 가는 조선을 구할 생각은 않고 오히려 백성의 재산을 갈취하고, 백성의 인권을 유린하는 조정의 대신들과 지방관들의 폭정이 하늘을 찌르고 있었다. 분명 백성이 일어나고 말 것이라고 이건창은 예언하고 있었다. 그것은 하늘의 명이라고 생각했다.

이기가 수염을 휘날리며 이건창에게로 달려갔다. 후배의 은거에 걱정이 되어서였다.

-목숨이 있어야 나라가 있을 것 아닌가!

-그렇습니다.

밥맛을 잃어 얼굴이 해쓱했다.

-매천도 오기로 했네.

황현도 이건창이 걱정되어 찾아온다는 전언이었다.

-바쁘실 텐데 찾아주셔서 감사합니다.

-젊은 사람이 뛰어야 하는데 젊은 사람이 먼저 은거에 들었으니 어찌 하겠나?

-은거라니요. 가당치도 않습니다. 저는 손발이 잘렸으니 조용히 있을 뿐입니다.

-그런 사람이 나라에서 벼슬을 주는데도 등을 돌렸는가.

귀양에서 돌아와 다시 임직을 받았으나 이건창은 등을 돌리고 세상과 인연을 끊었다. 이기가 이를 두고 하는 말이었다.

-그럴 수밖에 없었습니다.

-그럴 수밖에 없었다는 말의 의미는 알지만 그래도 부딪혀야 하는 것 아닌가 싶네.

모함은 모함을 만들고 서로를 헐뜯고 있었다. 거기에 치명적인 것은 이미 조정은 청나라와 일본의 수중에 들어가 있었다. 주권은 상실된 것과 다름없었다. 조선이란 이름만 남아 있는 형국이었다.

-민란이 일어날 것입니다. 결국은 터지고 말 것입니다.

-그럴 걸세. 비탄에 빠진 백성들이 지금 할 수 있는 것은 아무 것도 없네. 폭발 직전이라고 생각하네.

이건창의 말을 이기가 받았다.

-가장 많은 수탈을 당하고 있는 곡창지대에서 일어날 것입니다. 그곳으로 전형적인 탐관오리가 갔으니 일이 날 겁니다.

-어디를 말하는가?

-전라도지요.

-무슨 일이 있었는가?

-고부 군수로 있다가 귀임한 사람을 다시 고부 군수로 보냈는데 탐학과 수탈을 하는 대표적인 인물입니다. 이미 아는 사람은 다 아는 탐학의 대표적인 인물인데 다시 고부 군수로 보냈으니 일이 잘못되었습니다. 조병갑이란 자입니다.

-알면서 보냈다는 말인가?

-임금께서야 알 리가 없었겠지만 조정의 관리들은 다 알고 있는 일입니다. 돈을 받고 다시 보내 준 것입니다.

-어느 정도기에 그런가?

-농민에게 면세를 약속하고 황무지 개간을 시키고는 추수기에 강제로 세를 받습니다. 버려진 땅을 죽어라고 개간하면 소출이 제대로 나올 리가 없는데도 세금을 받아갔습니다. 괜한 사람을 붙잡아 들여 불효를 했다느니, 음행을 했다느니, 놀음을 했다느니 죄명을 씌워 돈을 상납 받고 풀어주고 있습니다. 심지어 태인 현감을 지낸 자신의 아버지 공덕비를 세운다고 1,000여 냥을 거두었습니다. 특히 고부읍 북쪽에 흐르는 동진강에 축조되어 고부군과 태인현의 농민들이 수리水利의 혜택을 받고 있던 만석보萬石洑가 멀쩡합니다. 한데도 농민들을 동원하여 구보舊洑 밑에 신보新洑를 쌓게 한 것도 모자라, 신보를 이용하는 세금을 걷어 들이고 있습니다.

-자네가 알고 있는 것을 조정의 관계자들이 모를 리가 있겠는가?

-알겠지요. 하지만 돈을 받고 내려 보냈으니 건드렸다가는 도리어 화가 미칠까 두려워 방치하는 것이라고 봅니다.

-허. 큰일이로세.

-그렇습니다. 제대로 된 것이 없을 지경입니다.

-자네 말대로 결국 일이 터지겠군.

-들고 일어날 겁니다. 봉기가 일어나지 않는다면 그것이 오히려 비정상입니다.

이건창의 목소리에 힘이 들어가 있었다.

이건창의 말이 끝나기도 전에 황현이 들어왔다.

-해학께서 먼저 와 계셨군요.

-나는 일이 일찍 마무리되어 바로 왔네.

이기가 황현의 인사를 말로 받았다.

-자네는 숨어 살 작정인가?

-숨어 살기는요. 조용히 있는 것이 그렇게 보였을 뿐입니다.

-임관을 거절한 것이 보통일인가. 서로 한 자리를 차지해서 사리사욕을 채우려고 하는 세상에서 별종이지.

이기가 짚었던 내용을 황현도 다시 이야기했다.

벼슬을 돈을 주고 사서, 벼슬을 산 돈 이상을 빼내는 세상이었다. 힘없고 의지할 곳 없는 백성만 수탈당하고 갈취당해서 굶어야 했다. 한데 이건창은 자리를 주어도 몸이 불편하다는 이유로 임관을 하지 않고 있었다. 탐관오리를 진정했다가 오히려 유배를 당하는 쓰라림을 당하고 나서 이건창은 달라졌다. 벼슬에 뜻을 버리고 집안에 들어 앉아 조용히 지내고 있었다.

-매천은 어디를 그리 바쁘게 다니는가?

-저는 어떻게든 이 나라가 청나라나 일본의 손아귀에서 벗어나게 하는 역할을 하고 있습니다. 동분서주하고 있지만 어느 것도 쉽지 않습니다. 우리 조선이 잠자는 동안 세상은 무섭게 변하고 있었음을 이제

야 확실하게 알았습니다. 집안의 문을 닫는 순간 마을에서 고립되듯이 나라의 문을 닫는 순간 세상에서 고립되어 퇴보하게 되어있음을 보았습니다.

-옳네. 적에게서도 배워야 하네. 개인의 경우도 문을 닫으면 고립되는데 나라야 오죽하겠는가.

-진정으로 그렇습니다. 고립이 조선을 망쳤습니다.

이기와 황현이 말을 주고받았다.

-조선은 유교가 망쳤네. 미래보다는 과거에 매달리는 고답적인 유교가 망쳤네. 그리고 상공商工을 멀리한 것이 문제였고, 노동을 천시한 것이 결정적이었다고 할 수 있지. 거기에 금해禁海정책으로 바다를 막아 무역을 못하게 한 것이 결국 조선을 낙후된 나라로 만들었네.

-조선을 유교가 망쳤다는 말씀은 일전에 들은 적이 있는데 '상공商工을 멀리한 것이 문제였고, 노동을 천시한 것이 결정적이었다고 하신 말씀은 이해가 됩니다.

이기의 말에 이건창이 설명을 부탁했다.

-나라의 발전은 예의나 범절로 이루어지는 것이 아닐세. 누가 뭐라고 해도 과거의 학문을 논하는 사람이 밥을 만들 수는 없네. 더구나 남의 나라의 과거인 공자 맹자 주자를 가지고 사대를 해서 무엇을 얻겠는가. 백성의 정신을 일으키려면 우리의 정신을 가르쳐야 하고, 백성의 밥을 해결하려면 공업을 일으켜 물건을 만들어야 하지 않겠는가. 물건을 만들어 팔아야 나라가 돌아가지 않겠는가. 기본이 틀어졌으니 전체가 흔들리고 무너지고 마는 걸세.

-옳습니다. 하지만 조선이 노동을 천시하지는 않았다고 봅니다. 농자천하지대본이라고 해서 일을 천시하지는 않았던 것으로 보입니다.

이기의 설명에 이건창이 짧게 대답하고 노동의 천시는 없었다는 반론을 폈다.

-겉으로 노동을 천시한다고 할 수가 있겠는가. 본질이 중요하지.

-본질이요?

-그렇네. 선비가 노동을 하는가. 그리고 조정의 관리들이나 지방관들이 논일을 하는가, 밭일을 하는가?

이기의 목소리에 힘이 들어갔다.

-바로 노동은 아랫것들이나 하는 것이고, 학문하는 선비는 일을 하지 않네. 노동이 인정받는 일이라면 서로 하려고 했겠지.

이건창과 황현은 말없이 듣고만 있었다.

-노동이 사람의 삶에 가치 있는 일이라는 것을 보여주면 공업도 살고, 상업도 살 걸세. 그러면 조선은 발전할 것이고.

-그래서 채마밭에 농사를 짓고, 논농사도 직접 일구시는 군요.

황현이 이기를 향해 말했다.

-금해정책이란 말은 생소한 말인데 그것에 대해서도 말씀해주시지요.

이건창은 앞서 한 말을 기억하고 다시 물었다.

-금해禁海란 바다로 나가는 것을 금한다는 이야길세. 바다로 나가는 것을 막았으니 물산이 근원적으로 부족한 곳이 조선일세. 애초에 부족한 농산물로 백성이 굶는 형편인데 무역을 막았으니 어찌 되겠나. 흉년이 들면 굶어죽을 수밖에 더 있겠나. 나라와 나라의 상업을 열어야 하는데 조선은 개국 이래 지금까지 막았네. 자연히 가난하고, 새로운 기술은 들어올 기회가 차단당한 것 아니겠나?

-우리 조선이 무역을 막았나요?

이건창은 오히려 뜻밖이라는 듯 물었다.

-바다 100리 밖을 나가면 곤장을 때리고 감옥에 가두는 것처럼 무역을 막을 수 있는 강력한 방법은 없네. 더구나 우리 스스로 놀라운 것은 우리의 정책이 잘못되어 있다는 것을 모르고 있다는 것일세. 오랜 옛날 신라에서도 당으로 유학을 보냈는데 조선은 5백 년 동안 유학을 보낸 적이 없네. 기껏해야 조공하러 갔다 오는 것이 전부였네. 새로운 문물을 받아들이는 것을 차단하고 살았으니 당연히 낙후될 수밖에. 조선은 결국 금해정책으로 무너지는 시발점을 만들었다고 할 수 있네.

조선은 외부와의 차단으로 무역은 물론 유학하는 자도 없었다. 철저하게 차단된 공간이었다.

-아하. 그렇군요. 저도 말씀을 듣고야 아차, 싶습니다.

이건창의 말에 황현도 동의 했다.

-그 좋은 말씀을 이제야 하십니까?

-누차 이야기 했으나 묵살되었지. 지금도 마찬가지고.

-진정 선견을 가지셨는데 선견을 정책반영에 사용하지 못했네요.

이건창의 동의에 황현이 함께 동조했다.

-저는 놀랐습니다. 공상정책을 무시한 것에 대해서는 생각했지만 금해정책이나 유학을 보내지 않았다는 말씀에 스스로 놀라고 있습니다. 안에서만 서로 싸웠지, 세상을 크게 보고 미래를 위한 정책이 없었음을 인정합니다.

-나는 몰락하는 조선을 바라보면서 남의 생각, 남의 이론에 머물러 있었던 것이 조선의 몰락의 첫째 이유라고 보네. 유교, 유교 중에서도 가장 폐쇄적이고 예의와 논리에만 치중한 주자학을 받아들인 것이 가장 큰 문제라고 보네. 그리고 내부창조에 대해 게을렀다는 것이지. 둘째는 백성의 밥을 만들 수 있는, 그리고 조선을 발전시킬 수 있는 공상정

책을 버렸다는 것이지. 그리고 셋째는 조선의 문을 닫아 건 것이 치명적인 실책이었다고 보네. 그 외에도 발명자에 대한 천시와 멸시도 문제였다고 볼 수 있네. 많은 창조가 있었음에도 대중화에 실패했지.

이기는 흥분해서 말했다. 목소리도 커지고 있었다.

-모든 생산적인 것에는 족쇄를 채우고, 공리공상空理空想에는 활짝 문을 열어놓았으니 나라가 실질적인 발전이 있을 수가 없었지. 백성이 일하는 동안 시나 읊조리고, 우리의 것은 모르고 중화의 나쁜 것만 우리의 양반들이 배운 것이 문젤세.

이기의 열변에 가까운 토로였다.

이기는 순간 자신이 열변을 토하고 있는 것을 느꼈다. 미안한 마음에 한 마디 했다.

-내가 영재의 은거를 위로해주러 왔다가 주장만 하고 있군. 미안하네.

-아닙니다. 덕분에 해학의 말씀을 듣게 되어 저는 좋습니다.

-저도 좋습니다. 새로운 생각을 가지게 되는 계기가 되었습니다.

이기가 혼자 많은 말을 한 것에 대한 미안함을 표하는 말에 이건창과 황현이 자신의 마음을 전했다.

비서秘書〈태백일사〉

21. 이기가 계연수에게 비서秘書 〈태백일사〉를 전해주다

자네 오랜만에 보는 듯하네.

-예. 그렇습니다. 워낙 바쁘시니 뵙기가 쉽지 않습니다.

-마음만 바쁘지 하는 일은 별로 없네.

-세상이 시끄러우니 마음이 불편하셔서 그런 듯합니다.

-그렇지도 않네. 마음은 평정, 몸은 바빠야 하는데 그렇지 못하네.

이기와 계연수가 오랜만에 한가한 시간을 갖고 있었다. 이기가 오랜만에 역사학당에 머물면서 업무를 정리하고 있었다.

-저녁에 시간을 내게.

-예. 알았습니다.

이기가 별도로 보자는 이야기였다. 이런 적이 없었다. 별도로 시간을 내라는 말을 남기고, 이기는 다시 나갔다.

역사학당의 관계자들이 모처럼 모여 앉았다. 홍범도도 끼어 있었다. 홍범도는 역사학당의 관계자들과 함께 숙식을 하고 있었다. 홍범도로서는 지금까지 가져보지 못한 경험이었다. 역사공부도 그렇지만 공부를 즐기는 선비들과의 만남은 처음이었다. 생소했지만 묵직한 침묵과 행동으로 잘 적응하고 있었다. 보름 정도를 머물 예정으로 있었다.

-신천지를 만난 기분입니다.

홍범도가 계연수에게 말했다.

홍범도는 사실 흥분되어 있었다. 역사공부에 자신이 이렇게 흥미가 있는 것에 놀랐다. 또한 조선의 역사가 조선의 정신이 이렇게 대단한지 생각해 본적이 없었다. 자신은 시대의 비극적인 존재라고 생각했었다. 불운한 시대에 태어나 고생만 한다는 생각을 가지고 있었다. 가난과 고난이 중첩되어 있었다. 지금은 홍범도는 옥녀를 만나고 나서 처음으로 인생의 평화를 즐기고 있었다. 거기에 조선인으로서의 자긍심을 만나 생의 의미를 배가하고 있었다. 지금의 공부가 깨질까 두려울 정도였다.

-들어갈수록 깊고 넓은 조선이 기다리고 있네. 조선은, 조선인은 위대하나 조선의 체제가 조선을 망치고 있지. 조선인에 대한 능력을 사장시키고 있는 것이 정작 조선일세.

-어떤 면에서 그런가요?

-나는 신명 선생의 생각을 그대로 믿네. 조선은 위대한 정신과 사상을 가지고 있고, 창조능력도 있지. 하지만 이를 막고 있는 것이 조선의 정치야. 미래로 가는 길을 막고 있네.

신명의 강의에 대한 뒤늦은 계연수의 평이었다. 위대한 조선의 정신이 있다는 신명의 강의와 조선의 정치가 조선이 미래로 가는 길을 막고 있다는 이야기를 하고 있었다.

-구체적으로 설명해 줄 수 있습니까?

-이것은 해학께서 즐겨 말씀하시는 내용일세. 물론 나도 동의하니 전하는 것일세.

-궁금해집니다.

-해학의 생각임을 전제하고 듣게. 조선의 몰락은 유교 중에서도 가장 폐쇄적이고 예의와 논리에만 치중한 주자학을 받아들인 것이 가장 큰 문제이고, 둘째는 백성의 밥을 만들 수 있는 공상정책을 버렸다는 것을 말씀하셨네. 그리고 셋째는 조선이 문을 닫아 건 것이 치명적인 실책이었다고 하셨지. 부가적으로 발명자에 대한 천시와 멸시도 문제였다고 하셨네. 전적으로 동의하네. 그래서 많은 창조가 있었음에도 대중화에 실패했다고 하셨는데 나는 믿지.

계연수가 이기의 평소 생각을 홍범도에게 전했다.

-그렇군요. 직관력이 뛰어나지 않으면 찾아내기 힘든 것을 찾아내셨네요.

-나는 이야기한대로 해학의 생각을 전한 것에 불과하네.

-두 분은 사제지간으로 보입니다.

이기와 계연수의 관계를 두고 홍범도가 말했다.

-그렇네. 내가 스승으로 모셨지. 대단한 내공을 가지신 분이야. 역사에 대해서는 절대적인 깊이를 가지고 계시지.

-그런 분을 만났으니 행운아십니다.

-나도 그렇게 생각해.

계연수의 말을 홍범도가 받았다.

-그럼. 저도 역사에 대해서는 스승으로 모셔도 되겠습니까?

-무슨 소리를 하나. 아직 한창 배워야 하네. 그럴 자격이 없어.

계연수는 홍범도의 제안에 당황했다. 자신도 이기로부터 한참 배우고 있었다. 조선의 역사에 대해 누구 못지않게 많이 알고 있다고 자부했던 계연수였지만 이기가 한 수 위였다. 특히 조선의 정신과 근원에 대해서는 따라갈 수 없는 깊이가 있었다. 계연수 자신도 배우고 있는 입장에서 홍범도가'역사의 스승'이 되어달라는 제안을 받아들일 수가 없었다.

-저도 아닙니다. 저도 벌써 몇 번 형님의 강론을 들었습니다. 느끼는 바가 있어서 드린 말씀입니다.

-말은 고맙지만 거두어 주게.

-그렇다면 저는 혼자 마음으로 역사의 스승으로 모시겠습니다.

-그야 내가 어찌 할 수 없지. 마음으로 가지시는 것이야 어찌하겠나. 가능한 조선의 역사에 대해서 전하겠네.

허락과 상관없이 마음으로 역사의 스승으로 모시겠다는 말에는 반대할 수가 없었다. 반대해도 의미가 없는 일이기도 했다.

계연수는 학당을 정리하고 이기의 집을 찾았다. 이기가 기다리고 있었다.

-오늘은 술 한 잔 어떤가?

-저는 좋습니다. 한데 무슨 일이 있습니까?

-아니야. 그냥 한 잔하고 싶어서지.

이기가 담담하게 말했다.

-저는 요즘 공부하는 재미가 큽니다.

-그렇게 생각하면 내가 고맙지. 역사의 은자들이 짊어져야 할 무게가 얼마나 큰 지를 내가 아네. 자네가 은자라는 것을 확인했을 때 고맙고 미안했지.

-미안해하실 이유가 없으신대요.

계연수는 이기의 마음이 어떤지를 알고 있었다. 자신도 역사의 은자로

서의 짐을 지어봐서 알기 때문에 위로의 말을 한 것이었다. 그럼에도 계연수는 이기가 가진 미안해하는 마음을 안 가졌으면 했다.

-내가 한 말의 뜻을 알겠네. 환국으로부터 시작한 우리의 역사를 지키고 보존하는 일이 얼마나 벅차고 살아가는데 짐이 되는지를. 내가 한 말의 의미를 아니 자네가 미안해하지 말라는 말의 의미도 알지. 하지만 내 마음에는 자네에게 짐을 지우게 되는 것이 마음에 걸리네. 더구나 망국의 상황에서 말일세.

돌쇠가 술상을 차려 가지고 왔다.

-한 잔 하세.

목이 털털하던 차에 잘 넘어갔다.

-나라를 운영하는데 사농공상士農工商 중에서 어느 집단이 가장 필요하다고 생각하십니까?

좀 전에 홍범도에게 이기의 말을 전하면서 문득 들었던 생각이었다. 물어보고 싶었던 내용이었다.

-나는 당연히 공工일세.

-농農이 아니고요?

-자네는 왜 농農이라는 생각을 하나?

사실 계연수는 모두가 농農이라고 말하고 있는 현실을 인정하고 싶지 않았다.

-저는 농農이라고 생각하지 않습니다. 사士라고 생각합니다.

-이유는?

-사士가 방향을 정하고, 정책을 만들어내니 그렇습니다.

-물론 지금의 상황에서는 그렇지. 하지만 제도에 묶어두지 않고 자연스럽게 두면 공업이 가장 필요하다고 보네. 공업이 없으면 선비도 필

요 없고, 상업도 필요 없네. 나라가 발전하는 것은 공업에 의해서지. 치우천황이 군신軍神으로 군림할 수 있었던 것도 공업이 발전했기 때문일세. 청동기와 철기를 만들어낸 공업이 절대적이라고 할 수 있지. 지금 우리 주변을 둘러싼 일본과 소련 그리고 이름도 모르던 나라들인 미국이나 영국 같은 나라들이 우리를 노리는 것도 공업이 앞선 것에 의해서야.

-그렇네요.

계연수는 이기의 말을 인정했다.

-농자 천하지대본農者 天下之大本이라는 것이 결국은 조선을 망가뜨린 것이야. 농사는 아무나 지을 수 있지만 공업은 키워야 크는 것이지. 새로운 것을 만들어내는 것이니 도전이 필요하고, 만들어내기 위한 기술자가 필요하고, 만들어 내기 위한 자금이 필요하단 말이네.

-그렇네요.

돌쇠가 안주를 가지고 왔다.

-올라오게.

이기가 올라오라는 말에 돌쇠가 넙죽 올라왔다.

다른 곳에서는 상상도 할 수도 없는 일이었다. 계연수는 처음에는 놀랐으나 이제는 당연했다. 조선은 반상이 엄격하게 나누어진 세상이었다. 반상제도班常制度는 조선시대 지배층인 양반과 피지배층인 상민으로 구별된 신분 제도였다. 세부적으로는 양반과 중인, 상민과 천민으로 구별되었다. 조선의 지배층은 관직을 중심으로 문무 양반으로 구성되었다. 양반층은 농사를 기반으로 한 조선에서 지주층이었으며 남보다 나은 교육 조건을 지니고 과거제를 통하여 신분을 재생산했다. 중인은 양반과 상민의 중간 계급으로서 향리와 중앙 각 기관의 서리나

기술직에 있는 관리가 중인이었다. 중인은 혈연이나 기술에 따른 관품 제한 규정인 한품서용에 규제받았다. 양인의 대부분인 농민은 과거를 위해 교육을 받을 만한 사회적, 경제적 여건을 갖추지 못했고, 또한 수공업자, 상인 등이 상민 계층을 이루었다. 그리고 마지막 계급인 노비는 노비 주인이 자신의 농업 경영에 직접 사역시키는 존재로서 매매와 상속의 대상인 소유물이었다. 돌쇠 신분은 머슴이었다. 머슴이 주인과 같이 술을 마신다는 것은 상상할 수 없는 일이었다. 이기의 집에서는 달랐다. 일의 내용만 차이가 있을 뿐 나머지는 같았다.

이기와 계연수 그리고 돌쇠, 셋이 앉아 술잔이 오고 갔다.

-자네는 올 해 몇 살이지.

-이제 열아홉입니다.

-그러면 큰 형님으로 모시게. 나이가 많으니 서로 편할 걸세. 아닐세. 워낙 나이 차이가 나니 선생님으로 하게.

-예. 알았습니다.

이기의 말에 돌쇠가 대답했다.

집안의 종을 친구로 맺어주는 것도 조선에서는 있을 수 없는 일이었다.

-돌쇠는 노비가 아닐세. 우리 집안에서 일을 도와주는 사람이야. 자식 같은 사람이고. 잠시 이곳에서 머물다 독립할 걸세.

이기는 노비문서도 모두 태워버려 없앴다. 자발적으로 공부하겠다고 해서 돌쇠는 이기 집안에 있었다.

-나는 생각하네. 태어나면서부터 양반과 상놈이 다르게 태어난다는 것은 잘못된 생각일세. 머리와 몸이 다 같은 천손인데 천하게 태어났다는 것이 옳지 않아.

-저야 고맙지요. 감사하고요.

돌쇠는 이기가 계연수에게 선생님이라고 권유한 것에 대한 고마운 마음이었다. 돌쇠는 건실한 청년이었다. 많은 것을 이기의 집안에서 자라면서 배웠다. 그리고 아이들과도 친구처럼 지내면서 자랐다. 차별이 없었다.

-앞으로는 역사공부도 함께 하세.

-예. 그렇게 하겠습니다.

돌쇠는 자신의 위치를 알고 지혜롭게 생활했다. 예의를 어길 사람이 아니었다.

-오늘은 무엇에 대해 이야기를 할까?

이기가 잠시 생각했다.

-소도蘇塗에 대해 알고 싶습니다.

-소도는 수두라고도 했네.

-수두요.

-그렇지. 수두樹頭라고 했지. 수두는 나무 수樹에 머리 두頭와 관련이 깊네. 두頭는 머리라는 뜻 외에 시초, 꼭대기, 우두머리라는 뜻으로 사용되는 걸 알걸세. 또한 주위 근방이라는 의미도 가지고 있지. 결국 소도라는 의미를 짐작하게 되지 않나?

-예. 그렇습니다.

이기가 계연수를 만났을 때는 어렵고 깊은 부분까지 파고들어 알려주었다. 고수는 고수를 알아서 대우했다.

-소도는 하늘에 제사를 주관하던 곳일세. 큰 나무를 세우고 거기에 방울과 북을 매달아 놓고 하늘에 제사를 지냈지. 도망자가 소도에 들어가면 잡을 수 없을 만큼 신성시한 지역이었네. 높은 지대란 의미로 '솟터'에서 유래했다고 할 수 있어.

-소도는 학당으로도 사용하지 않았습니까?

-소도 내에서라기보다 소도 옆에 경당을 따로 세워 교육을 시켰지. 오상지도五常之道라고해서 충효신용인忠孝信勇仁의 계율을 지키도록 했네. 학문만 공부한 것이 아니라 육예六藝로 글읽기인 독서, 활쏘기, 말을 타고 말을 달리는 기술인 치마馳馬, 그리고 예절을 가르쳤네. 또한 노래와 음악을 가르치는 가악, 주먹치기와 칼쓰기로 권박검술拳拍劍術을 가르치는 장소로 경당은 문무를 겸한 인재를 양성하는 공간이었지.

-지금의 조선과는 다르군요.

-그렇지. 실질적이고 일상생활에서 필요한 것들을 가르쳤지. 문무예악文武藝樂을 고루 갖추는 전인全人, 곧 전佺교육이었네.

-오호. 그랬군요. 한 마디로 노는 것도 가르쳤다는 말씀이시지요.

돌쇠가 감탄을 하며 놀라는 표정이었다.

-그렇지. 지금은 유교를 주로 가르쳐 편벽된 인재를 만들어내지만 그때는 우리의 전통 정신은 당연하고, 무술과 권법 그리고 독서까지 하도록 하는 문무를 겸한 완성된 인간을 길러냈지. 지금은 문에 치우쳐 있어 문약한 나라가 되었지. 거기에 실천, 즉 행동력이 부족해 주저앉게 되었네.

이기는 조선의 문약함에 대해 종종 이야기했다. 그만큼 마음속에 조선이 공허한, 실천 없는 유학에 빠져있는 것에 불만이었다.

돌쇠는 신선한 충격이었는지 눈을 동그랗게 뜨고 듣고 있었다.

-자네는 어떤가?

-잘 모르지만 신선합니다.

이기의 집안 분위기가 전통역사에 대해서 이야기하는 가풍이 있어서 보고 듣는 것이 있어 어깨 너머로 공부를 했지만 제대로 된 이야기를 듣는 것은 처음이었다. 돌쇠는 다른 집안의 머슴들처럼 일만 하는 것이 아니라 글공부도 시켜주어 웬만한 선비를 능가하는 실력을 갖추고 있었다.

-칠성문화에 대해서도 보충해주시지요.

-칠월칠석날 밤에 뒤뜰에 장독대나 집안에서 상에 정화수를 올려놓고 축원을 비는 것은 알지 않나?

-예.

이기의 물음에 계연수와 돌쇠가 같이 대답했다. 조선인은 모두 당연하다는 생각으로 행하고 있는 의식이었다.

-견우와 직녀 이야기에는 이미 목축이 있었고, 고대에 비단을 짰다는 것을 보여주는 것이지. 뿐만 아니라 북극성을 관측해서 모든 별들이 북극성을 주위로 도는 것을 확인했네. 천문기술이 발달했다는 근거일세. 오성취루나 일식을 기록하고 목화토금수가 모두 별자리 아니던가.

-목화토금수가 별자리였네요!

돌쇠가 새삼 깨달은 듯 말했다.

-그렇지. 목성 화성 토성 금성 수성으로 별자리지. 그것을 음양오행으로 만든 것일세. 그것도 오래 전인 고대에.

-그러고 보니 일월도 해와 달을 그대로 옮긴 것이군요. 저는 음양오행이 해와 달 그리고 별자리로 되어있다는 생각을 하지 못했지요.

-학습으로 알아서 그렇다네.

-학습이요?

-하나하나 깨우친 것이 아니라 있는 것들을 그대로 받아들여서 그렇네. 의심하고, 들여다보고, 다시 생각하면서 공부할 시간이 주어지지 않아서 그래.

-하나만 이야기해볼까.
이기가 새삼스러운 것을 찾겠다는 표정으로 이야기했다.
-음양陰陽이라고 하지 않는가.
-예 그렇습니다.
-왜 양음陽陰이 아니고 음양일까. 생각해보게. 양陽이 드러나는 것이고 우선이라고 할 수 있는데.
두 사람은 대답하지 못했다.
-화두로 가지고 생각해보게.
-아하, 그렇군요. 이제야 깨우치는 바가 있습니다.
이기의 말에 돌쇠가 자신의 느낌을 말했다.
이기가 다시 이야기를 계속했다.
-우리가 이미 고대에 별자리를 측정했다는 것만으로도 대단한 천문기술을 가지고 있었다는 것을 알 수 있네. 천문에 밝았다는 것은 천제의 나라에서만 가능한 일이었지. 우리가 북두칠성에 관심을 가지고 문화로 만들어낸 것은 북두칠성이 우리 고향이라는 고향의식이 있는 별이기 때문일세. 그곳에서 왔고 다시 돌아가야 할 고향으로 보고 있어서네.
이기와 계연수 그리고 돌쇠는 한 공간에 있었다. 이기는 진지하게 이야기하고 계연수와 돌쇠는 진지하게 들었다. 시간이 제법 흘렀다. 이야기가 무르익었다. 하지만 시간이 많이 되었다.
-자네는 돌아가게.
-예. 알았습니다.
이기가 돌쇠에게 말하자 돌쇠는 물러갔다.
-오늘은 내가 자네에게 할 말이 있고, 전해 줄 것이 있어서 불렀네.

그리고는 조금 덜 닫힌 문을 마저 닫았다. 계연수는 순간 긴장되었다. 전해줄 것은 무엇일까. 또 할 말이란 무엇일까. 이기가 계연수의 힘을 빌려 함께 옷장을 들어냈다. 그 뒤에 여닫이문이 있었다. 그것도 자세히 보아야 알 수 있었다. 여닫이문을 열었다. 책이 들어있었다. 두 보퉁이가 보자기에 싸여 있었다. 십여 권 되었다. 책을 조심스럽게 꺼냈다. 계연수는 직감적으로 알았다, 비서秘書임을. 꺼내서 보자기를 풀었다. 정성스럽게 방 한가운데 풀어놓았다.

-집안의 비서일세. 대대로 내려온 책이네.

이기의 목소리가 약간 떨렸다. 긴장하고 있었다.

-자네에게 넘기겠네.

이기의 말에 계연수는 묵묵부답으로 앉아 있었다.

-많은 생각을 했네. 나는 지금까지 살아오면서 고민했네. 누구에게 이 책을 넘길까. 자식은 아니라는 생각을 했지. 나와 자네처럼 역사에 몰입할 수 있는 자식이 아니라 포기했네. 그렇다고 내 대에서 은자를 내려놓을 수는 없는 것이고. 그러다 자네를 만났네. 자네가 적격이라고 결정했네.

-부족하지만 받겠습니다.

이기의 말에 사양 한 번 하지 않고 받겠다고 선언했다.

역사의 은자라는 자리가 얼마나 큰 짐인가는 은자만이 알 수 있었다. 머릿속에서 떠나지 않는 것이 은자의 역할이었다. 두려움을 안고 살아야 하고, 책임감을 떠안고 살아야 하고 또한 다른 일을 하기가 어려웠다.

-고맙네.

이기는 간결하게 답했다. 이기는 누구보다도 은자의 삶을 잘 알고 있었다. 많은 말이 하고 싶었지만 할 말은 이미 필요 없었다. 잠시 침묵이 흘렀다.

이기가 일어났다 계연수도 따라서 일어났다. 서로가 서로를 알고 있었다. 부자지간에 은자의 자리를 넘겨줄 때도 서로 맞절로 인계인수식을 했다.

이기와 계연수는 전해주고 전해 받을 책을 앞에 놓고 맞절을 했다. 정적이 찾아왔다. 천년의 역사를, 정확히는 구천년의 역사를 담은 책이었다. 책을 지키느라 집안 내내 고난과 부담을 끌어안고 살아와야 했다. 역사를 넘겨주는 의식은 간단했지만 의미는 컸다.

-왜 제게 넘겨주셨는지 생각하고, 생각하겠습니다.

-힘들 걸세. 여기 넘겨주는 책 중에서도 《태백일사》는 중요한 책이네. 조선의 정신을 담은 책이 《태백일사》네.

이기의 말이 천둥처럼 들렸다.'조선의 정신을 담은 책이《태백일사》'라는 말이 귓속에서 울리는 듯했다.

-잘 간직하고, 새로운 책으로 완성하도록 하겠습니다.

계연수는 다짐했지만 장담할 수 없는 일임을 누구보다도 잘 알고 있었다. 시절은 수상하고, 조선은 추락하고 있었다. 누구도 앞을 내다보기 힘든 절박한 상황으로 치닫고 있었다.

-꽃 한 송이를 피우려면 숲 전체가 필요하네. 그뿐인 줄 아는가. 동백은 겨울이 따뜻하면 꽃을 피우지 못하지. 꽃을 피우기 위해서는 고난이 필요한 것인지도 모르네. 그럼에도 세상은 누군가가 꽃을 피워야 하는 것이지. 성공이란 놈은 애석하게도 고난 건너편에 있네. 고난을 건너지 못하면 성공은 없도록 만들어 놓았더군. 고난이 있더라도 꽃 피워주게.

'고난이 있더라도 꽃 피워주게'라는 말에 많은 의미가 담겨있었다.
계연수는 이기의 말을 말없이 들었다. 계연수로서는 더 이상 할 말이 없었다.
-역사의 은자들이 견뎌온 고난과 질곡을 넘어 만개시킬 사람은 자넬세. 자네가 이번에 열매를 맺지 못하면 아주 오랜 시간을 또 기다려야 할지도 모르네.
다시 한 번 이기의 말이 계연수의 마음 속을 흔들고 있었다.'자네가 이번에 열매를 맺지 못하면 아주 오랜 시간을 또 기다려야 할지도 모르네.' 정말 그랬다. 오랜 시간 겨우겨우 명맥을 유지해온 조선의 역사였다. 몇 번이나 끊어질 듯한 것을 이어주는 선인들이 있었다. 거기에는 역사의 은자들의 역할이 컸다. 조선의 역사가 인류의 역사에서 중요한 역할을 담당했고, 앞으로도 중요한 평화의 화합을 이루어내는 매개체가 될 것을 아는 선인들과 역사의 은자들에 의해서 지금까지는 살아있었다.
역사의 계승을 위해 인생을 걸고, 목숨을 건 사람들이 있어 가능했다. 그러나 앞으로는 누구도 장담할 수 없었다. 상황은 더 나빠지고 있었다. 이기는 계연수를 기대하고 있었다. 하지만 계연수도 조선이란 무게를 감당하기 힘들었다. 그럼에도 가야 할 길임을 누구보다도 알고 있었다. 그리고 신념도 있었다. 문제는 갈 길이 멀고, 험로를 헤쳐 나가야 하는 숙제가 있었다.

22. 동학혁명의 불길이 타오르다

전봉준이 전라도 영암의 큰바위얼굴에서 마음의 결단을 내리고 나서 처음 만난 사람이 김개남이었다.

-잘 다녀왔냐?

-그래. 잘 다녀왔다.

김개남의 물음에 전봉준이 답했다.

전봉준이 조병갑의 학정에 희생된 아버지를 산에 모시고 분노에 차있을 때 마음의 결정을 하라는 말을 한 사람이 김개남이었다.

-개인의 분노로 봉기를 결정하지 마라. 우리 고부군 농민 전체의 이름으로 결정해라.

역시 김개남의 주문이었다.

전봉준은 일어날 것인가, 주저앉을 것인가를 결정해야 했다. 김개남의 말에 무게가 실려 있었다. '개인의 분노로 봉기를 결정하지 마라. 우리 고부군 농민 전체의 이름으로 결정해라'는 말에는 많은 뜻이 담겨있었다. 절친 김개남의 말을 가슴에 담고 전봉준은 젊은 날 세상을 크게 살 것을 결정하게 하는데 도움을 준 영암의 큰바위얼굴을 찾아갔다. 큰바위얼굴에서 마음의 결정을 보았다.

-결정에 후회하지 않아야 한다.

김개남이 전봉준에게 말했다.

-후회 없이 일어날 것이야.

-그렇다면 좋다. 뜻을 같이 하자.

전봉준의 다짐에 김개남이 동참을 약속했다.

고부군수 조병갑에게 진정서를 넣었음에도 답이 없었고, 도리어 도전하는 자는 가차 없이 처단할 것이라는 엄포를 하며 더욱 착취를 일삼았다. 전봉준과 김개남은 먼저 동학도들과의 연합을 꾀했다. 소수의 인원으로 시작했다가는 당할 것이 뻔했다. 관군의 칼과 활에 희생만 치를 것이 불 보듯 뻔했다.

동학은 혁명적인 사상을 가지고 있었다. 동학사상이 가지고 있는 인간 존중의 사상은 첫 번째로 인내천人乃天 사상이다. 말 그대로 '사람이 곧 하늘이다'라는 뜻이다. 인본의 극치를 보여주는 사상이다. 두 번째로 향아설위向我設位 사상이다. 제사를 지낼 때 제사의 방향을 나 자신에게 향하라는 뜻이다. 유교의 근본을 깨는 사상이었다. 누구나 자신 안에 하느님을 모시고 있는 존재로 보는 사상이었다. 시존侍存이라는 사상이었다.

왕이나 어떠한 사상철학도 나의 존엄에 대적할 것이 없다는 개인으로서의 독존獨尊을 주장하는 무서운 사상이었다. 다시 말해 죽어 있는 조상이나, 보이지 않는 신에 대해 어떤 제사상이나 제물 따위를 바치지 말고 살아 있는 나 자신을 위하여 제물을 베풀라는 뜻으로 조선의 국시에 도전하는 섬뜩한 논리였다. 세 번째로는 사인여천事人如天 사상이다. 인내천 사상과 통하는 것으로 내가 아닌 타인을 상대할 때에 하늘과 같이 대하라는 뜻이다. 곧, 인내천 사상에서 모자란 내가 아닌 비아非我에 대한 존중의 뜻을 담고 있다. 동학의 핵심은 사람에 대한 절대 존중으로 절대인본이었다. 하늘이나 신 또는 절대 권력에 대한 도전이었다. 내가 곧 하늘이라는 인본의 절대성을 갖는 사상이었다.

사람이 곧 하늘이며 하늘의 마음이 곧 사람의 마음이라는 '인내천 천심즉인심人乃天 天心卽人心'의 사상이다. 인간의 주체성으로 지상천국을 건설하여 만민평등의 이상을 나타내는 사상의 기류였다. 여기에는 종래의 유교적 윤리와 퇴폐한 양반사회의 질서를 부정하는 반봉건적이며 혁명적인 성격이 내포되어 있었다.

여기에 전봉준이 있었다. 핵심적인 인물로 횃불을 들 것을 준비하고 있었다. 동학은 전부터 내려오던 접주제도를 확대 개편하여, 교인들의 일단을 '포包'라 하고 여기에 포주包主를 두었다. 포주 위에는 접주·대접주, 그 위에 도주道主, 대도주를 두었다. 포주와 접주 밑에는 '육임六任'이라 하여 교장敎長, 교수, 교집, 교강, 대중, 중정을 두었다. 전봉준과 김개남은 동학조직을 적극 활용했다. 전라도의 남접南接으로 김개남과 손화중, 서장옥, 황하일 등이 있었다. 전봉준과 김개남이 주축이 되어 위로 보고를 올리고 아래로는 육임을 이용하여 사발통문을 작성했다. 사팔통문작성은 의견을 모은 후 작성은 서당을 하고 글공부를 했던 전봉준이 주도했다. 격문의 내용을 전봉준이 적었다. 격문의 내용은 간절했고, 처절했고, 웅대했다. 그리고 확신에 차 있었다.

〈격문. 다음과 같이 격문을 내린다. 다름이 아니라 큰 집이 넘어가려고 하는데 이를 장차 어찌하겠는가. 앉아서 기다리는 것이 옳은가, 부축하여 구제하는 것이 옳은가. 어찌해야 하는가. 혼란의 시기를 당하여 해내海內 동포들이 총력으로 서로 의지하면서 치고자 한다. 피눈물을 뿌리며 만천하의 동포에게 충심으로 호소한다. 우리들은 한을 삼키고 고통을 참은 것이 수 세월이 쌓였으며, 슬픔에 목이 메인 것은 굳이 군말할 것이 없거니와 지금 참을 수가 없다.
감히 봉화를 들어 속이 쓰리고 아픈 심정과 절박切迫한 심정을 천하에 크게 알린다. 동시에 의義의 깃발을 휘날리며 백성을 더러워진 물결 속에서 구제하고, 북을 울려 조정에 가득한 간신적자奸臣賊子를 몰아내며, 탐관오리를 쳐서 징계하고, 나아가 왜倭를 몰아내고 양洋을 물리쳐서 국가를 만년 반석 위에 확고히 세우고자 한다. 오로지 우리 동학도인은 물론이요 일반 동포 형제도 금년 11월 20일을 기하야 고부 말목장터로 빠지지 말고 내응內應하도록 하라. 만약 한 사람이라도 불응자가 있다면 목을 잘라 내걸 것이다. 계사년 1893년 11월 말함〉
'만약 한 사람이도 불응자가 있다면 목을 잘라 내걸 것이다'라는 강력하고 통렬한 선언이었다. 사발통문沙鉢通文을 돌렸다. 야밤을 이용하여 돌리기도 했고, 사람이 없는 곳에는 주야를 가리지 않고 붙였다. 격문이 붙자 솥에 물이 끓는 듯했다. 난리가 나서 망하기만을 노래하던 민중들이었다. 사람들은 곳곳에 모여 말했다. 사발통문을 본 백성들이 말했다.
-났네, 났어, 난리가 났어. 잘도 났다. 잘도 난리가 났다!
-에이 참 잘 되었다. 그냥 이대로 지내서야 어디 백성이 한 사람이라도 남아나겠나.
백성들은 반겼다.
세상이 뒤집히기만을 고대하던 백성들이었다. 하지만 힘이 없었다. 왕을 비난하면 역적이라며 모가지가 날아가야 했다. 나라를 비난하면 역적이라고 해서 삼족을 멸하는 무서운 칼이 부라리고 있었다. 그러던 차에 세상을 뒤집자는 격문을 보고 백성들은 반가웠다. 세상이 뒤집히길 바라고 있었던 참이었다.

전봉준과 김개남이 주동이 되어 지역 책임자들이 모였다. 전라도 고부 서부면 죽산리 송두호 집으로 도소를 정했다. 결의된 내용은 아래와 같았다.

하나. 고부성을 격파하고 군수 조병갑을 효수할 것

하나. 군기창과 화약고를 점령할 것

하나. 군수에게 아첨하여 인민을 괴롭히던 탐리를 격징擊懲할 것

하나. 전주성을 함락하고 경사(한양)로 직향할 것

위와 같이 결의가 되고 이어서 군략에 능하고 모든 일에 민활한 영도자가 될 것을 결의했다. 전격적으로 기습공격을 하기로 했다. 행동지침을 정했다. 드디어 행동 개시의 날이 왔다.

1894년 1월 10일 새벽, 드디어 행동이 개시되었다.

-고부 관아로 출발!

전봉준의 목소리가 새벽을 갈랐다.

첫 행동개시에 참여한 인원은 엄청났다. 농민들은 삽과 곡괭이 등을 들고 있었다. 어떤 사람은 낫을 들고, 어떤 사람은 죽창을 만들어 가지고 나오기도 했다. 전봉준과 농민 1,000여 명이 고부 관아를 습격했다. 일부는 정문으로 치고 들어가고 일부는 뒷담을 넘어 들어갔다. 순식간에 관아는 아수라장이 되었다.

-조병갑을 처단하라.

-조병갑을 잡아라.

아전들을 잡아 처단하고, 무기를 탈취했다. 양곡창고에 있던 1,400여 석을 농민에게 돌려주었다. 관아에 있던 조세 장부 등을 꺼내 불태웠

다. 순식간의 일이었다. 하지만 고부군수 조병갑은 낌새를 알아차리고 도망쳤다. 고부군에 해당되었던 봉기는 바람에 초가지붕이 불이 붙듯 전국으로 번졌다. 이미 걷잡을 수 없는 상황으로 치닫고 있었다. 파장이 예상보다 몇 배 빠르게 파급되고 있었다. 고부를 비롯해 전국으로 소문은 꼬리에 꼬리를 물고 펴져나갔다. 전국이 들썩거리기 시작했다.

무쇠솥을 들 수 있는 사람도 무쇠솥에 장작불을 때면 김이 새어나오는 것을 힘으로 솥뚜껑을 눌러 막을 수 없다. 사람을 감시하고 강압적인 정치를 해도 지나치면 폭발하게 되어 있다. 조선의 상황이 그랬다. 도를 넘고 있었다. 발화를 기다리고 있는 장작 밑에 넣은 불쏘시개처럼 점화될 것만을 기다리고 있던 형국이었다. 마침내 봉기가 일어났다는 말이 바람을 타고 달리는 말보다도 빠르게 한양에 전해졌다.
-드디어 터졌구나!
이건창의 일성이었다.
이기와 황현이 다시 만나 시국을 걱정하며 공동으로 행동할 것을 구상하고 있던 때에 전라도 지방에서 민란이 일어났다는 소식을 들었다.
-들불처럼 번지겠구나!
이기가 혼잣말을 했다.
-일어날 일이 일어났구나.
황현의 탄식이었다.
고향 삭주로 아버지상을 치르러 가는 계연수 일행에게도 전해졌다.
-진정 조선이 무너지려나 보다.
계연수가 전라도에서 일어난 민란 소식을 듣고 한 첫 말이었다.
-오. 조선은 어디로 가려하는가?

이관집도 말했다.
사실 다른 때와는 상황이 달랐다. 조선을 삼키기 위해 청나라와 일본 그리고 소련이 눈에 불을 켜고 노려보고 있었다. 모두 인접한 나라였다. 그리고 멀게는 미국 영국 프랑스 등이 기회를 노리고 있었다. 스스로도 일어서기 힘든 상황에서 적들이 쓰러지는 조선을 삼키기 위해 눈을 부릅뜨고 있었다. 나라는 이미 청과 일본의 간섭으로 기능을 잃었고, 이 기회를 놓치지 않으려는 탐관과 오리들이 백성들을 갈취하고 있었다. 참을 수 있는 선을 넘어서고 있었다. 백성은 분노했고, 결국 참다못한 백성이 일어섰다.
-드디어 터졌구나!
평소 민란이 일어나면 동조할 것이라던 나철이 말했다.
-무섭게 번질 것이다.
이태집의 말이었다.
계연수가 부친상을 당해 고향으로 올라가면서 홍범도도 바로 짐을 싸서 북청으로 돌아갔다. 이상룡도 한양의 일을 정리하고 안동으로 돌아갔다. 역사학당에서의 강론은 차질 없이 예정대로 진행되었다. 강론은 이태집과 나철이 담당했다. 지휘봉을 잡고 있던 이기가 빈자리를 채워주었다. 한양은 폭풍전야처럼 조용했으나 무언지 모를 웅성거림이 있었다. 조선은 난파선에 노마저 잃어버린 형국이었다.

동학도들이 잡아서 처단하려 한 고부군수 조병갑은 간신히 난을 피해 전주감영에 이르러 전라감사 김문현에게 보고했다. 김문현은 민란의 원인과 경과를 파악했다. 그리고 조정에 보고했다. 김문현은 비교적 공정하게 조사해 조정에 알렸다. 조정에서는 김문현의 보고에 의하여 조병갑의 죄상을 뒤늦게 파악하고 조병갑을 체포하여 파면했다. 새로운 군수로 박원명을 고부군수로 임명하고 이용태를 안핵사로 삼아 사태를 수습하게 했다.

전봉준이 일으킨 봉기는 고부군수 처단과 사태수습을 약속받았으니 소기의 목적을 이룬 셈이었다. 전봉준은 지역 책임자들을 소집하여 회의를 열었다. 봉기를 주도한 전봉준이 말했다.

-우리가 바란 소기의 목적을 이루었으니 일단 해산하기로 합시다.

-일단 일어났으니 우리가 요구하는 사항을 추가로 올려 한양까지 가야 합니다.

일단 소기의 목적을 이루었으니 해산하자는 전봉준과 끝까지 가자는 김개남의 의견이 갈렸다. 난상토론 끝에 회의 결과는 일단 해산하고 사태 변화를 파악하자고 모아졌다.

하지만 문제를 더 크게 만든 것은 사건 해결을 하러 내려온 안핵사 이용태였다. 사후처리를 동학교도 탄압의 기회로 삼아 온갖 악행을 자행하면서 동학도들의 격분을 샀다. 안핵사 이용태는 민란의 책임을 동학교도에게 돌렸다. 동학교도들을 오히려 뿌리 뽑으려 하고 있었다. 동학도들을 체포해서 투옥하고 죽이기까지 했다. 정사를 바로 잡은 용기를 높이 사 상을 주어도 시원찮은 판에 잔인하게 탄압했다. 동학도들과 봉기에 참여한 농민들은 분개했다. 심지어 봉기와 관련된 동학도의 집을 부수어버리고, 불태워 없애기도 했다.

전봉준과 김개남은 분개했다. 다시 지역 책임자들을 소집했다.

-어찌할까요?

-일어나야 합니다.

전봉준의 질문에 모두 같은 목소리를 내고 있었다.

다시 일어설 것을 결의했다. 인근 각지의 동학접주에게 통문을 보냈다. 보국안민을 위하여 봉기할 것을 호소했다. 백산에 집결한 동학농민군의 수는 1만 명이 넘었다. 첫 거사 때 1천명이었던 것이 인원이 10배 늘어난 1만 명으로 늘었다. 백성은 세상이 진정으로 뒤집어지기를 바랐다. 보국안민輔國安民을 부르짖으며 백산으로 진격, 인근의 농민 수천 명을 합세시켰다. 세가 불어났다. 전라도 전체가 일어나고 있었다.

봉기를 일으킨 세력은 전봉준을 총대장, 김개남 손화중을 장령으로 삼았다. 전봉준은 농민군의 규율과 체제를 엄격히 하는 동시에 하지 말아야 할 것을 내걸었다.

-사람을 죽이지 말고 재물을 손상하지 말 것,

-충효를 다해 제세안민 할 것,

-외세 일본을 몰아내고 성도를 밝힐 것,

-군사를 거느리고 입경할 것

4대강령을 발표했다. 농민군은 고부 황토현에서 전주감영 군대와 첫 전투에서 승리하고 장성 황룡촌에서 양호초토사 홍계훈이 있는 정부군을 상대로 승리했다. 농민이 관군을 이겼다. 곡괭이와 삽이 칼과 창을 이겼다. 뜨겁게 내부폭발을 한 농민과 편한 곳만 안주해 온 관군의 대결에서 농민군이 승리했다. 기세를 몰아 농민군이 전주성에 입성했다.

역사학당의 이기는 급히 짐을 꾸렸다. 봉기를 일으킨 주동자를 만나기 위해서였다. 전라도에서 이기는 알려진 인물이었다. 이기는 15세에 향시鄕試에 나아가면서부터 뛰어난 재주와 명성이 여러 고을에 알려졌다. 이기는 유학 외의 학문에 더 관심이 많았다. 이기는 뛰어난 문장가로 이름을 널리 떨치면서 당시 유명한 선비들과 교유했고, 특히 호남의 대문장가인 석정 이정직, 이기의 오랜 학문적 친구인 매천 황현과 가깝게 지냈다. 세 사람을 일러 호남의 삼재三才 또는 삼절三絶이라 알려져 있었다.

이기는 마음을 다 잡고 자신이 태어난 땅으로 가고 있었다. 자신이 태어난 땅에서 민란이 일어났다는 말에 그냥 있을 수가 없었다. 역사의 은자 자리를 계연수에게 넘겨주고 나서 첫 번 길이었다. 이기는 철저하게 시세에 맞고 실용적인 실사구시實事求是를 주장해왔다. 이기의 학문 세계는 유형원의 《반계수록磻溪隧錄》과 정약용의 《경세유표經世遺表》를 접하여 유형원과 정약용을 학문적 스승으로 모시면서 현실정치에 참여해왔다. 무엇보다 환민족 역사를 가슴에 품고 세상이 뒤집힐 기회를 엿보고 있었다. 환민족의 웅혼하고 인본의 국가를 세상에 펼치고 싶었다.

학문은 현실에 적용하기 위해서 필요한 것이고, 현실을 개혁하기 위해 필요하다는 의식을 가지고 있었다. 행동으로 옮겨지지 않는 학문은 헛된 공상空想에 불과하다고 생각했다. 행동하는 지식인이 이기였다. 이기는 남쪽으로 발길을 재촉했다.

-어디를 그리 서둘러 가시요?

길에서 만난 농민이었다. 물을 마시러 농가로 들어가자 주인장이 한마디 했다.

-전라도로 가고 있습니다.

-민란이 일어났다고 하던데요.

-예. 알고 있습니다. 그래서 가고 있습니다.

-혼란스러울 텐데 찾아가는 이유는 무엇이요?
-혼란스러워서 찾아가고 있습니다. 혹시 세상을 바꿀 기회가 아닌가 싶어서요.
이기와 농부는 잠시였지만 전라도 민란에 대해 주고받았다.
-그렇지요. 세상이 뒤집어졌으면 싶어요. 모든 것이 잘못 되었지요. 사는 것도 벅찬데 뜯어가려는 놈을 당할 수가 있어야지요.
물을 한 그릇 얻어 마시러 농가에 들어갔다가 세상 푸념을 들었다. 전라도에 가까워질수록 봉기의 기운을 느낄 수 있었다. 이기가 전라도의 봉기현장으로 가고 있는 동안 전라도의 봉기 현장에도 변화가 일어나고 있었다. 충청도 지방에 들어서자 깃발이 어쩌다 보이더니 충청도에서 전라도로 넘어서자 분위기가 한층 고조되어 봉기를 일으킨 동학군들이 만든 깃발이 펄럭이고 있었다.
이기는 전주성에 도착하고 있었다. 이기는 봉기의 책임자를 만나고자 달려왔다. 이기는 계연수에게 역사의 은자 자리를 넘겨주어 역사에 대한 책임이 가벼워졌다. 역사의 은자라는 의무는 자신이 위험에 처해지는 것을 극구 자제해야 했다. 그래야 자신이 가지고 있는 역사의 한 부분을 다음 세대나 다른 사람에게 전할 수 있기 때문이었다. 역사의 무게가 너무 커 오히려 조심해야 하는 무거운 책무였다. 하지만 지금은 목숨이 위태하다 해도 두려울 것이 없었다. 사내로서 당당하고 떳떳해야 한다고 다짐했다.
전봉준은 전주성을 함락하고 기세등등한 분위기 속에 있었다. 백성을 위해 일어난 전봉준과 역사 앞에 당당하고자 하는 이기, 두 사내가 마주하고 있었다. 전봉준은 전주성 안에서, 이기는 전주성 밖에 서 있었다. 이기는 천릿길을 달려 구국의 방법을 찾아내고자 전주성 앞에 서 있고, 전봉준은 봉기를 이끌고 있는 우두머리로 서 있었다. 만날 약속은 없었다. 그러나 이기는 꼭 만나야 한다고 달려왔고, 전봉준은 이기를 기다린 적이 없었다. 전주성에서 봉기의 횃불은 뜨겁게 타오르고 있었고, 봉기의 깃발은 더욱 펄럭이고 있었다.

- 2권 끝, 3권으로 계속 -

신광철

한국학연구소장. 시인, 작가.

한국학 연구소장 신광철은 한국, 한국인, 한민족의 근원과 문화유산에 대해 연구하고 있다. 살아있음이 축제라고 주장하는 사람, 나무가 생애 전체를 온몸으로 일어서는 것이 경이롭다며, 사람에게도 영혼의 직립을 주장한다. 나무는 죽는 순간까지 성장하는 존재임을 부각시키며 살아있을 때 살라고 자신에게 주문한다. 그리고 산 것처럼 살라고 자신을 다그친다.

신광철 작가는 한국인의 심성과 기질 그리고 한국문화의 인문학적 연구와 한국적인 미학을 찾아내서 한국인의 근원에 접근하려 한다. 40여 권의 인문학 서적을 출간한 인문학 작가다. 최근에는《긍정이와 웃음이의 마음공부 여행》을 두 권으로 묶어냈다. 1권은 '꿈은 이루어서 자신에게 선물하는 거야' 2권은 '인연은 사람을 선물 받는 거야'를 발표했다.

소엽 신정균

서예가. 일중 김충현 선생과 초정 권창륜 그리고 한별 신두영 선생에게 서예를 배웠다. 대한민국에서는 미술대전을 비롯해, 세계로는 프랑스와 미국 캐나다 중국 등에서 초청전시를 했다. 직관과 통찰을 끌어안은 간결함과 직선과 곡선을 품어 안은 활달함을 동시에 가진 서예가다. 거칠면서 단순하다. 휘몰아치면서 숨 멈춘 정지태停止態의 글씨를 보여주는 달인의 경지에 이른 서예가다.